MEURTRE
(ET BAKLAVA)

UN VOYAGE EUROPÉEN – LIVRE 1

BLAKE PIERCE

Blake Pierce

Blake Pierce est l'auteur de la série à succès mystère RILEY PAIGE, qui comprend dix-sept volumes (pour l'instant). Black Pierce est également l'auteur de la série mystère MACKENZIE WHITE, comprenant quatorze volumes (pour l'instant) ; de la série mystère AVERY BLACK, comprenant six volumes ; et de la série mystère KERI LOCKE, comprenant cinq volumes ; de la série mystère LES ORIGINES DE RILEY PAIGE, comprenant six volumes (pour l'instant), de la série mystère KATE WISE comprenant sept volumes (pour l'instant) et de la série de mystère et suspense psychologique CHLOE FINE, comprenant six volumes (pour l'instant) ; de la série de suspense psychologique JESSIE HUNT, comprenant sept volumes (pour l'instant), ; de la série de mystère et suspense psychologique LA FILLE AU PAIR, comprenant deux volumes (pour l'instant) ; et de la série de mystère ZOÉ PRIME, comprenant trois volumes (pour l'instant) ; de la nouvelle série de mystère ADÈLE SHARP et de la nouvelle série mystère VOYAGE EUROPÉEN.

Lecteur avide et admirateur de longue date des genres mystère et thriller, Blake aimerait connaître votre avis. N'hésitez pas à consulter son site www.blakepierceauthor.com afin d'en apprendre davantage et de rester en contact.

LE VOISIN SILENCIEUX (Volume 4)
DE RETOUR À LA MAISON (Volume 5)
VITRES TEINTÉES (Volume 6)

SÉRIE MYSTÈRE KATE WISE
SI ELLE SAVAIT (Volume 1)
SI ELLE VOYAIT (Volume 2)
SI ELLE COURAIT (Volume 3)
SI ELLE SE CACHAIT (Volume 4)
SI ELLE S'ENFUYAIT (Volume 5)
SI ELLE CRAIGNAIT (Volume 6)
SI ELLE ENTENDAIT (Volume 7)

LES ORIGINES DE RILEY PAIGE
SOUS SURVEILLANCE (Tome 1)
ATTENDRE (Tome 2)
PIEGE MORTEL (Tome 3)
ESCAPADE MEURTRIERE (Tome 4)
LA TRAQUE (Tome 5)
SOUS HAUTE TENSION (Tome 6)

LES ENQUÊTES DE RILEY PAIGE
SANS LAISSER DE TRACES (Tome 1)
RÉACTION EN CHAÎNE (Tome 2)
LA QUEUE ENTRE LES JAMBES (Tome 3)
LES PENDULES À L'HEURE (Tome 4)
QUI VA À LA CHASSE (Tome 5)
À VOTRE SANTÉ (Tome 6)
DE SAC ET DE CORDE (Tome 7)
UN PLAT QUI SE MANGE FROID (Tome 8)
SANS COUP FÉRIR (Tome 9)
À TOUT JAMAIS (Tome 10)
LE GRAIN DE SABLE (Tome 11)
LE TRAIN EN MARCHE (Tome 12)
PIÉGÉE (Tome 13)
LE RÉVEIL (Tome 14)
BANNI (Tome 15)
MANQUE (Tome 16)
CHOISI (Tome 17)

UNE NOUVELLE DE LA SÉRIE RILEY PAIGE

RÉSOLU

SÉRIE MYSTÈRE MACKENZIE WHITE
AVANT QU'IL NE TUE (Volume 1)
AVANT QU'IL NE VOIE (Volume 2)
AVANT QU'IL NE CONVOITE (Volume 3)
AVANT QU'IL NE PRENNE (Volume 4)
AVANT QU'IL N'AIT BESOIN (Volume 5)
AVANT QU'IL NE RESSENTE (Volume 6)
AVANT QU'IL NE PÈCHE (Volume 7)
AVANT QU'IL NE CHASSE (Volume 8)
AVANT QU'IL NE TRAQUE (Volume 9)
AVANT QU'IL NE LANGUISSE (Volume 10)
AVANT QU'IL NE FAILLISSE (Volume 11)
AVANT QU'IL NE JALOUSE (Volume 12)
AVANT QU'IL NE HARCÈLE (Volume 13)
AVANT QU'IL NE BLESSE (Volume 14)

LES ENQUÊTES D'AVERY BLACK
RAISON DE TUER (Tome 1)
RAISON DE COURIR (Tome2)
RAISON DE SE CACHER (Tome 3)
RAISON DE CRAINDRE (Tome 4)
RAISON DE SAUVER (Tome 5)
RAISON DE REDOUTER (Tome 6)

LES ENQUETES DE KERI LOCKE
UN MAUVAIS PRESSENTIMENT (Tome 1)
DE MAUVAIS AUGURE (Tome 2)
L'OMBRE DU MAL (Tome 3)
JEUX MACABRES (Tome 4)
LUEUR D'ESPOIR (Tome 5)

CHAPITRE UN

London Rose sentit une bouffée d'air gonfler ses poumons.

Ne baille pas, se dit-elle fermement.

Surtout, ne baille pas.

Elle ne voulait pas que son ennui soit encore plus flagrant qu'il ne l'était, se disait-elle. Mais son petit ami, Ian Mitchell, semblait ne rien avoir remarqué. Sur un ton nerveux, il continua à parler sans s'arrêter de son cabinet comptable.

« Je te parle d'avenir, London » dit Ian. « Je pense que le futur s'annonce prometteur. »

Son envie de bailler commença à lui passer toute seule.

L'avenir, songea London.

Elle aurait voulu avoir la même confiance en l'avenir que Ian. Elle ne lui avait pas annoncé qu'elle avait toutes les raisons de penser qu'elle allait bientôt se retrouver au chômage. Elle aurait préféré ne jamais devoir le lui dire.

Voilà qui pourrait parfaitement aller avec ses plans, se dit-elle tandis qu'il poursuivait.

« Tu sais, on m'a demandé de présenter tous les livres de comptes pour la fusion-acquisition de ma société… »

Elle sortait avec Ian depuis maintenant un an, le voyant chaque fois qu'elle venait à New Haven et il ne passait pas toujours autant de temps à bavarder de cette façon. Il était différent ce soir et elle craignait déjà d'en connaître la raison.

« Au final, » poursuivit Ian, « notre affaire a l'air parfaitement solide en ce qui concerne le futur proche… »

London était persuadée que tout ce blabla était un moyen pour le pauvre Ian d'essayer maladroitement d'exprimer ce qu'il avait à dire. Elle avait deviné ses intentions lorsqu'il lui avait dit avoir réservé une table à Les Chambres, l'un des restaurants les plus raffinés et coûteux de New Haven. Elle y était déjà allée une ou deux fois quelques années auparavant mais sans jamais arpenter ainsi le dédale de salles jusqu'à un salon privé.

Elle et Ian disposaient même d'une petite cheminée. Les soirées dans le Connecticut étaient encore suffisamment fraîches au mois de mai pour apprécier une bonne flambée.

Le cadre était parfait, avec le feu de cheminée et la lumière des bougies, l'éclat tamisé des candélabres, les murs aux chaleureuses teintes brun-crème ainsi que les confortables chaises capitonnées devant la table élégamment dressée.

Le repas avait été somptueux : une soupe glacée aux petits pois à l'anglaise avec son fromage de chèvre mariné à la menthe, suivie de délicieuses ravioles de homard.

La conversation, cependant, laissait quelque peu à désirer.

Ian continuait de parler affaires.

« ... tu vois, j'ai fait des projections annuelles pour l'entreprise... »

London s'efforçait d'écouter tout en piquant sa fourchette dans sa *profiterole*. Le chou s'entrouvrit de façon exquise, révélant une crème pâtissière aérienne à l'intérieur. Elle en prit une légère bouchée qui fondit délicieusement dans sa bouche.

Sublime, se dit-elle.

Elle avait parcouru le monde, goûtant aux plats les plus savoureux dans des centaines d'endroits différents et savait qu'elle était plutôt une bonne critique gastronomique.

En fait, la *profiterole* était légère et délicate, cela semblait presque un miracle qu'elle ne se mette pas à flotter dans les airs. Elle la savourerait malgré les circonstances, tout comme le reste du dîner.

Elle aurait seulement voulu que la soirée ne soit pas destinée à s'achever comme elle le pressentait.

« ... et nous sommes en train d'établir deux plans, un sur dix ans, l'autre sur vingt » poursuivit Ian.

Il s'interrompit brusquement.

Va-t-il me faire sa demande maintenant ?

Peu probable, vu ses dires.

Il la regarda intensément et lui fit son sourire le plus chaleureux.

« Tu vois, notre entreprise mise tout sur la stabilité. La fiabilité. »

Il se pencha vers elle en travers de la table et murmura, « Et je pense que la stabilité et la fiabilité sont des choses importantes – non seulement en affaires mais aussi dans la vie. »

Il se tut de nouveau puis ajouta d'un ton significatif, « Tu ne trouves pas ? »

London déglutit péniblement.

Que diable suis-je censée lui répondre ?

Par chance, avant qu'elle n'essaie de formuler quoi que ce soit, leur serveur français très collet monté s'approcha de leur table.

« Tout se passe comme vous le souhaitez, *Monsieur, Madame* ? » demanda-t-il avec un fort accent.

Avant que London ne puisse ouvrir la bouche pour dire que tout était parfait, Ian répondit à sa place.

« *Madame* et moi désirerions chacun un verre de votre meilleur cognac. »

« Très bien, *Monsieur*. »

Tandis que le serveur s'éloignait, Ian se força à rire.

« Le serveur t'a appelée *Madame* » dit-il.

Toi aussi, voulut rétorquer London.

« Oui, eh bien, je ne rajeunis pas » répliqua-t-elle. « Je suppose que l'époque où les Français m'appelaient automatiquement *Mademoiselle* est terminée. »

Même si trente-quatre ans est loin d'être un âge canonique, faillit-elle ajouter.

« Oh, je ne pense pas que ce soit une question d'âge » dit Ian. « Tu es encore jeune et belle. Je suis sûr que le serveur pense de même. »

Le compliment ne mit pas London plus à l'aise. Malheureusement, elle savait que le serveur venait d'offrir à Ian une occasion presque parfaite pour poursuivre sur sa lancée. Si Ian parvenait à ses fins, les Français l'appelleraient *Madame* pour le restant de ses jours tandis qu'elle serait *Mrs* pour tous les autres, peu importe à quel point c'était à présent démodé.

Ian lui sourit d'un air entendu : « A mon avis, Marcel t'a appelée *Madame* parce que nous avons l'air d'un vrai couple. »

« Tu trouves ? » demanda London.

« Oh, *assurément.* »

Elle devait admettre que telle était probablement la vérité.

Et au fond, était-ce une si mauvaise chose ?

Pourquoi ne pouvait-elle simplement accepter un événement positif lorsque cela lui arrivait ? Que pouvait-il y avoir de mal à épouser un homme sérieux comme Ian Mitchell ? Elle savait qu'elle aurait dû apprécier la façon dont il faisait maladroitement de son mieux pour rendre cette soirée vraiment mémorable. Et le dîner avait réellement été excellent.

Mais tout ce discours sur la stabilité lui tapait sur les nerfs. La stabilité n'avait jamais été une fin en soi dans sa vie. Elle était plutôt du genre à rechercher l'aventure et la spontanéité. Mais ce soir, London en vint à se demander si sa grande sœur n'avait pas raison avec ses conseils. Peut-être avait-elle atteint un âge où il était temps de réfréner sa soif d'aventures.

Est-ce que ce serait si terrible que ça ?

J'aurai toujours mes souvenirs... toutes les histoires que j'ai vécues.

Ian et elle gardèrent le silence un moment. London en vint à souhaiter qu'il fasse sa demande et qu'on en finisse. Elle se dit que même si ce ne serait pas entièrement sincère, elle parviendrait d'une façon ou d'une autre à laisser échapper un petit cri de surprise euphorique comme il se doit, puis qu'elle répéterait oui à deux, trois ou quatre reprises sans reprendre sa respiration.

Quel dommage qu'il n'y ait pas d'autres clients pour applaudir. Voilà qui aurait complété la scène à merveille.

Et pourquoi je ne dirais pas oui ?

Elle n'avait pas trouvé Ian ennuyeux lorsque, un an auparavant, sa sœur Tia lui avait arrangé un rendez-vous avec lui. C'était juste après cette année atroce où London était sortie avec Albert, un bon à rien charmant, sophistiqué, riche – et aussi complètement narcissique et égocentrique. Après cette rupture douloureuse, elle s'était sentie plus que disposée à sortir avec un homme sérieux et solide.

Et peut-être que le moment n'était pas si mal choisi pour se marier. Elle venait juste de rentrer de sa dernière mission d'hôtesse lors d'une croisière aux Caraïbes. Elle était quasiment sûre que ce séjour de onze jours au Yucatan allait être son dernier avec Epoch World Cruise Lines. D'après la rumeur, l'entreprise autrefois florissante, allait faire faillite, finissant par couler suite à la compétition accrue existant dans le secteur des croisières.

En fait, elle avait reçu un SMS voilà deux ou trois heures de Jeremy Lapham, le directeur de l'entreprise, lui demandant d'assister à une visioconférence avec lui le lendemain matin.

Probablement pour me renvoyer, se dit-elle.

Une journée à marquer d'une pierre noire dans une vie, jusqu'à présent, somme toute mouvementée - la fin d'une 'époque' pour ainsi dire. Et en cet instant, London ne savait trop ce que l'avenir lui réservait.

Sa *profiterole* lui parut soudainement moins savoureuse

Mais peut-être était-il temps que sa vie s'assagisse enfin. On pouvait sûrement trouver de bons arguments en faveur de la stabilité et de la fiabilité. De plus, elle appréciait l'élégance de Ian. Avec son visage séduisant et bien rasé, il émanait de lui quelque chose de pragmatique et terre-à-terre – pas du tout comme Albert, vers qui London avait d'abord été attirée à cause de ses manières suaves. Et Ian était particulièrement à son avantage ce soir, vêtu de son plus beau

4

costume trois pièces.

Elle songea qu'ils étaient vraiment bien assortis. Elle avait mis l'une de ses plus jolies tenues, une robe longue en mousseline de soie avec un haut noir tout simple et dont l'ourlet était bordé de fleurs aux multiples couleurs. Ses cheveux courts auburn arboraient un petit air intentionnellement coiffé-décoiffé, et non simplement ébouriffés.

London sentit cependant un changement dans l'attitude de Ian. Le pauvre était tout transpirant à présent et il passa un doigt dans son col comme si celui-ci, tout à coup trop serré, commençait à lui donner mal au crâne.

Par pitié, finissons-en, pensa-t-elle.

« London, ce que j'essaie de dire, c'est… »

Il se tut.

« Je crois comprendre » dit London aussi doucement que possible. « La vie et les affaires vont de pair, n'est-ce pas ? »

Il laissa échapper un petit rire plein d'autodérision.

« Si seulement je pouvais employer de tels raccourcis » dit-il.

Si seulement, pensa London.

Mais il devint vite évident que cela ne se produirait pas de sitôt.

« London, quand mes parents avaient à peu près notre âge, ils ont fait une… *fusion,* pas très différente de celle que je suis en train de négocier à mon travail. »

Une fusion ? se dit London, essayant de ne pas rester bouche bée d'étonnement.

« Et sais-tu quel a toujours été leur secret ? » poursuivit Ian. « *La planification.* Ils ont prévu ce qu'ils feraient de leurs vies jusque dans les moindres détails, et ce dès le départ. Et c'est ce que je voudrais que nous fassions également, et que nous commencions dès aujourd'hui – à planifier. »

London se sentit pâlir.

Planifier ?

C'était encore pire que ce qu'elle avait imaginé.

Elle avait rarement planifié quoi que ce soit de sérieux au cours de toute sa vie.

Ian ajouta : « Et tu sais à quel point le mariage de mes parents a été une union fructueuse, prospère et *heureuse.* »

London n'en savait rien du tout. Les rares fois où elle avait rencontré les parents de Ian, elle les avait trouvés aussi distants que des robots – pas uniquement à son égard, mais envers tout le monde, y compris entre eux deux. Pour London, la maison familiale de Ian semblait tout droit sortie d'un vieux film, *L'invasion des profanateurs de sépultures*, lorsque tous sont métamorphosés en faux humains pour servir de cobayes.

Ian leva les yeux, l'air pensif.

« Il me semble que maintenant que le deuxième trimestre s'achève et que les taux hypothécaires sont au plus bas, ce serait une bonne chose de faire un premier versement pour l'achat d'une maison... »

London haussa vivement les épaules.

« On vivra modestement, surtout au début » dit-il. « On vivra en-dessous de nos moyens, dans le même quartier que Tia et Bernard. Il y a une très bonne école juste à côté. On achètera une maison de style ranch. Pas d'escaliers, comme ça nous n'aurons pas à déménager de nouveau dans cinquante ans. On aura notre premier enfant d'ici deux ans, puis un autre deux ans après, et encore un autre deux ans après... »

Trois enfants ? se dit London.

Elle n'avait jamais vraiment songé avoir des enfants un jour. Cela lui avait toujours paru une lointaine possibilité, jamais une priorité à prévoir.

« On devrait sauter sur l'occasion » continua-t-il. « Le moment est idéal pour ouvrir des comptes bancaires destinés à financer leurs futures études universitaires. On pourra aussi décider dans quelles écoles ils iront, de l'école maternelle jusqu'à l'université. »

Il se frotta le menton d'un air pensif.

« Nous sommes tous les deux en parfaite santé, je suis sûr que nous pourrons profiter de la vie jusqu'à nos quatre-vingt-dix ans bien tassés. »

London frémit en essayant d'imaginer toutes ces décennies d'un bonheur méticuleusement calibré. Elle espérait qu'il n'avait pas déjà choisi leur emplacement au cimetière ainsi que la pierre tombale. Heureusement, son monologue s'interrompit avant qu'il ne puisse commencer à évoquer ce qu'ils pourraient dire sur leur lit de mort. Il transpirait encore plus que tout à l'heure, on aurait dit qu'il venait de courir un ou deux kilomètres.

Il reprit la parole d'une voix un peu rauque.

« London... Je crois que ce que j'essaie de dire c'est... que je serais profondément honoré si tu acceptais cette... »

« Fusion ? » demanda London.

Il sourit, haussa les épaules et hocha la tête, visiblement sans voix.

« Euh, Ian... tu peux m'expliquer là ? Est-ce que tu... viens de demander ma main ? »

Ian plissa les yeux d'un air pensif.

« Eh bien, oui. 'Demander ta main', on peut sans doute l'exprimer ainsi. »

Il fouilla dans la poche de sa veste et en sortit un petit écrin noir qu'il ouvrit.

A l'intérieur, comme de bien entendu, se trouvait une bague en diamant.

« London Rose, veux-tu… fusionner ta vie avec la mienne ? »

London sentit le monde vaciller autour d'elle. Le serveur revint à leur table avec deux petits verres en cristal contenant du cognac. Ian voulut lever le sien pour porter un toast. Mais London ne put s'empêcher d'en boire tout de suite une gorgée en se disant qu'elle aurait sûrement besoin d'en boire un deuxième avant que la soirée ne s'achève.

Et entretemps…

Qu'est-ce que je vais bien pouvoir lui répondre ?

CHAPITRE DEUX

Le bruit des explosions couvrait presque la voix de Tia.

« Tu lui as dit *quoi* ? » demanda la sœur de London, en criant pour se faire entendre en dépit du vacarme que faisaient ses enfants.

« Je lui ai dit que j'allais y réfléchir, dit London », élevant à son tour la voix pour répondre.

« A quoi as-tu besoin de réfléchir ? Ian est l'homme idéal ! »

Discuter avec sa sœur aînée donnait souvent à London l'impression de parler face à un miroir, comme si elle voyait un reflet, non pas d'elle-même, mais de ce qu'elle pourrait être un jour. Les traits de Tia, similaires aux siens, étaient juste un peu plus renfrognés, sa silhouette avait quelques kilos en plus et ses cheveux plus foncés étaient élégamment lissés.

London poussa un profond soupir, sans même essayer de le dissimuler. On ne l'entendrait jamais avec le tintamarre juste à côté, dans le salon. Les deux filles de Tia, Stella, dix ans, et Margie, douze ans, jouaient à un jeu de guerre sur l'écran de la télé et le bruit des explosions était incessant.

Au moins elles ne suivent pas les stéréotypes de genre, pensa London.

Il n'empêche que les costumes de princesse, les poupées Barbie et les dînettes auraient contribué à rendre l'atmosphère bien plus tranquille.

C'était le lendemain de ce dîner si gênant avec Ian. Comme souvent, London logeait chez sa sœur lors de ses pauses entre deux croisières. Cette fois-ci, elle s'inquiétait un peu de savoir où elle allait vivre, si elle ne recevait pas de nouvelles missions. Devrait-elle renoncer aux hôtels et à la chambre d'ami de sa sœur pour trouver un logis à elle ?

Ou est-ce que… ?

Après tout, la proposition de Ian restait toujours valable.

Au milieu du chaos régnant dans la maisonnée, Tia était parvenue à préparer une pile de pancakes de formes irrégulières. Le petit-déjeuner chaotique avec les enfants venait juste de s'achever et les deux filles s'étaient ruées au salon pour jouer à leur jeu.

C'était la première véritable occasion qu'avaient les deux sœurs de se parler ce matin-là, et Tia avait très mal réagi devant l'hésitation de London. Alors que celle-ci ramassait les dernières miettes humides de

8

sirop dans son assiette, Tia se leva brusquement de sa chaise et commença à s'affairer bruyamment dans la cuisine.

« Je m'en occupe, » lui dit London. « Laisse-moi ça. » L'évier et le plan de travail semblaient en effet déborder de plus de vaisselle sale que le lave-vaisselle ne pouvait en contenir.

« Oh, j'ai l'habitude » dit Tia. « Au bout de quelques années, ça devient un automatisme. Termine plutôt ton petit-déjeuner. »

Elles essayaient de ne pas prêter attention à Bret, le fils de Tia. Le blondinet de sept ans, debout à côté de la table, dévisageait London en silence.

« Qu'est-ce que tu lui as dit d'autre ? » demanda Tia en venant récupérer quelques assiettes sales qui s'étaient on ne sait comment retrouvées sur l'une des chaises de la cuisine.

Qu'est-ce que je lui ai dit ? se demanda London. Elle parcourut la pièce des yeux, en continuant d'ignorer le petit garçon silencieux.

Difficile de s'en rappeler avec précision. La soirée de la veille semblait comme enveloppée d'une sorte de brouillard. London se demanda si elle n'avait pas été en état de choc après que Ian l'ait demandée en mariage.

« Je crois… que je lui ai dit… J'étais vraiment… »

Tia écarquilla les yeux pendant que London cherchait les mots exacts qu'elle avait employés.

« Oh non, London. Ne me dis *pas* que tu lui as dit que tu étais 'flattée'. Voilà qui n'irait pas du tout. Ça laisserait penser que tu doutes de sa sincérité. Alors que, en plus de toutes ses autres qualités, Ian est la sincérité incarnée. »

London se dit que sincérité était un terme plutôt étrange pour le qualifier mais…

Oui, il était sincère, à sa façon.

De toute façon, London était d'accord avec Tia au sujet du mot 'flattée'. Peu importe à quel point elle avait été abasourdie sur le moment, elle n'avait certainement pas utilisé le terme 'flattée'.

« Je pense… avoir dit que… j'étais touchée. »

« Touchée ? » dit Tia, en ramassant des fourchettes qui venaient comme par magie d'apparaître par terre. « Tu as dit que tu étais 'touchée' ? Mais qu'est-ce que c'est censé vouloir dire? 'Touchée dans ta tête', peut-être ? »

London haussa les épaules.

« Je ne sais pas, dit-elle. Juste 'touchée', c'est tout. »

« Et pourquoi pas ravie ? Enchantée ? Honorée ? »

9

D'après ce dont elle se souvenait, 'ravie' et 'enchantée' n'étaient guère les bons adjectifs pour décrire ce qu'elle avait éprouvé. Quant à 'honorée', ce n'était pas complètement inexact. Elle avait vraiment pris comme un compliment qu'un homme aussi *sérieux* que Ian souhaite qu'elle fasse partie de ses projets si précis de vie. Même si 'honorée' paraissait tellement… quoi donc exactement ?

Daté, peut-être.

La notion même de demande en mariage paraissait trop vieux jeu pour quelqu'un du tempérament de London. Mais au moins, Ian n'avait pas mis un genou à terre avant de faire brusquement surgir une bague de grande valeur. Après tout son bavardage au sujet de son travail, ses nerfs n'auraient sans doute pas été capables de le supporter.

Tia ouvrit la bouche pour réprimander London une fois de plus, puis elle fit la grimace en entendant un bang particulièrement sonore.

Elle dit à haute voix : « Les filles, c'est terminé. Vous arrêtez avec ce jeu. »

Stella et Margie se mirent à pleurnicher bruyamment, presque à l'unisson.

« Oooh, Ma-a-maann… »

« Tatie London et moi essayons de discuter » ajouta Tia. « On ne s'entend même plus penser. »

Les filles obéirent et cessèrent leur jeu, mais London savait bien qu'il était inutile d'espérer que le silence et la tranquillité règnent bien longtemps. Elle sentit un frisson lui parcourir l'échine et elle se rendit compte que les yeux écarquillés et étrangement fixes du petit Bret commençaient à la mettre mal à l'aise. Elle ne put s'empêcher de penser qu'il ressemblait à l'un des gamins d'un autre vieux film de science-fiction, *Le village des damnés*.

En fait, tous les enfants de Tia semblaient, tels les extraterrestres dans le film, être capables de faire fondre les murs par la force de leur esprit s'ils s'y efforçaient pour de bon. Tous avaient hérité de la chevelure blond pâle de leur père.

Délaissant le désordre qui régnait dans la cuisine, Tia versa deux tasses de café et s'assit en face de London.

« Les adultes sont en train de parler, mon cœur, » dit Tia à Brett.

« Ok, » dit Bret.

Il ne bougea pas.

« Ça veut dire qu'il faut que tu t'en ailles, mon chéri, » lui dit Tia.

Il la regarda comme si elle venait de lui arracher son jouet favori des mains.

« Mais j'arrive quasiment jamais à voir Tatie London, » dit-il. « Elle n'est jamais là, elle est toujours quelque part très loin. »

London ressentit une pointe de culpabilité.

Je lui manque vraiment, se dit-elle.

Que ce sentiment ne soit pas tout à fait réciproque lui donnait encore plus mauvaise conscience.

« Tatie London vient chaque fois qu'elle le peut, mon cœur, » dit Tia, en lançant à London un air désapprobateur. « Elle nous rend visite plusieurs fois par an. »

Bret ne bougea pas d'un pouce.

Fixant London avec une évidente admiration, il dit, « Mes amis trouvent ça cool que ma tante soit capitaine d'un navire. »

Tia tapota Bret sur la tête.

« Euh, Bret, Tatie London n'est pas tout à fait capitaine, » dit-elle.

« Qu'est-ce qu'elle est alors ? Marin ? »

London put voir à l'expression de Tia que celle-ci avait apparemment oublié l'intitulé exact de son travail.

« Je suis ce qu'on appelle une 'hôtesse', mon chéri, » dit London à Bret.

« Comme lorsque Maman organise une fête ? »

London haussa les épaules et dit, « Eh bien, c'est ça, en quelque sorte. »

« Avec des cadeaux et tout ? »

London ne savait pas quoi lui répondre. Comment pouvait-elle expliquer à un enfant de sept ans les complexités du travail d'hôtesse sur un gigantesque bateau de croisière ? Chaque jour impliquait une foule de défis logistiques ainsi que des contacts humains constants. Il lui incombait d'organiser et de superviser les jeux de palet, de curling et de bridge, de même que les fêtes d'anniversaire, les activités pendant les dîners, les concerts, ainsi que beaucoup, beaucoup d'autres choses. Son travail consistait à s'assurer que tout se déroule à la perfection, ce en quoi elle excellait.

Et puis il y a l'air du large, songea-t-elle avec une pointe de mélancolie.

Presque tous les matins, lorsqu'elle sortait sur le pont, London profitait de l'air marin. Même si le Connecticut pouvait être agréable à cette période de l'année, elle n'avait même pas encore mis le nez dehors aujourd'hui. Elle se demanda d'ailleurs pourquoi les enfants étaient toujours à l'intérieur alors qu'une belle journée s'annonçait. Sa sœur n'avait-elle pas dit une fois qu'elle avait choisi d'habiter en banlieue pour avoir un grand jardin ?

Tia tapota de nouveau la tête de son fils. Mais il ne bougea toujours pas.

« Les adultes sont en train de discuter, » répéta-t-elle.

« D'accord. »

Cette fois-ci, Bret se retourna pour s'éloigner. Au même instant, les deux filles faillirent renverser le petit garçon alors qu'elles fonçaient dans la cuisine en se battant avec leurs sabres laser style Star Wars. Bret laissa échapper un petit cri et tenta vainement de se saisir d'une de leurs armes.

Cette fois, Tia se contenta de les ignorer.

De toute façon, c'était peine perdue. Dès que Tia faisait cesser le raffut dans la maison, cela recommençait ailleurs, encore plus fort, juste sous leur nez.

« Et la bague ? » demanda Tia par-dessus une nouvelle montée sonore.

« *Quoi ?* » dit London, qui ne comprenait pas très bien où elle voulait en venir.

« Elle est belle ? »

« Je suppose. Belle. Chère. En diamant et tout. »

« Eh bien montre-la-moi, » dit Tia.

« Je ne l'ai pas. »

Tia frémit des pieds à la tête. Elle laissa échapper un petit cri, complètement horrifiée.

« Oh non ! Tu l'as jetée ? »

Les deux filles arrêtèrent d'agiter leurs sabres le temps de demander, presque à l'unisson, « Tu as jeté la bague ? »

« On n'écoute pas aux portes, » répliqua Tia. « Retournez au salon. Votre tante et moi avons besoin de discuter. »

Comme les filles ne bougeaient pas, elle ajouta : « Je vous raconterai plus tard. »

Les fillettes sortirent de la cuisine en gloussant, suivies de près par le petit garçon.

Lorsqu'ils furent partis, London expliqua. « Je ne l'ai pas acceptée. Je n'ai pas encore décidé si je vais ou non l'épouser. »

Tia frappa la table de la paume de sa main.

« Alors laisse-moi décider pour toi. On va l'appeler tout de suite au téléphone. »

« Tia, non » dit London.

Mais Tia l'ignora et continua de parler.

« Tu vas lui dire que tu t'es conduite comme une idiote hier soir, tu vas te confondre en excuses et expliquer que tu as juste eu un accès de folie, puis lui dire 'je le veux, je le veux, je le veux' encore et encore. Et puis tu lui demanderas à quel moment tu peux le revoir. Quand tu le verras, tu l'embrasseras en t'excusant. Viens, on va l'appeler. »

« Non. »

La lèvre inférieure de Tia commença à esquisser une moue menaçante.

Oh non. Elle va se mettre à faire la grimace.

« Je prends ça personnellement, London » dit-elle.

Ça ne m'étonne pas, se dit London.

Tia continua : « Et je suis sûre que Bernard va penser la même chose. Tu as oublié que c'est nous qui t'avons présenté à Ian ? »

Non, je ne l'ai pas oublié.

Tia poursuivit. « Tu as oublié à quel point tu étais désespérée après ta rupture avec cet enfoiré d'Albert ? »

Évidemment que je me souviens.

À cette époque-là, London s'était sentie profondément reconnaissante envers Tia et son mari, Bernard, de lui avoir arrangé un rendez-vous avec un homme aussi normal, sérieux et plaisant. On aurait dit que c'était exactement ce qu'il lui fallait, après être sortie avec un sociopathe imprévisible.

Bernard était associé dans le cabinet d'experts-comptables de Ian. En fait, Bernard et Ian étaient aussi meilleurs amis. Bernard était parti au golf ce matin et il était fort possible qu'il y ait retrouvé Ian. Allaient-ils discuter de ses projets et de sa demande en mariage ?

Non, se dit-elle. *Plus probablement des taux d'intérêt à long terme.*

La lèvre inférieure de Tia tremblait à présent.

« Tout ça est très blessant pour moi, London » dit-elle.

London aurait voulu pouvoir se rouler en boule pour se défendre, comme un tatou. C'était incroyable comme sa grande sœur parvenait toujours à la faire culpabiliser comme pas deux.

Tia poursuivit. « Tout ce que Bernard et moi voulons, c'est que tu sois aussi heureuse que nous. J'ai l'impression qu'on le mérite, toi et moi, vue l'enfance à laquelle nous avons survécu. »

Oh je t'en prie, tu ne vas pas commencer, se dit London.

« Nos parents nous ont élevées comme il faut » dit London.

« Eh bien, notre foyer n'était pas exactement un modèle de stabilité. »

London fut soulagée lorsque la sonnette de la porte d'entrée retentit.

« J'y vais » s'exclama Tia, se levant d'un bond et se précipitant pour aller ouvrir.

London resta assise à fixer sa tasse de café le temps d'un moment de répit bienvenu, malgré tout le bruit en arrière-fond. Elle remarqua que des jouets sortis d'on ne sait où jonchaient la table mais elle préféra les ignorer.

Repensant aux paroles de Tia, London devait admettre que leur enfance avait manqué de stabilité. Etre élevées par des parents steward et hôtesse de l'air avait engendré de nombreuses perturbations et de fréquents déplacements. Mais London avait toujours mieux supporté l'instabilité que sa sœur – son sens de l'aventure étant plus développé.

Lorsqu'elles étaient enfants, leur père avait fait son coming-out pour confesser son homosexualité et London avait simplement vu cela comme un changement excitant dans leurs vies. Ses parents n'avaient pas divorcé et toute la famille avait continué de vivre sous le même toit, aussi heureux qu'auparavant. Et leur père et leur mère étaient toujours restés de bons exemples à suivre.

Mais leur bonheur familial n'avait pas duré longtemps. Quand London et Tia étaient devenues de jeunes adolescentes, leur mère avait décidé de partir toute seule faire un voyage en Europe.

Elle n'était jamais revenue.

Personne ne savait ce qui lui était arrivé.

Il n'y avait eu aucune preuve d'un quelconque acte criminel. Elle était, semble-t-il, juste partie marcher, prenant le large de son côté. London avait toujours pensé qu'il devait lui être arrivé quelque chose de terrible mais Tia disait toujours…

« Je suppose qu'elle n'était pas aussi épanouie qu'elle en avait l'air. »

London n'aimait pas remuer ce passé. Adulte, elle avait totalement éludé le problème en travaillant exclusivement pour des croisières effectuant des séjours aux Caraïbes.

Tia revint et s'assit en face d'elle.

« C'était juste le jardinier qui avait une question à poser » lui expliqua-t-elle. « Alors, où en étions-nous ? »

Elle regardait London, l'air blessé, presque à deux doigts de pleurer.

« J'ai toujours essayé d'être une bonne grande sœur, London » dit Tia. « Est-ce que j'ai totalement échoué ? »

« Bien sûr que non » dit London.

« Alors pourquoi ne peux-tu pas suivre mon exemple ? Regarde autour de toi. Voilà ce que c'est qu'une *vie agréable*, London. Ce que Bernard et moi avons ici avec les enfants, nos amis, nos voisins, c'est cela qui est bien. Qui est *réel*. Tu ne peux pas fuir aux quatre coins du monde pour le reste de ta vie. La vie implique des responsabilités, un engagement. Ce sont des choses merveilleuses. Des choses *gratifiantes*. Tu dois forcément t'en rendre compte. »

London sursauta lorsque le rugissement de la tondeuse commença à se faire entendre de la fenêtre de la cuisine.

Tia prit une gorgée de café et poursuivit calmement son argumentation.

« Le mieux, » dit Tia, « c'est que Ian et toi vous installiez juste ici, dans ce quartier, peut-être même en bas de la rue. »

London eut une impression de déjà vu.

Puis elle se souvint de quelque chose que Ian lui avait dite la veille au soir.

« *On vivra en-dessous de nos moyens, dans le même quartier que Tia et Bernard.* »

Elle faillit pousser un cri.

Est-ce que Tia et Ian avaient manigancé quelque chose de concert ? Bernard était-il de mèche également ?

Elle ne devait surtout pas succomber à la paranoïa. Néanmoins, une chose semblait parfaitement claire. Ian, Tia, et probablement Bernard étaient sur la même longueur d'ondes, ils avaient les mêmes intentions à son égard. Si elle épousait Ian, elle finirait par se retrouver *ici* à jamais.

Ici, comme si elle était une copie conforme de la vie de sa sœur.

Et en vérité, London en trouvait certains aspects attirants.

La maison était agréable.

La vie ici était tranquille – et on y était en sécurité.

La plupart du temps, London appréciait même les enfants de sa sœur.

Puis bien entendu, elle finirait sûrement par apprécier aussi ses propres enfants.

N'était-ce pas ainsi pour tout le monde ?

Peut-être que Tia avait raison. Peut-être London ne faisait-elle qu'essayer de fuir la réalité, les responsabilités, les engagements. Peut-être le moment était-il venu de faire ce que leurs parents n'avaient jamais vraiment accompli.

Peut-être était-il temps de grandir pour de bon.

« London, » demanda Tia d'une voix un peu stridente, « est-ce que tu m'écoutes au moins ? »

« Bien sûr… »

Un hennissement bruyant et sans rien de naturel retentit, suivi du couinement et du bruit fait par le cheval à bascule de Bret. Le petit garçon avait poussé sa monture jusque dans la cuisine avant de se jucher sur l'animal à ressorts, s'y balançant de toutes ses forces.

Tandis que Tia entreprenait de le réprimander, London entendit son portable sonner.

C'était une notification d'une tâche à faire dans son agenda.

Pendant ce temps, les filles avaient recommencé à jouer à leur jeu vidéo, emplissant de nouveau l'atmosphère de bruits d'explosions et de coups de feu.

London savait qu'elle ne serait jamais capable d'entretenir une conversation, et encore moins de supporter la déconvenue à laquelle elle s'attendait.

Elle dit à Tia. « J'ai une visioconférence de prévue pour maintenant. »

« Avec qui ? »

« Jeremy Lapham. Le directeur d'Epoch World Cruise Lines. »

« Waouh, ça a l'air important. »

Oui, on dirait bien que je vais me faire virer, pensa London.

Tia commença à enlever certaines choses sur la table de la cuisine.

« Je vais te faire de la place ici » dit-elle.

« Euh, Tia… »

London fit un geste en direction de Bret et des filles, de tout le bruit qu'ils faisaient.

Comprenant le message, Tia proposa, « Va dans la chambre d'amis avec. »

London cala l'ordinateur portable sous son bras et se fraya un chemin à travers la cohue.

Elle se sentait vraiment à fleur de peau mais se dit que ce n'était pas si dramatique si Jeremy Lapham la renvoyait. En finir avec tout ça serait peut-être même un soulagement.

Peut-être, songea-t-elle, que se retrouver brusquement sans emploi mettrait un terme à son différent avec sa sœur. La demande en mariage de Ian lui paraîtrait peut-être alors beaucoup plus tentante.

CHAPITRE TROIS

London alluma son ordinateur portable dans la chambre d'amis avec anxiété. Elle redoutait vraiment cette visioconférence. Si on devait lui signifier son congé d'Epoch World Cruise Lines, elle ne comprenait pas pourquoi le directeur de l'entreprise ressentait l'obligation de l'en informer personnellement. Après tout, elle n'était qu'une banale employée parmi beaucoup d'autres, dont des cuisiniers, des esthéticiennes, des profs de fitness, des barmans, etc. Il ne contactait certainement pas chacun d'entre eux personnellement.

Mais Jeremy Lapham était connu pour ses manières étranges. London ne l'avait jamais rencontré, mais le directeur excentrique, solitaire et mystérieux d'Epoch World Cruise Lines était une légende à sa façon.

Je suppose que je vais bientôt découvrir en quoi, songea London.

Avec un soupir, elle appuya sur le bouton pour lancer le programme de visioconférence et attendit.

Elle sursauta à cause d'un soudain bruit tonitruant mais il ne s'agissait pas du signal indiquant que la communication était établie. Le jeu de guerre se poursuivait au salon et faisait à présent encore plus de bruit. Avant qu'elle ne puisse décider quoi faire à ce sujet, elle entendit la voix de sa sœur s'exclamer d'un ton vif.

« Les filles ! Baissez le volume ! »

De nouveau, le refrain bien connu : « Ooohh, Ma-a-maann... »

« Je parle sérieusement, les filles. »

London retrouva alors un peu de tranquillité – ainsi qu'un sentiment d'incertitude éprouvant.

Tout ce que je veux, c'est que tout ça soit terminé, se rappela-t-elle avec fermeté.

Quand ce serait fait, elle serait en mesure de décider ce qu'elle voulait faire du reste de sa vie. Non pas qu'il y ait forcément grand chose à décider, puisque Ian et Tia semblaient avoir organisé son existence jusque dans les moindres détails. Sans doute n'avait-elle plus qu'à accepter l'offre de 'fusion' de Ian.

Le cœur de London bondit lorsque son ordinateur bipa. Elle accepta l'appel et se retrouva face à Jeremy Lapham.

Enfin, pas *exactement* en face de lui.

La webcam de son patron était inclinée d'une façon quelque peu étrange. Elle avait une vue imprenable sur son estomac. Il portait ce qui

17

semblait être une élégante veste de smoking en velours à chevrons. Etendu sur ses genoux, se trouvait un énorme chat aux longs poils noir et blanc, qu'il caressait de ses longs doigts minces. Le ronronnement du chat produisait un grondement lent, régulier et plutôt inquiétant à travers les écouteurs.

Elle pouvait voir le cou de son interlocuteur, son menton à fossette et sa bouche mince. Le haut de l'écran coupait l'image juste au-dessus de ses narines, si bien qu'elle ne pouvait même pas apercevoir ses yeux. Mais il lui vint rapidement à l'esprit que c'était peut-être justement ainsi qu'il souhaitait qu'elle le voie. Cela lui prêtait certainement une aura plutôt énigmatique.

Ses lèvres se mirent alors à bouger et Lapham parla calmement.

« Bonjour, Mademoiselle Rose. Comment allez-vous aujourd'hui ? »

Un bref instant, London songea juste à faire preuve d'honnêteté en lui disant exactement ce qu'elle éprouvait.

Plutôt malvenu.

Finissons-en au plus vite.

Mais elle ne voulait pas saborder ses chances de quitter Epoch World Cruise Lines avec les solides références qu'elle avait conscience de mériter.

« Je vais très bien, M. Lapham » dit-elle plutôt. « J'espère que vous aussi. »

« Je vais bien, je vous remercie. »

A cet instant, la porte de la chambre s'ouvrit. London se retourna et vit le petit Bret entrer dans la pièce. Il s'approcha de sa chaise et se tint là en silence, la fixant de nouveau des yeux.

Même si Bret n'était pas à portée de vue de sa webcam et qu'elle savait que Jeremy Lapham ne pouvait pas le voir, London savait qu'il lui serait impossible de ne pas tenir compte du petit garçon aux grands yeux en train de la regarder.

Elle fit silencieusement un geste de la main pour le chasser mais il ne parut pas comprendre le message et ne bougea pas d'un pouce.

Stella et Margie entrèrent alors précipitamment dans la chambre en poussant de gros soupirs récriminateurs.

« Tu n'es pas censé être ici ! »

« Maman a dit que tu n'avais pas le droit d'être là ! »

Leurs réprimandes ne semblèrent pas faire grande impression sur le petit garçon, qui ne les regarda même pas. S'en suivit un déluge de chuchotements et de jérémiades tandis que les filles prenaient leur petit frère par la main pour l'escorter hors de la pièce.

La porte refermée, London vit que le chat de Lapham avait langoureusement penché sa tête en arrière afin que son maître puisse lui gratouiller le menton.

« J'ignorais que vous aviez des enfants » dit Lapham.

« Je n'en ai pas » dit London.

« Non ? Je pourrais jurer en avoir entendu »

« Ce sont les enfants de ma sœur aînée » dit London. « J'habite chez elle pour quelques jours. »

« Donc vous-même n'avez pas d'enfants ? »

« Non. »

« Et vous n'avez jamais été mariée ? »

« Non. »

London sentit de la sueur perler à son front et les paumes de ses mains devinrent subitement moites. Probablement sans en avoir l'intention, Lapham avait touché là un sujet sensible, et encore plus aujourd'hui.

« *Un de ces jours, ton horloge biologique finira par rouiller* » lui répétait souvent Tia. « *Là tu t'en voudras vraiment.* »

London n'aimait pas qu'on le lui rappelle.

« J'ai jeté un œil à votre C.V » poursuivit Lapham. « Vous êtes une jeune femme intéressante, London Rose. »

London plissa les yeux d'étonnement.

« Euh, je vous remercie » dit-elle.

Le chat roula sur le dos et Lapham continua de lui gratter le ventre.

« J'ai lu l'évaluation faite par vos supérieurs.» dit-il. « Ils ne tarissent pas d'éloges à votre sujet. Ce qui est parfaitement remarquable, si l'on songe à vos modestes débuts. Vous n'avez même pas de master. »

London se sentit sur la défensive. Son manque d'éducation supérieure était pour elle un point sensible.

Mais Lapham poursuivit, « Et cependant vous semblez avoir un solide bagage, vous êtes cultivé et avez de nombreuses connaissances en histoire, en art et en musique. Vous avez également un sens affûté des affaires. En fait, vos supérieurs disent que vous êtes aussi qualifiée que nombre de gens qui possèdent des diplômes supérieurs dans le domaine des arts et des lettres, des langues ou du commerce. Vous parlez même couramment plusieurs langues. Comment êtes-vous parvenue à un tel niveau ? »

London se sentit prise de vertige devant cette dernière question.

Juste alors que sa sœur venait de la critiquer de ne pas vouloir grandir.

Mais cet homme félicitait London pour des choses que Tia ne pouvait comprendre ni apprécier.

C'était agréable mais aussi intriguant.

Où veut-il en venir ? s'interrogea-t-elle.

« Eh bien » répondit-elle prudemment. « J'ai un diplôme en management et restauration, que j'ai effectué en deux ans à l'université Ketchum, juste ici, à New Haven. »

« Comment étaient vos notes ? » demanda Lapham.

« Bonnes » dit London.

« Oh, ne soyez pas faussement modeste. Vous avez obtenu votre diplôme avec d'excellents résultats. »

London s'efforça de ne pas ouvrir tout rond la bouche. Apparemment, Lapham avait fait plus que juste 'jeter un œil' à son C.V. Il l'avait étudié en profondeur. Mais s'il en savait autant sur elle, pourquoi lui posait-il toutes ces questions ?

« Qu'avez-vous fait ensuite ? » demanda-t-il.

« Eh bien, dès mon diplôme obtenu, j'ai exercé différents emplois dans l'hôtellerie-restauration. Puis j'ai finalement postulé pour travailler chez Epoch World et j'ai été embauchée. J'ai rapidement adoré le travail d'hôtesse et ai travaillé très dur. J'ai appris comment remplacer telle ou telle personne, j'ai peu à peu acquis de nombreuses compétences, qu'il s'agisse du service au bar ou de la comptabilité. »

« Vous êtes une touche-à-tout, n'est-ce pas ? »

« Je suppose qu'on peut le dire ainsi » dit London, se débarrassant enfin de toute fausse modestie. « Je peux mener des visites organisées, associer le bon vin à chaque plat. Une fois, j'ai même pu indiquer les bonnes directions dans une ville où je n'avais jamais été avant. »

London ne pouvait toujours pas voir les yeux de Lapham, mais son chat parut la regarder avec approbation.

« Excellent » dit Lapham. « Mais d'où tenez-vous vos compétences en langues étrangères ? »

London ne put s'empêcher de rire.

« Lorsque vous êtes enfant et que vos parents sont steward et hôtesse de l'air, que vous êtes ballotée dans le monde entier d'un pays à l'autre, vous êtes obligée d'apprendre un peu du jargon local, ne serait-ce que pour jouer à la marelle avec les autres enfants. Vous pourriez me déposer dans n'importe quel pays en Europe, je pourrais me débrouiller. »

Lapham rit à gorge déployée.

« Vous ne m'avez rien dit que je ne sache déjà » dit-il. « Mais cela me fait très plaisir de l'entendre de votre bouche. Ne vous sous-estimez pas, London Rose. »

London se sentit vraiment heureuse en entendant ces mots.

Ce n'était que maintenant qu'elle se rendait compte combien la conversation avec Ian l'avait fait douter d'elle-même.

Elle avait vraiment, vraiment besoin de cette conversation.

Mais où voulait-il en venir ?

« Vous avez peut-être entendu dire qu'Epoch World Cruise Lines traverse des difficultés financières » dit Lapham. « C'est un secteur compétitif et nous sommes en quelque sorte à la traîne. Je crains que nous ne soyons obligés de vendre notre flotte de paquebots. »

Le moral de London s'effondra. Il semblait n'avoir dit ces compliments que pour atténuer le choc de son renvoi après tout.

Puis Lapham poursuivit. « Mais nous n'allons pas faire faillite, croyez-moi. Epoch World n'a pas encore dit son dernier mot. »

Il inclina son écran afin que le chat soit hors de vue et ses propres yeux chaleureux et souriants apparurent.

« Dites-moi, Mademoiselle Rose, » dit-il, « est-ce que cette mélodie vous dit quelque chose ? »

Il pressa un bouton et l'enregistrement d'un petit orchestre à cordes commença à jouer. C'était une délicieuse mélodie, aussi légère et aérienne, aussi parfaite que la *profiterole* de la veille.

London ressentit un profond et émouvant sentiment de nostalgie.

La musique avait pour elle une signification, c'est vrai – davantage que ne pouvait le savoir M. Lapham rien qu'en lisant son C.V

Ne pleure pas, se dit-elle.

Mais c'était compliqué. Elle se souvint de l'expression radieuse de sa mère lorsqu'elle jouait cette mélodie au piano. L'entendre à présent rappela à London certains des souvenirs les plus merveilleux de son enfance.

« Eh bien ? » demanda Lapham.

London ravala la boule d'émotion qui lui nouait la gorge.

« C'est de Mozart, » dit-elle, « ça s'intitule *Eine Kleine Nachtmusik.* »

« Ce qui signifie ? »

« Cela se traduit par 'la petite musique de nuit', c'est une sérénade. »

« Excellent, » dit Lapham. « En fait, *Nachtmusik* est également le nom du nouveau bateau de croisière que je viens d'acquérir – non pas les immenses paquebots dont vous avez l'habitude mais un navire de dimension plus modeste, qui voyagera sur les fleuves d'Europe. »

« Un bateau pour faire des excursions ? » demanda London.

« Plutôt un yacht de luxe, » dit Lapham, « avec seulement une centaine de passagers. Je crois que les croisières fluviales ont beaucoup d'avenir. J'espère vraiment lancer une toute nouvelle *ère* pour Epoch World Cruise Lines. Mais ce nouveau projet comporte de nombreux risques. Je veux que les choses démarrent de la meilleure façon possible. Et pour cela, je veux embaucher la meilleure équipe qui existe. »

Le cœur de London battait la chamade.

Elle réalisa brusquement que Jeremy Lapham s'apprêtait à lui faire une offre – une offre très différente de celle que Ian lui avait faite la veille au soir.

« Je souhaite que vous soyez la chargée d'animation du *Nachtmusik*, » dit Lapham. « Cela impliquera des responsabilités et des tâches qui iront bien au-delà de tout ce que vous avez fait pour nous auparavant. Mais avant que vous ne disiez oui ou non, je dois vous informer que si vous voulez le poste, vous devrez être en Hongrie d'ici demain matin. C'est là que le *Nachmusik* débutera son voyage, sur le Danube. Je m'excuse d'un délai aussi court mais le poste est devenu vacant de façon inattendue. »

London écarquilla les yeux. Le fait que Lapham la contacte personnellement s'expliquait enfin. Il avait une urgence sur les bras, un poste essentiel à occuper, et cet appel téléphonique était un entretien pour ce dernier.

« Comment… ? » fut l'unique mot qu'elle parvint à dire sur le moment.

Il continua de parler. « Je vous ai déjà réservé un vol pour ce soir. J'ai vérifié, il y a une liaison entre New Haven et New York puis un vol de nuit jusqu'à Budapest. Mais vous devez me dire tout de suite si vous êtes prête à partir. Je vous enverrai par email le contrat et tous les détails figurant sur le programme d'indemnisation. Je pense que vous le jugerez satisfaisant. »

Lapham se tut alors, attendant sa réponse.

Le cerveau de London était en ébullition.

On était dimanche matin. Si elle acceptait la proposition, elle prendrait son petit-déjeuner dans un autre pays dès le lendemain. Un pays merveilleux, au riche passé historique, mais qui était également développé, avec tout le confort moderne.

Malgré tout, c'était une décision qui donnait le vertige – surtout après tous les doutes qui l'avaient bouleversée depuis hier.

À cet instant, comme à point nommé, Bret entra en fonçant dans la chambre, suivi de ses deux sœurs en train de l'attaquer avec leurs sabres laser. Hurlant, il se terra sous les couvertures du lit tandis que ses sœurs se jetaient sur lui, en le frappant avec leurs armes en plastique.

Tia entra précipitamment, gronda ses enfants et prit Bret sous un bras. Elle regarda London d'un air désolé. Leurs regards se croisèrent un instant et London eut de nouveau le sentiment de regarder dans un miroir – ou plutôt de regarder un avenir où elle vivrait la même vie que sa sœur jusqu'au plus minuscule détail.

Elle se rappela ce que Ian lui avait dit la veille au soir.

« Nous aurons un enfant dans deux ans, puis un second deux ans plus tard, et encore un deux ans après... »

Quelque chose la frappa brusquement.

C'était exactement le programme que Tia et Bernard avaient suivi depuis le début de leur mariage – trois enfants au cours des six premières années. Dans cette réalité future, London n'aurait pas seulement une famille similaire, mais aussi les mêmes jouets pour enfants, le même évier plein de vaisselle sale, le même...

Tout !

London sentit le poids de la monotonie de sa vie future, en regardant Tia conduire ses enfants hors de la chambre d'amis et refermer une nouvelle fois la porte.

Une chose que sa sœur venait de dire lui résonna en tête.

« Tu ne peux pas fuir à travers le monde tout le reste de ta vie. »

Mais pour la première fois, London se rendit compte que voyager n'était pas *une fuite*, pas pour elle en tout cas.

Pour moi, c'est ça, la vie.

« D'accord, » dit-elle à Lapham. « Oui, d'accord. Merci. J'accepte le poste. »

CHAPITRE QUATRE

London se hâtait dans l'aéroport JFK à New York lorsque son téléphone sonna.

Oh s'il vous plaît, faites en sorte que ça soit Ian, pensa-t-elle en sortant l'appareil de son sac.

Elle avait tenté de le joindre depuis la fin de sa conversation avec Jeremy Lapham, même si elle savait qu'il était sorti jouer au golf avec un client et qu'il ne se laissait jamais distraire pendant un parcours. Elle n'attendait certes pas cette discussion avec impatience mais ne voulait tout de même pas quitter le pays sans avoir réglé les choses avec lui,

Elle décrocha. C'était Ian, bien entendu.

« Ian, bonjour, » dit-elle le souffle court.

« Bonjour London. »

« Euh… j'ai réfléchi à ta 'fusion' et… »

« Et ? »

London était occupée à récupérer ses bagages à main après leur passage par le détecteur de métal.

« Comme je l'ai dit hier soir, je suis très touchée, » dit-elle. « Mais… »

Un silence s'instaura entre eux.

« On m'a fait une offre ce matin, » dit-elle. « Le directeur d'Epoch World Cruise Lines m'a appelée et m'a proposé… eh bien, un emploi impossible à refuser. »

Elle entendit un grognement d'impatience dans la voix de Ian.

« Encore plus de voyages ? » demanda-t-il sèchement.

La question la désarçonna. La réponse était évidemment oui – mais aussi tellement plus que ça. Cet emploi lui importait pour des raisons qu'elle ne pouvait même pas commencer à lui expliquer.

« C'est différent de ce que j'ai fait jusque-là, » dit-elle. « Il s'agit d'une croisière fluviale, un voyage sur le Danube. Le départ est prévu pour demain à Budapest. Et je ne serai plus uniquement hôtesse. C'est moi qui serai la chargée d'animation pendant tout le séjour. »

Un autre silence.

Cela ne l'impressionne pas, se dit-elle.

Au même instant elle se demanda – et pourquoi le serait-il ? L'intitulé de ces métiers : hôtesse, chargée d'animation, tout cela ne signifiait rien pour lui.

« Et ça signifie quoi pour nous ? » demanda Ian.

London resta bouche bée tandis qu'elle filait dans le hall vers la porte d'embarquement.

« Ian, je… je crains de ne pas être prête pour ta… 'fusion'. Je ne penserai pas forcément toujours ainsi. Peut-être que d'ici quelques années… »

« L'offre est annulée » dit Ian.

Hein ? faillit dire London à voix haute.

« C'était la meilleure offre que je pouvais te faire, » ajouta Ian. « A présent je la retire. Je crains que les négociations ne doivent s'arrêter là. »

London était stupéfaite.

Des négociations ?

Elle n'aurait jamais pensé que…

Ou si ?

Il s'était peut-être montré trop vague. Ou bien il avait pensé qu'elle essayait juste de gagner du temps.

Ou de négocier.

Ian poursuivit en s'exprimant d'une façon étrangement professionnelle, faisant preuve d'une extrême politesse.

« J'espère que tu me comprends, London. Seulement je suis un homme très occupé et je n'ai pas de temps à perdre. Le train a quitté la gare, si l'on peut dire – et tu l'as loupé. Ceci dit, je te souhaite le meilleur, je n'éprouve aucune rancune. »

« Je… je suis heureuse de t'entendre dire ça » dit London.

« J'espère que tu ne regretteras pas ta décision, » ajouta Ian. « Pardonne-moi de te le dire mais à mon avis, ce n'est pas très avisé. Enfin bon, c'est ton choix, pas le mien. Je te souhaite de faire de beaux voyages – même si la Hongrie me semble particulièrement déprimante. »

« Merci de… me comprendre » dit London.

Ils se dirent au revoir et raccrochèrent.

London eut soudain l'impression de respirer plus librement, comme si on venait de lui ôter un poids. Elle se sentait bizarrement soulagée.

Même si elle avait confié à Ian que sa décision n'était pas nécessairement permanente, elle réalisait brusquement être incapable de mener la même vie que sa sœur, et encore moins avec… il lui fallut un moment pour trouver le mot pouvant correspondre.

Quelqu'un d'aussi *managérial* que Ian.

Difficile d'imaginer que, ce matin encore, elle se demandait si elle devait ou non accepter l'offre de 'fusion' de Ian.

En fait, si Jeremy Lapham avait fini par la renvoyer au lieu de lui proposer un emploi aussi alléchant, Tia et elle seraient peut-être en train de réfléchir à son mariage en cet instant même.

Je l'ai échappé belle, se dit-elle tout en montrant son billet au steward à la porte d'embarquement avant de rejoindre la file des passagers pour monter dans l'avion.

*

London ouvrit les yeux en entendant la voix du pilote.

« Nous venons d'atterrir à l'aéroport international Ferenc Liszt de Budapest, du nom du célèbre compositeur, organiste, pianiste et chef d'orchestre Franz Liszt... »

Elle sourit en entendant cette même annonce être répétée en français, allemand, italien et bien sûr hongrois. C'était merveilleux de s'éveiller aux sons de toutes ces langues.

Me voilà bel et bien de retour en Europe, réalisa-t-elle.

Il était tout juste un peu plus de huit heures du matin à Budapest, même si London savait que son corps s'efforcerait encore un moment de la convaincre qu'il était bien plus tôt. Mais en tant que voyageuse aguerrie, elle avait plusieurs astuces pour atténuer les effets du jet-lag après un vol transatlantique. Tout d'abord, elle avait dormi autant que possible durant les huit heures et demie d'avion. Pour le moment, elle se sentait plutôt en forme.

Elle se leva de son siège et ouvrit le compartiment à bagages pour y prendre ses sacs puis se fraya un chemin pour descendre de l'avion avec les autres passagers. Elle se sentait euphorique malgré la foule dense de gens tout autour d'elle. Elle se présenta au contrôle et montra le formulaire qu'elle avait rempli durant le vol.

« Je vous souhaite un bon séjour à Budapest », dit en anglais le souriant agent avec un fort accent.

London rassembla son courage pour tenter un mot de hongrois.

« *'Köszönöm'* » répondit-elle en souriant à son tour.

Son hochement de tête amusé lui indiqua qu'elle n'avait peut-être pas dit 'merci' à la perfection mais qu'il appréciait son effort.

Elle se rendit ensuite à la zone de récupération des bagages où ses sacs ne tardèrent pas à arriver sur le tourniquet. N'ayant pas de marchandises à déclarer, elle n'eut pas à passer à la douane. Un porteur mit ses sacs dans un chariot et elle le suivit jusqu'au terminal principal.

Elle poussa un petit cri d'admiration devant l'immense et moderne

'Sky Court' qui s'étendait tout autour d'elle, avec son plafond vertigineux, sa galerie en surplomb, ses stands de magazines et de cadeaux.

London eut brusquement un sentiment de liberté comme elle n'en avait plus connu depuis longtemps. Elle éprouva un plaisir particulier en voyant la foule de gens aller et venir un peu partout, certains parlant des langues dont elle ne comprenait pas un seul mot. L'ambiance était chaotique bien sûr – mais c'était le genre de chaos qui lui convenait, pas comme chez sa sœur.

Elle suivit le porteur à l'extérieur. Il héla rapidement un petit taxi jaune avant de déposer ses bagages dans le coffre.

Le chauffeur la conduisit dans la partie de la ville connue sous le nom de *Pest*.

Les étincelants immeubles en verre laissaient place à des bâtiments plus anciens au fur et à mesure que le caractère historique de la ville se déployait.

London Rose resta finalement bouche bée au moment où le petit taxi jaune tourna sur la rue *Soroksari*. Une mélodie bien connue résonna dans sa tête – « Le beau Danube bleu ».

Le superbe fleuve venait d'apparaître devant elle et ce spectacle à couper le souffle lui prouva que la fameuse valse portait bien son nom. Le Danube était d'une merveilleuse couleur bleutée sous la lumière matinale, entouré de chaque côté par l'une des plus somptueuses villes du monde.

Budapest s'étendait autour d'elle, tel un rêve à demi oublié. Les plus beaux points d'intérêt de l'ancienne cité scintillaient, riches de souvenirs agréables liés aux grands bâtiments en briques, aux dômes, aux tours, aux parcs, aux magasins et aux artistes de rue.

London sourit en songeant à ce que Ian lui avait dit juste avant son départ.

« La Hongrie me semble plutôt déprimante. »

Elle se demanda où il avait bien pu chercher une telle idée. Cette ville superbe n'avait absolument rien de déprimant.

Elle baissa la vitre du taxi et inspira l'air frais et pur. La journée promettait d'être belle et Budapest étincelait tout autour d'elle, fidèle à son surnom de 'Perle du Danube'.

Elle était là en cet instant, au bord des quais, regardant le beau Danube avec ses superbes ponts par la vitre du taxi. Toutes sortes de bateaux y étaient amarrés, des yachts privés aux bateaux de tourisme bas et allongés, certains pouvant contenir près de deux cent passagers.

Au-delà du fleuve se trouvait la partie de la ville appelée *Buda*, vallonnée et boisée avec ses anciens bâtiments aux toits rouges.

Le moment semblait idéal pour tenter à nouveau d'utiliser le peu de vocabulaire hongrois qu'elle connaissait.

« Je n'étais pas venue à Budapest depuis longtemps » dit-elle en hongrois au chauffeur.

« De quand date votre dernière visite ? » demanda-t-il, apparemment ravi qu'une étrangère prenne la peine de lui parler dans sa propre langue.

« Difficile à dire » dit London, les années semblant s'ouvrir, béantes, derrière elle. « Pas depuis le siècle dernier, je suppose. »

Le chauffeur rit.

« Ce qui doit remonter au moins à une centaine d'années » dit-il.

London rit à son tour.

« Eh bien, alors je suppose que ça devait être dans les années 1990 » dit-elle.

« Ce n'est pas si lointain que ça en a l'air. Et Budapest ne change jamais beaucoup, du moins pas dans son cœur. »

Le chauffeur fit un geste de la main en direction d'un grand bâtiment moderne près de la rive du fleuve. Il avait d'immenses fenêtres, de simples colonnes droites à l'avant et un toit aux angles aigus.

« Vous n'avez pas pu voir ce bâtiment auparavant » dit-il. « C'est le Müpa Budapest, un centre culturel qui a ouvert en 2005. »

Tandis qu'ils dépassaient le Müpa, le chauffeur montra un autre grand bâtiment de forme excentrique, avec une entrée arrondie. « Et voici le Théâtre National Hongrois. Il a ouvert en 2002. Etrange à voir, n'est-ce pas ? C'est du moins ce que pensent de nombreux habitants d'ici. »

Toutes ces dates déstabilisèrent quelque peu London.

Ça fait vraiment si longtemps depuis ma dernière venue ici ? songea-t-elle.

Elle se sentit brusquement plus vieille qu'elle ne le pensait généralement. Mais au moins était-elle toujours capable de poser quelques questions en hongrois – mieux encore, elle pouvait comprendre la plupart des réponses.

Elle constatait en effet que la ville n'avait dans l'ensemble pas beaucoup changé. Elle était majoritairement trop ancrée dans l'Histoire, trop monumentale pour céder sa place au Temps. Au-delà du fleuve, elle put voir la Citadelle, une majestueuse forteresse en pierres bâtie sur une colline au dix-neuvième siècle. Plus loin sur la rive opposée, se trouvait le splendide Château de Buda, long de plus d'un kilomètre avec un dôme magnifique en son centre. Son profil se fit encore plus imposant tandis qu'ils continuaient de rouler le long du fleuve.

La vue du château lui donna un coup au cœur lorsqu'elle se souvint l'avoir visité avec ses parents toute petite fille. Ils l'y avaient emmenée plusieurs jours afin d'explorer les merveilles infinies du château – ses galeries, ses bijoux royaux, ses fontaines et ses pièces historiques.

*On dirait que c'était hier, p*ensa-t-elle.

Mais de nombreuses années avaient passé et un instant, London sentit cruellement à quel point sa mère lui manquait. Elle refusa néanmoins de se laisser gagner par la mélancolie. Il y avait trop de belles choses à voir.

Juste après le château, l'imposant Pont des Chaînes Széchény s'étendait par-dessus le Danube. London savait que ce pont historique avait été construit en 1849 afin de relier trois cités – Buda, Pest et Obuda – formant ainsi la ville de Budapest.

Le chauffeur ralentit à l'approche du pont. London sentit un frisson d'excitation en repérant le nom *Nachtmusik* sur la coque d'un des bateaux qui y étaient amarrés.

C'est lui ! se dit-elle.

Avec ses lignes élégantes et même s'il était construit selon le même style bas et allongé, il était légèrement plus petit que les autres navires de croisière également sur la rive. Comme ceux-ci, il était environ à une vingtaine de mètres plus loin sur l'eau, relié à l'embarcadère en pierre par une longue passerelle.

Le chauffeur gara son taxi, prit les bagages de London dans le coffre et les déposa à l'extrémité de la passerelle. London le paya en le remerciant puis resta là au milieu de ses valises, contemplant le bateau tandis que le chauffeur s'en allait.

La vue d'un si joli petit navire avait quelque chose de saisissant après tant d'années passées à travailler sur d'immenses paquebots pouvant littéralement contenir des milliers de passagers. Elle avait toujours adoré son travail mais le gigantisme de ces bateaux avait commencé à la fatiguer.

Elle ressentit immédiatement de l'affection pour cet élégant bateau si chaleureux d'aspect. Elle se réjouit de savoir qu'il allait bientôt constituer son nouveau foyer.

Au moment où London faisait un pas vers la passerelle, elle entendit une voix l'appeler de l'autre extrémité.

« London Rose ! En chair et en os ! »

London rit de plaisir en reconnaissant l'accent du Bronx qui lui parvenait par-delà les flots. La grande femme blonde qui s'avançait précipitamment le long de la passerelle était sa vieille amie, Elsie Sloan.

« Elsie ! » s'exclama London. « Mais qu'est-ce que tu fais ici ? »

« Je pourrais te demander la même chose ! La dernière fois que j'ai entendu parler de toi, tu étais en croisière aux Caraïbes. »

« Et toi, tu naviguais sur les eaux de l'Extrême-Orient. »

« Eh bien, les choses changent. »

« C'est sûr » dit London, frappée par la justesse de ces paroles. Elles se saluèrent, se serrant dans les bras l'une de l'autre et London s'aperçut qu'Elsie n'avait vraiment pas beaucoup changé depuis l'année et demie qu'elles avaient travaillé ensemble sur un bateau au large des côtes de l'Australie. Elles avaient été des collègues inséparables plusieurs années jusqu'à ce que leurs missions professionnelles ne les séparent géographiquement.

Le teint bronzé d'Elsie formait toujours un fort contraste avec sa chevelure d'un blond très clair, l'ensemble rendu encore plus frappant avec l'uniforme habituel d'Epoch World Cruise Lines : un pantalon aux tons bleu nuit accompagné d'un chemisier et d'une veste.

Un aide de pont s'avança sur la passerelle à la suite d'Elsie et celle-ci lui demanda d'emmener les bagages de London dans la cabine 110. Il les déposa dans un chariot et se hâta de monter avec elles à bord du bateau.

Elsie dit, « Je n'ai pas voulu le croire quand la réceptionniste m'a dit que tu arrivais ce matin pour travailler sur cette croisière. Mais j'ai fait le guet et te voilà ! Je voulais à tout prix être la première personne à t'accueillir et te faire faire le tour de ce beau bateau qu'est le *Nachtmusik*, alors viens, allons-y ! Tu vas adorer, j'en suis sûre. »

« On a beaucoup à rattraper, nous deux » dit London tandis qu'elles empruntaient la passerelle.

« Tu peux le dire » dit Elsie. Puis elle ajouta avec un clin d'œil, « Mais rien qu'à voir ton expression radieuse, je sais que ta vie sentimentale a été absolument délirante ces derniers temps. »

« Pas tout à fait, » dit London. « Mais un homme m'a demandée en mariage avant-hier soir. »

« Un homme riche ? »

« Eh bien, sérieux du moins. »

« Tu as dit non, je comprends. Autrement tu ne serais pas ici. »

« C'est ça. »

Elsie laissa échapper un soupir anxieux, chose qui ne lui était pas habituelle.

« Eh bien, tu me connais – je ne suis pas du genre à me poser. Comme toi, j'apprécie cette vie de liberté et d'aventure. Mais j'espère que tu n'as pas commis une erreur. »

« Que veux-tu dire ? » demanda London.

« Tu as sûrement entendu les rumeurs selon lesquelles qu'Epoch World Cruise Lines a des difficultés financières. Il paraît que les croisières sur les fleuves d'Europe représentent le dernier espoir de l'entreprise. Et ce séjour sur le Danube est la première. Si ça ne marche pas bien... »

Elsie ne poursuivit pas mais London comprit ce que son amie laissait sous-entendre. Elle se rappela sa visioconférence avec Jeremy Lapham, quand il lui avait assuré qu'Epoch World Cruise Lines n'était pas sur le point de 'faire faillite', que l'entreprise n'avait pas 'dit son dernier mot'.

Mais qu'aurait-il bien pu me dire d'autre ?

Il avait fait de son mieux pour la convaincre d'accepter ce nouveau travail, voilà tout.

En plus, n'avait-il pas ajouté, *« Il y a de nombreux enjeux dans ce nouveau projet. »*

Tout l'avenir d'Epoch World était indubitablement suspendu à ce premier séjour en Europe, y compris au fait que London, Elsie et le reste de l'équipage excellent dans leur travail

« C'est quoi ton boulot sur le *Nachtmusik ?* » demanda London.

« Barmaid. Dans le salon principal. Et toi ? Personne ne me l'a encore dit. »

« Chargée d'animation » dit London.

Elsie écarquilla les yeux.

« Chargée d'animation ! Oh mon dieu, alors c'est *toi*... »

Elle se tut.

« Y a un problème ? » demanda London.

« J'espère que non, » dit Elsie avec un haussement d'épaule. « Je t'expliquerai une fois que tu seras installée. »

Pour la première fois depuis son arrivée à Budapest, London ressentit comme un léger malaise.

Malgré son enthousiasme pour ce nouveau travail, elle se dit qu'il allait peut-être y avoir du tangage.

Attendons-nous à avoir quelques soucis, pensa-t-elle.

CHAPITRE CINQ

London et Elsie empruntèrent la passerelle jusqu'au hall de réception qui ressemblait au lobby d'un hôtel petit mais luxueux.

« Nous sommes sur le pont Menuetto, » dit Elsie tandis que London signait son nom sur le registre. « Les ponts portent les noms des différents mouvements de *Eine Kleine Nachtmusik.* »

London ressentit un léger choc en entendant le nom du morceau que sa mère avait si souvent joué quand elle était petite.

Je ferais bien de m'y habituer, songea-t-elle.

Le bateau tenait son nom de ce morceau, après tout.

« On va commencer par le niveau supérieur puis on descendra jusqu'en bas » dit Elsie tandis qu'elles entraient dans l'ascenseur.

Elles montèrent d'un étage jusqu'au pont supérieur – le pont Rondo, selon Elsie. Très grand, il était idéal pour prendre des bains de soleil avec ses transats répartis tout autour d'une petite piscine. La vue coupa de nouveau le souffle à London et elle se retourna de chaque côté pour en profiter pleinement. C'était le meilleur panorama de la ville qu'elle avait eu l'occasion de voir jusqu'à présent.

Elsie conduisit London à l'avant du bateau, où un pont aux parois en verre dominait tout le reste.

Elsie fit un signe en cette direction et appela.

« Yoo-hoo ! Hé ho, Capitaine Hays ! »

Un homme corpulent d'âge moyen avec une moustache de style morse passa sa tête par la portière. Il devait s'être entretenu avec différents membres de l'équipage.

« Oui ? » demanda-t-il.

« Je vous ai amené notre toute recrue pour que vous fassiez connaissance, » dit Elsie. « Je vous présente notre chargée d'animation, London Rose. London, voici notre intrépide capitaine, Spencer Hays. »

Celui-ci agita ses sourcils d'un air séducteur.

« London Rose, dites-vous ? » dit-t-il avec un fort accent anglais. « Enchanté de faire votre connaissance. Un nom charmant pour une charmante demoiselle. Oui, enchanté, réellement. »

London répondit. « Je suis très honorée d'être à bord, Capitaine Hays. »

« Parfait ! » dit le capitaine. « Nous aurons plus de temps pour apprendre à nous connaître pendant le voyage. Je ferai tout ce qui est en mon pouvoir pour vous rendre ce séjour agréable. »

Il retourna à l'intérieur du pont pour reprendre son entretien avec son équipe.

« Viens, prenons les escaliers » dit Elsie.

London la suivit en bas des marches en spirale pour retourner au pont Menuetto. Elles jetèrent un rapide coup d'œil au salon situé à la proue du bateau, avec son somptueux ameublement et ses immenses baies vitrées d'où l'on avait une vue merveilleuse sur le fleuve. Une mélodie bien connue retentissait à travers les écouteurs du salon. Elsie ne put en dire le nom mais elle était certaine que c'était du Mozart.

« C'est le salon Amadeus, » lui dit Elsie. « C'est ici que j'officie en tant que barmaid en chef » ajouta-t-elle fièrement. « J'ai une équipe de quatre personnes – ou bien cinq ? Enfin, suffisamment pour me rendre ivre de pouvoir. Je vais vraiment aimer commander les gens à ma guise. »

« J'en suis certaine » répondit London avec un sourire narquois.

Elles repassèrent par le hall de réception pour se rendre sur une coursive dotée de cabines des deux côtés. Montrant les panneaux sur les portes, Elsie expliqua. « Tu peux voir que nous avons un thème pour les suites et les cabines de luxe – les musiques du Danube. »

London vit que chacune portaient un nom : Liszt, Haydn, Schubert, ainsi que ceux d'autres compositeurs de la région.

Elsie utilisa sa clé pour ouvrir la grande suite 'Beethoven'. London entendit aussitôt un charmant air de piano qui lui rappela son enfance : 'La lettre à Elise', crut-elle reconnaître.

La suite était grande et luxueuse, avec un espace salon séparé et un balcon. Elle était décorée de façon à évoquer par petites touches la Vienne du dix-neuvième siècle, on y trouvait même des partitions musicales.

« Je n'avais jamais vu une suite aussi grande sur un bateau » dit London.

« Oui, mais je ne suis pas sûre que je voudrais passer ma lune de miel ici » dit Elsie en indiquant un large portrait de Beethoven au-dessus du lit.

London regarda le compositeur à la tête baissée et aux bras croisés, avec son air renfrogné et comme désapprobateur. Il ne paraissait pas disposé pour la moindre histoire d'amour.

« Je crois qu'il était connu pour ses accès de colère et sa mauvaise humeur » dit-elle.

« Oui, eh bien il n'existe pas de photos de Beethoven tout sourire en train de faire un clin d'œil comme s'il chantonnait 'ooh-la-la'. »

Elles retournèrent dans le couloir et Elsie dit : « Il n'existe que deux suites avec ces dimensions-là. Il y en a d'autres plus petites ainsi que des cabines extrêmement élégantes sur ce pont. »

London suivit Elsie le long d'une autre volée de marches jusqu'au niveau suivant : le pont Romanze. Il contenait des cabines de taille moyenne portant les noms d'autres légendes de la musique – Brahms, Bartok, Johan Strauss II, et même la famille de chanteurs Trapp.

Elles regardèrent à l'intérieur du somptueux Restaurant Habsbourg où les tables étaient déjà dressées pour le repas suivant puis elles reprirent les escaliers pour descendre jusqu'au dernier niveau : l'Allegro.

Les pièces n'avaient ici aucun nom particulier et Elsie conduisit London jusqu'à une porte dotée du numéro 110. Mais quand Elsie ouvrit la porte, London fut stupéfaite en voyant qu'on y avait laissé ses propres bagages.

« Oh mon Dieu ! » s'exclama London. « L'aide de pont a dû déposer mes bagages au mauvais endroit ! »

C'était une cabine pour une personne, petite mais à peine moins luxueuse que la suite qu'elles avaient visitée deux ponts plus haut. Elle était en réalité plus impressionnante que certaines cabines économiques pour passagers qu'elle avait vues au cours de ses voyages sur l'océan.

Elsie prit London par le bras en feignant de s'inquiéter.

« London, assieds-toi. J'ai quelque chose à te dire mais tu ne dois pas t'alarmer. »

Elle entraîna London vers le lit pour s'y asseoir.

« Je sais que ça va être un choc » dit-elle, « mais l'aide de pont ne s'est pas trompé. Tu ne dois pas t'évanouir ou quoi que ce soit de ce genre. Ceci est *ta* cabine. La tienne et celle de personne d'autre. »

Sur un oreiller à côté d'elle, London vit un dossier d'informations avec son nom inscrit dessus, une clé pour la chambre et un badge d'identité où l'on pouvait lire :

LONDON ROSE
CHARGÉE D'ANIMATION

« Oh mon Dieu ! » répéta London.

« Ça change de l'ancien temps, pas vrai ? »

« C'est sûr » dit London en reprenant son souffle.

Du temps où Elsie et elle avaient travaillé ensemble sur les bateaux de croisière, elles avaient souvent été logées dans des cabines sans fenêtre aux lits superposés en compagnie de deux ou trois autres hôtesses.

Cette cabine avait un grand lit et était décorée dans des tons bleu et gris clair. La haute et étroite fenêtre offrait une très jolie vue.

« Tu as même ta propre salle de bain » l'informa Elsie. « Avec une douche. » Elle s'avança et ouvrit un placard. Plusieurs uniformes d'équipage étaient pendus à l'intérieur, avec encore beaucoup de place pour les vêtements que London avaient apportés ou ceux qu'elle pourrait acheter dans les boutiques européennes.

« Tu ferais mieux d'enfiler ces fringues » dit Elsie en pointant du doigt l'uniforme. « Les passagers vont embarquer dans une demi-heure et tu es censée les accueillir. »

London se rendit à la salle de bain, se débarbouilla rapidement et mit son uniforme – le pantalon bleu nuit avec le chemisier et la veste. Elle retoucha son maquillage et se brossa les cheveux.

Elsie applaudit lorsque London ressortit.

« Excellent ! » dit-elle. « Tu fais honneur à cet uniforme ! »

Avant que London ne puisse répondre, un coup sonore fut frappé à la porte. Elsie alla ouvrir et une femme aux cheveux foncés en uniforme entra brusquement.

Elsie balbutia. « London, voici Amy Blassingame, notre réceptionniste et... »

La femme l'interrompit en regardant sa montre.

« J'aimerais pouvoir dire que c'est un plaisir de vous rencontrer, Mademoiselle Rose, mais je crains que nous ne soyons déjà en retard. Nos passagers sont justement prêts à embarquer. Vous feriez mieux de monter pour les accueillir – si vous espérez garder votre travail, j'entends »

Amy Blassingame lui tendit un registre.

« Vous allez en avoir besoin » dit-elle d'un ton sec. « Inscrivez-y les besoins personnels et les demandes de chaque passager avec leur nom à côté puis laissez le tout dans ma boîte à la réception. Je me charge de la suite. »

London prit le registre et voulut articuler un merci mais la femme était ressortie en trombe sans ajouter un seul mot.

Pendant un instant, London se contenta de la regarder partir, stupéfaite devant l'hostilité envers elle qui avait semblé émaner de cette totale inconnue. Un bref regard sur le registre lui montra qu'il s'agissait de la liste des passagers.

« Allons-y » dit London à Elsie. Elles sortirent sans s'attarder dans le couloir, Amy Blassingame n'étant nulle part en vue.

« Je croyais que tu avais dit qu'il me restait une demi-heure, » dit London tandis qu'elles prenaient l'ascenseur.

« C'est ce qu'Amy m'avait dit de te dire, » répondit Elsie, un peu haletante. « Oh, London, je voulais te prévenir au sujet d'Amy la chipie. Comment as-tu obtenu ce travail ? »

« Jeremy Lapham m'a lui-même téléphoné. Juste hier. »

« Pour dire quoi ? »

« Que le poste était devenu vacant de façon inattendue. »

« C'est ça, » dit Elsie. « La femme précédemment engagée a laissé tomber. A mon avis, elle a préféré filer avec son amant italien. Amy pensait obtenir le poste. Du coup elle fulmine depuis ce matin et elle est furieuse contre toi. Faire exprès de t'annoncer l'heure d'embarquement à la dernière minute, c'est sa manière de se venger… »

« Mais je n'ai pas… »

« Je sais, tu n'as voulu causer de tort à personne. Mais je crains qu'Amy n'en ait après toi de toute façon. Mais rappelle-toi : tu es sa supérieure hiérarchique, pas l'inverse. Même si tu risques d'avoir du mal à le lui faire accepter. »

London sentit son cœur se serrer. Elle n'avait pas appris à faire preuve d'autorité sur des membres d'équipage rancuniers lorsqu'elle était une simple hôtesse sur les bateaux de croisière.

Je vais certainement devoir m'habituer à une quantité de nouvelles choses, réalisa-t-elle.

Elle était bien décidée à ne pas laisser cette chipie la décourager.

Parvenues à la zone d'embarquement, London put voir la file des passagers patienter derrière une chaîne à l'autre bout de la passerelle couverte menant au bateau. Elle ouvrit les portes vitrées du salon de réception et agita la main vers l'aide de pont responsable de la manœuvre. À son signal, il détacha la chaîne pour laisser les nouveaux arrivants monter à bord.

« Bonne chance, » murmura Elsie en s'éloignant.

London inspira profondément tandis que les premiers passagers s'avançaient vers elle.

A l'avant du groupe, se tenait une femme petite et âgée à l'aspect peu engageant. Elle portait des fourrures superflues étant donné la météo ainsi que suffisamment de bijoux pour la renverser tellement elle était menue. Elle n'avait à la main qu'un seul grand sac en cuir mais une pile impressionnante de bagages la suivait, portée par l'aide de pont.

Malgré l'expression sévère de la femme, London lui fit un radieux sourire et ouvrit la bouche, prête à accueillir la première passagère à pénétrer dans l'agréable salon de réception du *Nachtmusik*.

L'attention de London fut alors attirée par quelque chose d'étrange dans le sac.

De longs cheveux bruns s'en échappaient, comme si la femme avait négligemment fourré une perruque à l'intérieur.

Tandis que London fixait la perruque, elle vit soudain deux yeux marron foncé s'entrouvrir.

La perruque la regardait à son tour.

CHAPITRE SIX

Les yeux marron clignèrent deux ou trois fois en direction de London. Puis la touffe de poils se souleva légèrement, révélant une truffe noire brillante. Des dents accompagnées d'un grognement sourd se matérialisèrent en-dessous.

Une sorte de jouet mécanique ? se demanda London.

Puis la masse de poils laissa échapper un aboiement, confirmant une fois pour toute que cette masse poilue n'était ni un jouet ni une perruque. Cette petite femme âgée transportait un chien minuscule dans son sac.

Cela risque-t-il de poser problème ? s'interrogea London.

Avec le tourbillon d'événements qui l'avait amenée ici du jour au lendemain, personne ne lui avait rien dit au sujet du règlement concernant les animaux pendant ce voyage. Elle avait vu des passagers avec des animaux d'assistance lorsqu'elle travaillait sur des croisières en haute mer, mais décider si on pouvait ou non les autoriser à bord n'avait jamais relevé de ses compétences.

London parvint à afficher son sourire le plus professionnel.

« Bienvenue chez Epoch World Cruise Lines, premier circuit touristique sur le beau Danube bleu, » dit-elle. « Puis-je avoir votre nom ? »

La femme la regarda d'un air renfrogné. Son visage très mince était d'une pâleur extrême mais derrière ses lunettes, les iris de ses yeux étaient noir foncé – encore plus sombres que ceux de son chien.

« Vous le savez sûrement déjà » répliqua-t-elle en indiquant le registre que London tenait à la main. « Vous avez la liste des passagers juste ici. »

London fut stupéfaite par la logique absurde de cette femme.

« J'ai tout de même besoin que vous me disiez… » commença-t-elle.

« Et moi je vous dis que vous l'avez juste devant vous. J'ai une réservation juste ici, sur le pont Menuetto, dans l'une de vos plus belles cabines – la grande suite Beethoven. »

La suite que je viens de visiter, songea London.

Elle faillit éclater de rire en se rappelant le portrait de Beethoven qui trônait au-dessus du lit. Le grand compositeur et cette femme colérique partageaient la même mine renfrognée. London se dit qu'ils s'entendraient probablement fort bien tous les deux.

Peut-être qu'ils vont passer tout le voyage à se faire joyeusement des grimaces.

Cette information lui permit en tous cas d'identifier aisément le nom de la femme, Lillis Klimowski.

« Nous sommes ravis de vous compter parmi nous à bord du *Nachtmusik*, Mademoiselle... »

« *Madame*. Je suis veuve, pour votre gouverne. »

« Madame Klimowski » dit London avec un hochement de tête.

Avant qu'elle ne décide comment aborder la question du chien, une voix irritée s'empara du sujet.

« Les chiens sont interdits à bord » se plaignit à voix haute un homme qui se trouvait juste derrière Mme Klimowski.

Cet homme d'âge moyen était beaucoup plus gros que celle-ci. Il portait un pantalon à carreaux et se tenait juste à côté d'une femme plantureuse aux cheveux teints en rouge vif et qui mâchait du chewing-gum.

« Je vous demande pardon ? » dit sèchement Madame Klimowski.

« Vous m'avez très bien compris, » dit l'homme.

Mme Klimowski le regarda de haut.

« Je vous informe que le Champion Sir Reginald Taft n'est pas une bête ordinaire. Il a été un animal primé dans sa jeunesse – c'est du moins ce qu'on m'a dit quand je l'ai acheté. Il me sert officiellement de soutien émotionnel. Nous sommes inséparables. Parfois je me dis que s'il n'y avait pas Sir Reginald, je deviendrais tout à fait folle – surtout lorsque je dois traiter avec des brutes aussi mal élevées que vous, Monsieur... comment *vous* appelez-vous, espèce de malotru ? »

L'homme passa son bras autour de celui de la femme qui mâchait du chewing-gum.

« *Monsieur* et *Madame* Gus Jarrett, et nous sommes ici en lune de miel. »

London jeta un œil à sa liste et vit que Gus et Honey Jarrett avaient la cabine Famille Trapp sur le pont Romanze, un niveau en-dessous. Ils regardèrent London comme si c'était loin d'être la première lune de miel qu'ils passaient. Elle supposa qu'ils n'en étaient pas à leur premier mariage.

Puis un autre couple sortit de la file pour regarder le chien. Ils avaient l'air sympathique. Ils étaient âgés et légèrement grassouillets. La femme tendit sa main au chien pour lui permettre de la renifler.

« Oh mais regarde cette adorable créature, Walter ! » dit-elle.

« C'est vrai qu'il est très mignon, Agnès, » dit son mari.

London baissa les yeux sur son registre et trouva les noms de Walter et Agnès Shick, qui étaient logés dans la suite Johan Strauss II sur le pont Menuetto.

L'admiration du couple parut améliorer légèrement l'humeur du chien. Encore tout serré à l'intérieur du sac en cuir, Sir Reginald Taft laissa Agnès Shick le gratouiller sous le menton sans lui arracher un doigt.

Mais Gus Jarrett semblait maintenant vraiment en colère.

« Je dois vous informer que ma chère épouse est allergique aux chiens ! » dit-il.

Sa femme, qui mâchait toujours son chewing-gum, lui lança un drôle de regard comme si elle apprenait la nouvelle. London était convaincue que ce Gus était en train d'inventer cette histoire d'allergie de Honey juste dans le but de causer du grabuge. Mais comme ils étaient logés un pont en-dessous de la suite de Mme Klimowski, les allergies ne seraient sûrement pas un problème. Ils n'auraient qu'à se tenir à distance respectable du chien.

Sans cesser de caresser Sir Reginald, Agnès Shick regarda Gus et Honey avec un sourire.

« Inutile de vous inquiéter à propos des allergies, » dit-elle.

« En effet, » ajouta Walter Shick. « C'est un Yorkshire Terrier. Cette race est hypoallergénique. »

« Hypo quoi ? » demanda Gus Jarrett.

« Hypoallergénique, » répéta Agnès. « Son adorable touffe de poils ressemble davantage à la chevelure des humains qu'aux poils des animaux. Il ne provoquera pas plus d'allergie chez votre femme que… eh bien, moi-même, ou Walter, ou n'importe laquelle des personnes ici présentes. »

Agnès cessa de gratouiller le chien et l'animal grogna de nouveau vers London, l'air aussi irrité qu'auparavant.

Mais pourquoi ce chien n'arrête pas de grogner lorsqu'il me regarde ? se demanda-t-elle.

Elle était au moins soulagée que Sir Reginald ne présente aucun risque sanitaire pour les passagers susceptibles d'avoir des allergies.

Pendant ce temps, la file des passagers prêts à embarquer s'allongeait de minute en minute. Tout le monde commençait à s'impatienter devant la lenteur du processus. London ne savait toujours pas quoi faire au sujet de l'animal. Elle essaya de se rappeler ce que lui avaient dit certains anciens collègues au sujet des animaux d'assistance.

« Avez-vous une autorisation pour Sir Reginald ? » demanda-t-elle

41

à Mme Klimowski.

« Une autorisation ? Pourquoi diable aurait-il besoin d'une autorisation ? »

« A ma connaissance, les passagers sont tenus de présenter une lettre de leur thérapeute ou tout autre professionnel de santé, un document qui atteste du besoin d'un animal décrit comme soutien émotionnel. Avez-vous une lettre de ce type ? »

« Si j'en ai une ? Bien entendu ! Je l'ai déjà fournie à votre compagnie ! »

London consulta de nouveau la liste des passagers afin de s'assurer qu'il n'y avait aucune mention d'un animal à côté du nom de Mme Klimowski.

« Peut-être pourriez-vous me la montrer à nouveau ? » demanda London avec un sourire poli.

« Vous la montrer à nouveau ! Certainement pas ! J'en ai assez de traiter avec une sous-fifre telle que vous. Je demande à voir la personne en charge de l'animation. »

« Vous l'avez devant vous, » répondit fermement London.

Mme Klimowski écarquilla les yeux.

« J'avoue avoir du mal à le croire, » dit-elle.

London se rendit compte de son sourire figé lorsqu'elle présenta le badge sur son uniforme – celui indiquant qu'elle était 'London Rose, Chargée d'animation'.

« Je suis navrée de ne pas correspondre exactement à la personne à laquelle vous vous attendiez, » dit-elle avec une courtoisie exagérée. « Mais je vous promets de régler immédiatement ce problème et de faire de mon mieux pour vous rendre ce séjour agréable. »

Mme Klimowski ne sembla pas apaisée.

« Je préfère y aller avant de me mettre en colère, » dit-elle. « Vous pourrez venir me parler lorsque vous aurez résolu ce problème. Vous me trouverez dans ma suite. »

Elle tourna les talons et s'éloigna, suivie de l'aide de pont qui portait toujours ses bagages. Tandis que la femme disparaissait dans le corridor menant aux cabines, le chien regarda London et se remit à grogner.

Elle se demanda à nouveau pourquoi ce chien la détestait autant.

Mais Sir Reginald resterait sans doute ici. London ne voyait pas comment quiconque pourrait forcer Mme Klimowski et Sir Reginald Taft à quitter la suite Beethoven.

Entre temps, la file des passagers attendant d'embarquer s'était considérablement allongée. La majorité d'entre eux venaient juste d'arriver. Agnès Shick, la mine soucieuse, se tenait toujours auprès de London.

« Il n'y a sûrement aucune raison de ne pas laisser cet adorable chien à bord, » dit-elle.

« Je l'espère » dit London.

Walter Shick fit un geste en direction de la liste des passagers.

« Est-ce que cette liste dit d'où vient Mme Klimowski ? » demanda-t-il.

London n'avait pas pensé à vérifier.

« De Port Mather, Long Island, » dit London.

« Eh bien, voilà qui simplifie les choses, n'est-ce pas ? » dit Agnès.

« Elle a sûrement pris un vol avec son chien pour venir ici, » ajouta Walter. « Si c'est le cas, elle doit bel et bien posséder une attestation, ou sinon elle n'aurait pas été autorisée à monter dans l'avion. Est-ce vraiment grave si elle ne peut pas présenter cette attestation sur le champ ? »

London sourit de soulagement face à cette suggestion. Elle n'allait finalement pas être obligée de poursuivre Mme Klimowski à ce sujet. Elle pourrait simplement lui demander de produire l'attestation un peu plus tard.

« Bienvenue à bord, » dit-elle à Walter et Agnès Shick. « Et je vous remercie pour votre aide. »

« Heureux d'avoir pu arranger les choses à propos de ce chien, » dit Walter. « Dommage que nous soyons obligés de laisser cette femme monter à bord, ceci dit… »

Agnès donna un coup de coude dans les côtes de son mari.

« Allons Walter, ce n'est pas gentil. Sans Mme Klimowski, qui prendrait soin de Sir Reginald ? »

London remercia de nouveau le couple, avant de les laisser monter à bord.

Le passager suivant était un homme grand et habillé en noir, avec d'épais cheveux noirs et une expression glaciale sur le visage. London sentit un frisson la traverser rien qu'au premier regard. On aurait facilement pu le prendre pour un croque-mort.

« Bienvenue chez Epoch World Cruise Lines, premier circuit touristique sur le beau Danube bleu, » dit-elle. « Puis-je avoir votre nom ?

« Cyrus Bannister, » dit-il. « Je crois que vous me trouverez à la Suite Schoenberg. »

Puis avec un sourire, il ajouta. « Je suis sûr que je dois être la seule personne à en avoir voulu. »

Il fallut une seconde à London pour saisir la plaisanterie. Elle n'avait jamais beaucoup écouté Schoenberg, n'aimant guère ce qu'elle avait entendu. C'était trop bizarre et discordant à son goût. Elle se dit que de nombreuses personnes devaient éprouver la même chose.

Mais peut-être Cyrus Bannister aimait-il ce qui était bizarre et discordant.

Il dit à London, « Je n'ai pu éviter d'entendre votre altercation avec cette femme. Je crains qu'elle n'ait – comment dire – de nombreuses exigences. J'espère qu'elle ne vous causera pas trop d'ennuis. »

« Oh, pas du tout » dit London avec tact.

Puis, jetant un œil vers le bateau, elle ajouta. « Mais je ne sais pas quoi penser de son chien. »

« Pourquoi donc ? »

« Eh bien, il semble ne pas m'apprécier. Il n'arrête pas de grogner vers moi. »

La bouche de Cyrus Bannister esquissa un étrange sourire.

« Il se trouve que je m'y connais quelque peu en chiens, » dit-il. « Et je peux vous assurer qu'il ne grognait pas vers *vous*. »

Scrutant London de plus près, il ajouta : « C'est vers *elle* qu'il grognait. Il grognait à chaque fois qu'elle le secouait à l'intérieur de ce sac. Il n'aime pas être là-dedans. »

London ne sut trop quoi répondre. Elle termina de lui souhaiter la bienvenue et Cyrus Bannister remonta la passerelle, ses bagages à sa suite.

Tandis que London se préparait à accueillir le passager suivant, elle repensa à la femme et son chien et au fait que M. Bannister venait tout juste de la décrire comme étant 'très exigeante'.

Ca semble plutôt juste, songea London. Elle espérait que l'on satisfaisait correctement à ses exigences en ce moment.

Mais son petit doigt lui dit que ce n'était sûrement pas la fin des complications avec Lillis Klimowski et Sir Reginald Taft.

*

London avait l'impression que les demandes ne cessaient d'affluer de son côté.

Elle souriait sans s'arrêter, répétant la même phrase de bienvenue encore et encore :

« Bienvenue chez Epoch World Cruise Lines, premier circuit sur le beau Danube bleu. »

Mais la plupart du temps, elle avait à peine le temps de prononcer ces mots avant qu'un passager prêt à embarquer ne lui fasse une demande, une requête ou une réclamation quelconque.

« Votre porteur est en train de mélanger nos bagages… »

« Il me faut tous les matins un exemplaire bien plié de la presse internationale devant la porte de ma cabine avant… »

« J'ai besoin de mon café à… »

« Je voudrais qu'on m'apporte du cognac… »

« J'ai besoin… »

Les demandes arrivaient telle une litanie sans fin. Que la plupart de la centaine de passagers ayant réservé ce voyage soient arrivés dès le début de l'embarquement n'arrangeait rien. La situation aurait été plus facile pour London s'ils s'étaient échelonnés dans l'après-midi.

Sa tête commençait peu à peu à lui tourner. Que lui avait demandé la dernière personne ? London n'était pas tout à fait certaine de ce qu'elle venait de promettre au jeune homme au sujet de sa cabine individuelle. Des oreillers supplémentaires, ou était-ce lui qui voulait… ? Bon, elle vérifierait ses notes plus tard.

La plupart des demandes des passagers n'avait rien de déraisonnable ni même d'atypique. Elle ne pouvait pas leur reprocher de vouloir que les choses se passent selon leurs souhaits. Après tout, c'était son travail de les satisfaire.

C'est qu'ils sont si nombreux, ne cessait-elle de se dire.

Elle n'avait jamais eu à faire face à une telle ruée lorsqu'elle était hôtesse de croisière. En ce temps-là, elle n'était chargée que d'organiser des activités pour divers groupes une fois que tout le monde était installé. Mais elle se rappela qu'Amy Blassingame avait dit qu'elle se chargerait de toutes ces demandes individuelles. Au moins London ne serait pas obligée d'assurer le suivi de chaque détail.

Cela faisait malgré tout des années que London ne s'était sentie aussi oppressée, pas depuis le temps où elle travaillait comme serveuse tout en suivant des cours à la fac. Elle espérait ne pas avoir la même mine éperdue que lorsqu'elle s'empressait de servir à table à l'heure du déjeuner ou du dîner.

L'après-midi s'écoula rapidement, telle une série d'images saccadées dans un film, avec des coupes brusques de l'une à l'autre. Elle se sentit soulagée lorsque le dernier passager dans la file monta à bord, même s'il lui restait encore du travail.

Elle se hâta ici et là sur le bateau, informant les différents membres d'équipage de leurs nouvelles tâches à propos des bagages, des journaux, du café et de la quantité d'autres demandes faites par les passagers. Enfin, elle regarda sa liste de tâches et vit que tout était coché – pour le moment du moins. Elle l'apporta au bureau de réception et dit à la réceptionniste de la déposer dans la boîte d'Amy Blassingame.

J'ai réussi ! se dit-elle.

C'est du moins ce qu'elle espérait. Tout s'était déroulé si vite que tout lui paraissait flou.

London préféra oublier ses inquiétudes et se dirigea vers le pont ouvert Rondo afin de profiter un peu du bon air frais de la fin d'après-midi. Certains passagers bavardaient joyeusement tout en déambulant sur le pont solarium, quelques autres avaient piqué une tête dans la piscine. A son grand soulagement, personne ne l'approcha pour la charger de s'occuper de nouveaux problèmes.

Elle s'arrêta au bastingage et regarda le fleuve. Le *Nachtmusik* ne partirait pas pour sa prochaine destination avant une heure avancée de la soirée. Les passagers semblaient déjà prendre gentiment leurs marques et passer du bon temps même alors qu'ils se trouvaient toujours sur le pont.

Peut-être que ça va se calmer un moment, se prit-elle à espérer.

Tandis qu'elle se tenait au bastingage, contemplant le Danube qui coulait paisiblement près du bateau, elle se souvint de ses parents lorsqu'ils l'emmenaient se promener en bateau sur ce magnifique fleuve. Et là, un peu après l'endroit où leur bateau était amarré, se trouvait le Pont des Chaînes Széchény. Ils l'avaient porté sur leurs épaules sur ce pont avant de rejoindre l'imposante Citadelle et le magnifique Château de Buda.

Elle avait essayé de ne pas penser à sa mère depuis son arrivée à Budapest.

Mais elle ne pouvait apparemment plus s'en empêcher à présent.

Que lui est-il arrivé ? se demanda-t-elle, ainsi qu'elle l'avait si souvent fait au cours de ces dernières années.

Elle se rappela les paroles de Tia : « *Je suppose qu'elle n'était pas aussi épanouie qu'elle en avait l'air.* »

Tandis que London regardait la ville, ce superbe joyau, elle se demanda si Tia n'avait pas raison. Peut-être que le mariage et la famille n'avaient pas suffi à sa mère. Peut-être ne lui était-il rien arrivé d'horrible. Peut-être avait-elle simplement quitté sa vie dans le

Nouveau Monde pour en entamer une nouvelle, bien plus excitante, sur le Vieux Continent.

Peut-être qu'elle me ressemblait plus que je ne le croyais, songea London.

Après tout, elle-même ne pouvait s'imaginer mener la vie de sa sœur.

Mais au moins elle n'avait pas passé des années à essayer de vivre ce genre d'existence. Tandis que sa mère avait été mariée, avec deux filles, quand elle avait disparu.

London eut subitement la gorge nouée.

Est-ce qu'elle nous aimait ? se demanda-t-elle.

Ses pensées furent interrompues par une voix masculine toute proche.

« On profite de la vue à ce que je vois. »

Elle se retourna et vit un homme grand et assez séduisant qui s'avançait vers elle. Il portait l'uniforme bleu nuit du navire, mais elle était certaine de ne pas l'avoir vu auparavant.

Cet homme, curieusement, l'intriguait au plus haut point.

CHAPITRE SEPT

London s'efforça de ne pas demeurer bouche bée devant ce bel étranger. Même si ses lunettes cerclées noires lui donnaient une allure d'intellectuel, il était chic et élégant à la manière d'une personne originaire du Vieux Continent. Elle n'était pas tout à fait parvenue à lire les mots inscrits sur l'auguste petite plaque qu'il arborait à son uniforme lorsqu'il s'avança vers elle près du bastingage.

Qui est cet homme ? s'interrogea-t-elle, légèrement surprise par sa propre réaction. Elle se demanda en même temps si elle n'était pas en train de rougir. Pendant l'année où Ian avait été son petit ami, London n'avait accordé que peu d'attention aux autres hommes.

Il semblait de toute évidence faire partie du personnel de bord, mais à quel poste ?

« La ville est magnifique » répondit-elle, soulagée d'engager la conversation de manière aussi banale.

« Je n'arrive pas à en trouver une qui le soit davantage » ajouta l'homme. Il se tourna vers elle, tendit la main et poursuivit, « Je m'appelle Emil Waldmüller, historien en résidence sur le *Nachtmusik.* »

London lui serra la main, positivement étonnée par sa poigne à la fois douce et ferme. Il devait avoir la quarantaine et elle comprit à son accent qu'il était Allemand.

« Enchantée de faire votre connaissance, *Herr* Waldmüller. London Rose. »

« Appelez-moi Emil, » dit l'homme. « Puis-je vous appeler London ?

« Je vous en prie. »

« Je vous ai vue accueillir les passagers. Vous vous êtes fort bien débrouillée. Vous devez être notre nouvelle chargée d'animation. »

« Effectivement, » dit London. Elle fut contente d'apprendre qu'une personne au moins trouvait qu'elle s'était occupée convenablement de l'embarquement des passagers.

Remarquant le léger sourire d'Emil, London devina qu'il devait avoir eu vent d'Amy Blassingame, de son courroux du fait qu'une autre personne ait obtenu le poste. Peut-être même avait-il été témoin d'un accès de mauvaise humeur de sa part.

« Vous avez là une tâche compliquée, » continua-t-il. « Les

passagers sont loin d'être toujours faciles à satisfaire. »

« C'est vrai mais cela fait plusieurs années que je fais de mon mieux pour leur donner satisfaction. Du temps où je travaillais comme hôtesse de croisière, j'ai appris la devise suivante, 'le client a toujours raison'. »

« Une devise fort sage » dit Emil avec un bref hochement de tête. « A tort ou à raison, il faut toujours satisfaire les souhaits des passagers. »

Emil s'appuya au bastingage et regarda London.

« Je m'excuse de vous ajouter un surcroît de travail, » dit-il, « mais je viens de croiser un groupe de passagers ayant une requête à vous exprimer. »

« De quoi s'agit-il ? » demanda-t-elle.

« Eh bien, les passagers ont le reste de la journée libre et bien entendu, la plupart veulent aller visiter de leur côté. Mais ce petit groupe connaît moins la ville et ils voudraient aller au moins dans un bon restaurant avant notre départ – chose que je souhaiterais moi aussi. »

London ne savait trop si Emil lui demandait l'autorisation d'emmener les passagers à l'extérieur ou s'il voulait qu'elle les accompagne.

« Il y a largement le temps pour aller dîner à Budapest, » dit-elle. C'est aux passagers de choisir s'ils préfèrent manger à bord ou à terre. »

Emil poursuivit, « Je suis déjà venu plusieurs fois à Budapest et pourrais donc leur faire visiter, sauf qu'ils ont expressément insisté pour que vous vous joigniez à nous. »

Il haussa légèrement les épaules.

« Je comprends, » dit London en souriant. « En fait, sortir me ferait du bien à moi aussi. J'ai un peu envié les passagers aujourd'hui. Eux au moins ont eu du temps pour découvrir la ville. Pour ma part, je suis arrivée ici juste à temps pour me mettre aussitôt au travail et je n'ai pu aller nulle part. J'ai craint de ne rien voir d'autre de Budapest que la vue par la vitre de mon taxi et à partir d'ici sur le pont.

« Alors vous acceptez de prendre la direction de notre petit groupe ? » interrogea Emil.

« J'en serais heureuse, » répondit-elle timidement. « Mais accepteriez-vous de me donner un coup de main ? Je suis sûre que vous savez bien mieux que moi ce qu'il y a à voir à Budapest aujourd'hui, en particulier lorsqu'il s'agit de choisir un endroit où dîner.

Emil sourit, paraissant légèrement intimidé à son tour.

« J'espérais que vous me le demanderiez » lui dit-il.

London se sentit piquée par la curiosité. Décelait-elle chez lui une marque d'intérêt à son égard ?

Elle s'aperçut que son uniforme était froissé et même qu'elle avait un peu transpiré à l'intérieur. Elle l'avait porté tout l'après-midi pendant qu'elle se dépêchait d'aider les passagers à s'installer. Elle avait plusieurs uniformes propres dans le placard de sa cabine mais elle savait qu'Epoch World Cruise Lines encourageait ses employés à s'habiller normalement lorsqu'ils se rendaient à terre. Elle eut brusquement hâte d'enfiler une tenue un peu moins austère.

« Donnez-moi quelques minutes, » dit-elle. « J'aimerais faire un brin de toilette. Je vous retrouve avec le groupe sur la passerelle. »

« Je m'en réjouis d'avance, » acquiesça Emil. « Je vais rassembler le groupe. »

Légèrement euphorique face à la soirée qui s'annonçait, London prit l'ascenseur pour descendre au pont Allegro. Une fois dans sa cabine, elle troqua son uniforme pour une tenue plus appropriée à une soirée en ville : une jupe mi-longue, une tunique aux imprimés colorés, un gilet long et léger ainsi qu'une paire de chaussures à talons plats. Elle brossa ses cheveux auburn brillants et vérifia une dernière fois son reflet dans le miroir en pied.

Ça ira, décida-t-elle.

Puis London reprit l'ascenseur pour monter sur le pont Menuetto, où elle retrouva Emil et un groupe d'environ dix passagers qui l'attendaient dans le hall de réception. Elle reconnut évidemment chacun d'entre eux, les ayant tous accueillis un peu plus tôt dans la journée. Walter et Agnès Shick étaient présents, ainsi que Gus et Honey Jarrett.

Un grognement familier la fit alors sursauter. London se retourna et vit que Mme Klimowski était arrivée – la boule à poils longs encore dans sa sacoche en cuir. Sir Reginald Taft, malheureux comme les pierres, dévisageait London.

La femme drapée dans ses fourrures était surchargée de bijoux, y compris une paire d'énormes boucles d'oreilles qui la déséquilibrait presque. Un pendentif ostentatoire d'une grande valeur était accroché à son cou par une chaîne en or. Constitué d'un gros rubis aux bordures décorées de petits diamants, l'ensemble était serti dans une monture en or.

London réprima un soupir. Elle comprit aussitôt qu'elle avait un problème sur les bras.

« Mme Klimowski, je crains qu'il ne vous soit déconseillé de sortir comme ça… »

Elle se tut.

« Que voulez-vous dire, comme ça ? » répliqua Mme Klimowski.

« Je veux dire, avec autant de bijoux, et… »

« Et ? »

London ne put s'empêcher d'hésiter brièvement.

Elle doit sûrement comprendre ce que je veux dire, pensa-t-elle.

Puis une autre voix familière s'éleva.

« Je pense qu'elle fait allusion à votre chien, madame. »

Celui qui avait parlé était cette fois le mystérieux Cyrus Bannister, toujours vêtu de noir, et qui fixait Mme Klimowski avec une expression renfrognée.

« Je ne comprends pas pourquoi » répliqua Mme Klimowski.

Comme s'il était d'accord, le chien retroussa ses babines avec un grognement.

Les lèvres de Bannister s'étirèrent en un mince sourire moqueur.

« Madame, si je puis me permettre, ces bijoux précieux font de vous une cible idéale pour les voleurs. Et votre chien pourrait ne pas être le bienvenu dans la plupart des endroits que nous aurons envie de visiter.

« Ridicule ! » dit Mme Klimowski. Je suis ici depuis deux jours entiers et je me suis promenée à ma guise, habillée exactement comme en ce moment, toujours avec mon précieux Sir Reginald dans les bras. »

Bannister inspira profondément.

Il voulait visiblement poursuivre ses critiques envers Mme Klimowski. Mais London craignait une dispute plus que tout.

« Tout va bien, Mme Klimowski, » s'empressa-t-elle de dire avant que Bannister ne puisse parler. « Je suis certaine que nous allons nous arranger. »

« Vraiment ! » répliqua Mme Klimowski. « Cela va sans dire ! Cette conversation m'agace au plus haut point. »

Emil prit la parole avant que l'altercation ne puisse recommencer.

« Et si nous y allions ? »

Un murmure joyeux se fit entendre de la part de presque tous les participants.

« Dans ce cas, » ajouta Emil, « je propose que nous allions manger à Duna Étterem, mon restaurant préféré à Budapest. Ce n'est qu'à quelques pas d'ici. »

Les membres du groupe tombèrent tous d'accord, à l'exception de Mme Klimowski.

« Je crains qu'il ne me faille annoncer un changement de programme » dit la femme plus âgée d'un air résolu.

London réprima un soupir.

Quoi encore ? se demanda-t-elle.

CHAPITRE HUIT

Plusieurs passagers semblaient agacés. London s'efforça de trouver un moyen de transformer la catastrophe qui s'annonçait en une soirée agréable.

« Ne pouvons-nous aller dîner, tout simplement ? » demanda Agnès Shick à la redoutable petite femme.

« Pas encore » répliqua fermement Mme Klimowski.

« Et pourquoi donc ? » interrogea Walter Shick.

Mais Mme Klimowski paraissait inébranlable.

« Nous devons d'abord nous rendre à la Basilique Saint-Etienne » dit-elle. « J'ai besoin de consolation spirituelle après tous ces désagréments. J'ai eu une vie tragique. J'ai davantage besoin du réconfort de la prière que la plupart des gens. »

Elle regardait à présent London d'un œil noir et presque accusateur, comme si celle-ci était personnellement responsable des épreuves qui avaient jalonné sa vie.

Avant que quiconque ne puisse émettre une objection, Emil prit la parole en souriant.

« Je pense que c'est une excellente idée. Ce n'est qu'à dix minutes de marche d'ici, et c'est presque directement sur le chemin pour aller à Duna Étterem. »

« C'est parfait » acquiesça London, de nouveau soulagée par son intervention pleine de tact. « On y va ? »

Ils franchirent les portes du hall de réception et empruntèrent la passerelle pendant qu'elle griffonnait rapidement la liste des gens présents afin de ne perdre la trace d'aucun d'entre eux. Emil et elle conduisirent ensuite les passagers à l'écart du bateau resté à quai. London entendit alors des murmures de mécontentement parmi certains passagers.

« C'est bien à Saint-Etienne que nous étions hier pendant la visite guidée ? »

« Je n'avais pas prévu de retourner là-bas. »

« Moi je ne comptais pas y aller du tout. »

« J'ai faim maintenant. »

L'air désormais bien moins fragile, Mme Klimowski avait pris la tête du groupe, son chien toujours fourré dans sa sacoche en cuir. Elle menait le groupe avec énormément de détermination, apparemment hermétique à ce qui se disait dans son dos.

Non pas que cela aurait une quelconque importance si ce n'était le cas, se dit London.

Mme Klimowski ne semblait pas être le genre de personne à se soucier de ce que les autres pensaient d'elle.

Emil se pencha vers London tandis qu'ils avançaient et lui murmura :

« Ils ne sont pas tout à fait – comment dit-on en anglais ? – de 'bons vaincus' ? »

London sourit avant de corriger son camarade allemand.

« Vous y êtes presque. C'est 'bons perdants'. Je crains que non. J'espère que nous n'allons pas avoir droit à une mutinerie avant la fin de la soirée. Mais je vous remercie pour votre aide. »

« Heureux de pouvoir être utile » répondit Emil. « Mais vous semblez préoccupée. »

London hésita, ne sachant trop si elle confier ses préoccupations à un homme qu'elle venait tout juste de rencontrer. Mais Emil paraissait sincèrement s'intéresser à elle. De plus, London commençait réellement à l'apprécier.

« J'ai peur d'être partie du mauvais pied avec ce travail, » dit-elle. « Je n'avais jamais rien fait de semblable auparavant. Lorsqu'on travaille comme hôtesse sur un bateau de croisière… eh bien, les tâches y sont beaucoup plus restreintes. »

« Vous semblez très bien vous débrouiller. »

Le fait qu'Emil la rassure permit à London de se détendre un peu. Ils quittèrent le débarcadère, contournèrent l'extrémité d'un des parcs de la ville pour longer une rue étroite.

London était contente qu'Emil s'occupe du groupe. Elle espérait que son bavardage leur ferait oublier leur agacement envers Mme Klimowski.

« Nous allons marcher sur la route ici » leur dit-il. « C'est ce que tout le monde fait, de cette façon les voitures empruntent d'autres voies dès que possible. »

Les magasins, les plantes dans les larges jardinières et les cafés avec terrasse laissaient peu de place sur le trottoir pour circuler, aussi se dirigèrent-ils vers une rue pavée. London se réjouit d'être une touriste suffisamment aguerrie et d'avoir mis des chaussures à talons plats. La plupart des autres femmes du groupe avait également opté pour des souliers confortables.

« Et voici Saint-Etienne, juste devant nous » annonça Emil.

Le magnifique dôme de la basilique apparut devant eux, entre les magasins et les immeubles de bureaux. C'était un spectacle impressionnant, même de l'autre extrémité de la rue.

Ils s'avancèrent vers le dôme gigantesque, Emil continuant de parler. « Vous avez certainement entendu parler de Saint-Etienne depuis votre arrivée à Budapest. Il est le saint patron de la Hongrie et fut le premier roi chrétien du pays il y a mille ans. Cette basilique fut bâtie en son honneur et sa construction s'acheva il y a environ cent ans. »

Ils parvinrent à l'autre bout de la rue et foulèrent un vaste parvis en mosaïques orange et marron. Le dôme de Saint-Etienne avec ses tours jumelles tutoyait les nuées devant eux.

« Etes-vous déjà venue à la basilique ? » demanda Emil à London.

« Pas depuis mon enfance. J'avais oublié à quel point elle était immense ! »

« Oui, plus encore que le Château de Buda, » dit Emil en hochant la tête. « Elle fait exactement la même hauteur que le Parlement hongrois, ce sont les deux plus grands édifices de Budapest. Ces deux constructions sont censées signifier l'importance égale des questions tant profanes que sacrées. »

Puis Emil émit un petit rire.

« Je n'avais pas l'intention de passer pour un – comment dit-on ? – un 'monsieur qui dit tout' ? »

London rit à son tour.

« Vous y êtes presque, encore une fois, » dit-elle. « C'est 'monsieur je sais tout'. Et vous ne me faites absolument pas cette impression. Et puis, après tout, cela fait partie de votre travail de savoir ce genre de choses. J'ai l'impression que vos connaissances pourraient vraiment m'être utiles. Vu que je n'ai eu le temps de rien préparer, je crains d'être une bien piètre guide. Est-ce que cela vous dérangerait beaucoup de… ? »

« Faire office de guide ? J'en serais ravi. »

London fut soulagée. Elle avait bien de la chance d'avoir rencontré Emil pile au moment où elle avait besoin de lui.

Tandis que les membres du groupe se rassemblaient, Lillis Klimowski se mit à l'écart pour contempler l'imposante façade. Son chien sortit la tête de la sacoche en cuir, l'air grognon.

Emil commença à parler, adoptant un ton de professeur autoritaire, très 'Grand Siècle'. Mais cela ne lui donna pas du tout l'air d'un 'monsieur je sais tout' aux yeux de London. Elle ne l'en trouva au contraire que plus impressionnant – ainsi que beaucoup plus séduisant.

« Mesdames et messieurs, » dit-il, « quand nous serons entrés, je suis certain que vous pourrez ressentir la présence palpable de Saint-Etienne à l'intérieur de la Basilique. Saint-Etienne appose une main ferme et protectrice au-dessus de cette ville magnifique – de façon quasiment littérale, ainsi que vous pourrez bientôt le constater. »

London ressentit un étrange frisson en entendant ces mots, 'une présence palpable'.

Les termes 'main protectrice' lui évoquèrent de lointains souvenirs.

Qu'est-ce qui l'avait donc tant impressionnée lorsqu'elle était venue ici enfant avec ses parents ? Elle ne parvenait aujourd'hui plus à se rappeler ce qui l'avait si profondément émue.

Ils s'avancèrent sur le perron et Emil montra du doigt, sur l'immense fronton qui s'élevait juste au-dessus d'eux, un bas-relief représentant la Vierge Marie. Les membres du groupe mirent tous consciencieusement une pièce dans le tronc prévu à cet effet puis passèrent par l'entrée principale pour se rendre jusqu'au sanctuaire. London les rejoignit, tous restèrent bouche bée d'admiration.

L'intérieur de la basilique était impressionnant, avec ses murs en marbre foncé, ses imposantes colonnes et ses superbes sculptures. La lumière était tamisée mais London fut presque éblouie par les délicates feuilles d'or, les innombrables peintures et mosaïques ainsi que les immenses vitraux qui décoraient l'édifice.

Les dimensions de l'endroit lui donnaient par ailleurs le tournis.

C'est exactement comme quand j'étais petite, se dit-elle.

Les impressions affluaient tandis qu'elle se rappelait du jour où elle était venue ici avec ses parents il y a de cela toutes ces années. Elle se souvint à quel point elle avait été heureuse que son père et sa mère la tienne chacun par la main – sans quoi elle aurait risqué de s'effondrer, prise de vertige.

Si seulement ses parents étaient là à présent pour lui tenir la main de nouveau, pour s'assurer qu'elle ne tombe pas.

Mais je suis une adulte maintenant, se rappela-t-elle.

Je peux me débrouiller toute seule.

Quant au chien de Mme Klimowski, il ne posait pour l'instant aucun problème. Peut-être était-il lui aussi un peu impressionné. La tête de Sir Reginald Taft n'était même plus visible et on l'aurait de nouveau simplement confondu avec une perruque.

Mme Klimowski s'arrêta devant les fonts baptismaux, toucha l'eau de ses doigts puis fit le signe de la croix en murmurant une prière. Elle se rendit ensuite au sanctuaire, où elle s'assit tout en gardant le silence.

London se rappela ses paroles avant que le groupe ne quitte le bateau.

« J'ai eu une vie tragique. J'ai besoin du réconfort de la prière davantage que la plupart des gens. »

London ignorait complètement le genre de tragédies dont Mme Klimowski avait bien pu souffrir.

Peut-être n'est-ce qu'exagération de sa part.

Elle semblait aussi avoir une tendance un peu trop marquée à blâmer les autres pour tout ce qui lui arrivait de déplaisant dans sa vie. Mais même alors, pour un instant, London se sentit capable de passer outre l'égoïsme de cette femme et de faire preuve de compassion envers ce qui la tourmentait.

Emil conduisit le reste du groupe à travers la basilique. Lorsqu'ils eurent terminé de visiter le sanctuaire, ils prirent l'ascenseur pour monter jusqu'au dôme, où un panorama de toute la ville s'étendit alors devant eux. Le soleil se couchait sur les collines lointaines de l'autre côté du fleuve, nimbant le ciel de couleurs chatoyantes et donnant à toute la ville un éclat doré.

Lorsque le groupe redescendit dans le sanctuaire, Emil les conduisit vers une petite niche latérale, où une vitrine contenait un coffret délicatement rehaussé d'or.

« Un reliquaire, » expliqua Emil avec respect. « Je vous ai dit tout à l'heure que la main protectrice de St Etienne veillait sur cette ville sublime. Laissez-moi vous montrer ce que je voulais dire. »

Il glissa une pièce dans une fente et l'intérieur de la vitrine s'éclaira.

London rejoignit le groupe, tous bouche bée.

C'était ça, se rappela-t-elle.

Dans un petit récipient en verre, se trouvait la main droite d'un homme, fendillée et desséchée à cause de son grand âge. Son poing fermement serré était incrusté de perles et joyaux.

Voilà l'objet qui l'avait tellement impressionnée étant petite fille.

Emil dit doucement. « C'est la 'Sainte-Dextre' de Saint- Etienne en personne, le premier à avoir introduit le christianisme en Hongrie. On dit qu'à sa mort, en 1038, le corps de Saint-Etienne se décomposa entièrement à l'exception de sa main droite, préservée depuis lors – pour tous les Hongrois, c'est le symbole de leur gardien spirituel. »

Lorsque le groupe revint au sanctuaire, Mme Klimowski était toujours sur son banc et fit le signe de la croix lorsqu'elle acheva sa prière. Elle se leva enfin pour rejoindre les autres et tous sortirent de la basilique.

Avant qu'ils ne se rendent au restaurant, London les fit tous se réunir sur le vaste parvis en pierre devant la basilique et fit l'appel, utilisant la liste dressée par ses soins lorsqu'ils avaient quitté le bateau. Puis ils partirent dans le crépuscule à travers la ville brillamment éclairée, ce qui rendait l'environnement encore plus enchanteur.

Ils atteignirent une rue piétonne animée et bien éclairée, où presque tout le monde semblait souriant et heureux. London se rappela encore d'une autre chose que lui avait dite Ian avant son départ.

« La Hongrie me semble particulièrement déprimante. »

London émit un petit rire tout en déambulant d'un pas léger.

Comme tu avais tort, Ian ! pensa-t-elle.

Elle poussa un soupir de soulagement en pensant à la chance inouïe qui l'avait amenée ici – un poste vacant à la dernière minute, pour lequel Jeremy Lapham avait songé à elle. Si cet emploi ne s'était pas présenté, elle serait peut-être fiancée à Ian en ce moment même. La pagaille régnant dans la maison de sa sœur lui revint comme en un flashback et elle se dit une fois encore qu'elle avait échappé de justesse à ce genre de vie.

J'ai vraiment eu de la chance, pensa-t-elle.

Mme Klimowski porta alors une main à son front en vacillant légèrement.

« Oh, je ne me sens pas bien. Il faut que je m'assoie ! Je dois prendre mes médicaments ! »

Emil s'avança et lui tendit son bras avec un galant sourire.

« Ne vous inquiétez pas, madame, » dit-il. « Le restaurant n'est plus qu'à quelques pas. Je vous assure que vous vous sentirez mieux là-bas.

« Dieu soit loué » dit Mme Klimowski à Emil en lui prenant le bras. « Vous êtes adorable. »

Tandis que le groupe suivait Emil et Mme Klimowski, London entendit cette dernière maugréer à Emil, « Vous êtes sûr que c'est le bon endroit ? »

Ils se trouvaient devant un bâtiment d'allure assez sinistre, sur lequel se trouvait un panneau portant l'inscription 'Duna Étterem'. Avec son balcon en saillie et ses motifs architecturaux en pierre, la façade en briques avait sûrement été élégante par le passé. Mais la peinture était à présent écaillée sur plusieurs couches tandis que les briques et la maçonnerie s'étaient complètement effritées par endroit. London se sentit prise d'une légère inquiétude – Emil s'était-il trompé, venait-il de les emmener dans un bâtiment condamné ?

Tenant toujours Mme Klimowski par le bras, Emil se tourna vers

London et lui sourit comme pour lui confirmer qu'il s'agissait bien du bon endroit.

« Eh bien, » grommela Mme Klimowski, « j'ai suffisamment faim de toute façon. »

London se dit que le groupe avait l'air plutôt morose lorsqu'ils entrèrent, mais une fois à l'intérieur, ils virent que le restaurant était spacieux et accueillant avec ses plafonds bas et voûtés et sa multitude de bougies. Les tables étaient munies de nappes blanches et de serviettes pliées à la perfection.

« Ça conviendra » commenta Gus.

« Parfaitement, en effet » ajouta Bannister.

Par chance, il n'y avait en cet instant que peu de monde au Duna Étterem, le restaurateur put donc faire installer trois tables afin que le groupe puisse s'asseoir tous ensemble. Une fois assis, un serveur du nom de János vint leur apporter les menus en les accueillant dans anglais parfait.

A ce moment, Sir Reginald poussa un sourd grognement et passa sa tête à l'extérieur de la sacoche en cuir.

János recula de surprise.

« Madame, » dit-il, « je crains que les chiens ne soient pas autorisés ici »

London se prépara pour l'affreuse scène qui, elle le pressentait, allait certainement se produire.

CHAPITRE NEUF

Mme Klimowski se redressa, paraissant soudain beaucoup moins fragile qu'elle ne l'était il y a peu.

« Sachez que Sir Reginald Taft est mon animal et mon support émotionnel, » dit-elle avec un grognement semblable à celui de son chien. « Il est vital pour mon équilibre mental et physique. Il me suit partout. S'il doit partir, moi aussi. »

Mme Klimowski et János se regardèrent l'un l'autre d'un air irrité.

London fit le tour de la table du regard. Les autres membres du groupe fixaient leur menu avec beaucoup de concentration, même si elle put déceler un léger sourire sur le visage de Cyrus Bannister.

« Eh bien ? » aboya Mme Klimowski. « Tout dépend entièrement de vous. »

János ne parut pas impressionné par les fourrures, les bijoux et les manières assurées de cette femme. Son expression s'assombrit.

« Très bien, Madame, » répondit-il d'une voix crispée. « Je crains qu'il ne vous faille quitter notre établissement. »

« Alors vous devrez me contraindre à partir » répliqua Mme Klimowski.

London fut forcée d'admirer l'obstination de cette femme, mais il était clair qu'ils se trouvaient dans une impasse. Et si János se saisissait de Mme Klimowski et la poussait de sa chaise pour la jeter dehors, peut-être avec l'aide d'autres employés du restaurant ?

« Personne ne va obliger quiconque à faire quoi que ce soit, s'empressa de dire London, se levant pour s'adresser directement au serveur.

L'homme ne bougea pas d'un pouce.

A ce moment, un autre client s'avança pour parler à voix basse à János, s'exprimant dans un hongrois rapide. London ne parvint quasiment pas à saisir ce qu'il disait, mais l'essentiel lui sembla être que l'animal ne causait vraiment pas d'embarras, que la dame paraissait réellement avoir besoin de lui, alors pourquoi ne pas les laisser tranquilles, elle et son chien ?

London poussa un soupir de soulagement lorsque le serveur finit par acquiescer avec une expression renfrognée.

Elle usa de son meilleur hongrois pour remercier l'inconnu qui était intervenu en faveur du chien. Il lui parut être une personne pleine d'autorité avec sa grosse moustache en brosse, sa chevelure grise ondulée ainsi que son expression amicale mais ferme.

Tandis que János prenait commande des boissons avant de s'en aller, les laissant examiner le menu, London se rassit. L'inconnu sourit aimablement au groupe puis s'exprima dans un anglais hésitant, avec un fort accent hongrois.

« Je m'appelle Vilmos Kallay, à votre service. Je suis poète, même si je suis certain que vous n'auriez pas entendu parler de moi même si vous étiez Hongrois. Mon 'vrai travail', comme on dit, est professeur à l'université. »

« Vraiment ? » demanda Emil, enchanté de rencontrer un autre érudit. « Quel est votre domaine de recherche ? »

« Il s'agit de ce qu'un certain Ecossais a qualifié une fois, si je me souviens correctement, de la 'science lugubre'. J'ai oublié son nom. »

Emil hocha la tête en riant.

« Ah, l'économie alors, » dit-il. « L'Ecossais s'appelait Thomas Carlyle, au fait. »

« Merci de me rafraîchir la mémoire » répondit le Professeur Kallay.

Emil se présenta à son tour. Puis le professeur s'adressa à l'ensemble du groupe : « Si vous n'avez pas encore décidé ce que vous aimeriez manger, je vous conseille vivement le *paprikácsirke*. C'est un plat traditionnel hongrois – des cubes de poulet sauce paprika avec des ravioles. De loin le meilleur plat de la carte. »

A ce moment, János revint avec les boissons de chacun. Tandis qu'il servait le groupe, il regarda Mme Klimowski en dissimulant à peine son hostilité.

Elle l'ignora complètement.

« J'ai vraiment cru que cet affreux serveur allait me jeter dehors, » dit-elle à London. « Les problèmes n'ont pas cessé de se succéder depuis cet après-midi. J'ignore jusqu'où je suis encore capable de supporter tout ça. Je n'aurais jamais dû quitter le bateau ce soir. »

« Heureusement le Professeur Kallay s'est montré très serviable et a réglé l'un de nos désagréments » répondit London. Elle observa Mme Klimowski pendant que celle-ci ouvrait une petite boîte colorée qu'elle avait sortie de son sac. Elle se pencha en avant, offrant ainsi une vue imprenable sur son pendentif en rubis, or et diamants – pas seulement pour leurs voisins immédiats mais aussi pour la plupart des gens présents dans le restaurant. London ressentit un nouveau frisson d'inquiétude.

C'est comme si on essayait de marcher en toute sécurité avec un coffret rempli de bijoux sur soi, songea-t-elle.

Et elle a ces fourrures en plus.

Ainsi que son chien.

London eut peine à imaginer que la femme puisse se montrer encore plus 'compliquée' qu'elle ne l'était déjà.

Mme Klimowski prit deux comprimés dans la boîte qu'elle avala avec un peu d'eau puis rangea le tout. Quelque soit le médicament qu'elle prenait, London espérait qu'il contribuerait à la calmer.

Toujours maussade, János commença à prendre leurs commandes. Gus et Honey se décidèrent pour un goulash mais tous les autres suivirent le conseil du Professeur Kallay et choisirent le *paprikácsirke.* János hocha la tête avec approbation tandis qu'il notait les commandes.

« Excellent choix » dit-il. « Nous faisons le meilleur *paprikácsirke* de tout Budapest. Vous ne trouverez pas son pareil ailleurs qu'en Hongrie. Bien entendu, nous n'utilisons que le meilleur, le véritable paprika hongrois. Il est incomparable. »

Le Professeur Kallay rit pendant que le serveur s'éloignait. Il se pencha en travers de la table et adressa un clin d'œil au groupe.

« Je vais vous raconter un petit secret au sujet du *paprikácsirke,* » dit-il. « Il a joué un rôle modeste mais incontestable dans notre histoire littéraire. Dans le premier chapitre de *Dracula* de Bram Stoker, Jonathan Harker en commande dans un hôtel lorsqu'il est en chemin vers sa fatale visite au comte Dracula. La différence, c'est qu'on le désigne alors sous le nom de *paprika hendl,* c'est-à-dire poulet rôti au paprika. Monsieur Harker l'apprécie beaucoup, si je me rappelle bien, il demande même la recette, qu'on trouve incluse dans certaines éditions du roman. Il n'apprécie malheureusement pas autant l'hospitalité de Dracula par la suite. »

Tous les convives s'esclaffèrent de cette amusante anecdote et London se réjouit de les voir se détendre et profiter de la soirée. Elle remarqua qu'Emil prenait des photos de la joyeuse assemblée avec son téléphone.

« Prenez une chaise et joignez-vous à nous » proposa London au Professeur Kallay.

Celui-ci regarda sa montre et secoua la tête.

« C'est très gentil de votre part, mais j'ai déjà dîné et j'ai un rendez-vous important ce soir. »

« Comme c'est dommage, » intervint Emil. « J'aurais aimé connaître votre point de vue d'universitaire sur la situation économique en Hongrie depuis la fin de la Guerre Froide. »

« Et j'aurais voulu connaître le vôtre sur la réunification allemande » dit le Professeur Kallay. « Peut-être une prochaine fois. Combien de temps restez-vous à Budapest ? »

Emil jeta un œil à sa propre montre.

« Je crains que notre bateau ne lève l'ancre très bientôt, » dit-il. « Nous partons ce soir pour Györ. »

« Ah, Györ ! » s'exclama le Professeur Kallay, ses sourcils broussailleux se soulevant comme pour approuver. « Une très jolie ville ! Je la connais bien. »

« Avez-vous des endroits à nous conseiller là-bas ? » demanda London.

Le professeur se frotta le menton.

« A vrai dire oui, » dit-il. « Il y a un excellent restaurant qu'il ne faut surtout pas manquer : le Magyar Öröm, je crois que c'est son nom. J'espère qu'il existe toujours. Cela fait hélas des années depuis que je suis allé à Györ. Je vous souhaite à tous un excellent voyage. Merci d'avoir été aussi indulgent face à mon piètre niveau d'anglais. Ça a été un plaisir d'avoir l'occasion de pratiquer un peu. »

Le groupe remercia le professeur et lui souhaita bonne chance, puis ce dernier quitta le restaurant.

La soirée se poursuivit, János accomplissant ses tâches avec politesse et efficacité mais sans montrer beaucoup de chaleur ni d'enthousiasme. Il jetait des regards noirs à Mme Klimowski et s'adressait à elle aussi peu que possible.

Mais ils n'eurent aucune raison de se plaindre à l'arrivée des plats. Le *paprikácsirke* était en tout point délicieux, exactement comme l'avaient prédit János et le Professeur Kallay. London en savoura chaque bouchée. Tandis que la sauce riche, crémeuse, légèrement épicée fondait sur sa langue, elle comprit que János avait raison. Le paprika hongrois était extraordinairement parfumé, sans pour autant atténuer le goût du poulet.

En revanche, le médicament qu'avait pris Mme Klimowski ne semblait en rien avoir amélioré sont état. Elle mangea avec indifférence, ne parlant quasiment à personne.

London se dit qu'elle tenterait d'accorder une attention particulière à la femme plus âgée et grincheuse. Pour l'instant, elle devait ramener tout le monde sur le *Nachtmusik* à temps pour le départ. Le détour qu'ils avaient effectué à la Basilique Saint-Etienne avait été très agréable mais les avait mis en retard sur leur planning. Lorsqu'ils eurent tous tranquillement fini de dîner et réglé l'addition, elle savait qu'il n'y avait plus de temps à perdre.

Ils reprirent le même chemin qu'à l'aller. Sir Reginald Taft se mit alors à gigoter, l'air de vouloir sortir de la sacoche où il était enfermé. Visiblement insensible à l'inconfort de son chien, Mme Klimowski lui tapota doucement la tête.

« Oui, tu *t'es* conduit comme un vrai petit gentleman ce soir, Sir Reginald. »

Fronçant les sourcils, elle ajouta. « N'avez-vous pas honte de l'avoir sous-estimé de cette façon ? Je vous avais prévenu que ce n'est pas un animal ordinaire. Je pense sincèrement que Sir Reginald possède une vraie bonté humaine, bien plus que certains d'entre vous. »

Gigotant toujours, Sir Reginald grogna vers eux, ce qui, du moins aux yeux de London, sembla plutôt démentir la remarque de Mme Klimowski.

« Je crois que votre chien aurait besoin de sortir un peu de là où il est » fit observer Cyrus Bannister.

Mme Klimowski le regarda avec un sourire forcé.

« Pour une fois, je suis d'accord avec vous, Monsieur Bannister » dit-elle.

Puis elle s'adressa à son chien. « Et si tu te dégourdissais un peu les pattes, Sir Reginald ? »

Elle posa la sacoche par terre et le petit Yorkshire Terrier bondit à l'extérieur. Il parut un peu raide après être resté enfermé si longtemps mais London comprit qu'il était soulagé d'avoir au moins ces quelques instants de liberté.

Elle essaya de continuer de faire avancer le groupe pour regagner le bateau mais leur marche fut brusquement interrompue par un cri perçant.

« Sir Reginald Taft ! Il n'est plus là ! »

CHAPITRE DIX

London était consternée.

Le chien de Mme Klimowski avait disparu !

Celle-ci écarquillait les yeux de frayeur, appelant encore et encore d'une voix tremblante.

« Sir Reginald ! Sir Réginald ! Où es-tu ? »

En plus de sa propre inquiétude, London ressentait une pointe de culpabilité. Cela ne serait pas arrivé si elle avait insisté pour que la femme laisse le petit chien dans sa cabine.

Ils se trouvaient dans une rue brillamment éclairée, fort loin de la basilique. Comme d'autres dans ce quartier, la rue était étroite et presque entièrement piétonne. Sir Reginald Taft ne risquait au moins pas tellement de se faire renverser par une voiture. Mais de nombreux piétons déambulaient parmi les boutiques et les cafés, et le petit animal pouvait très bien se faire piétiner…

Ou être kidnappé.

Ou peut-être qu'il va mordre quelqu'un.

Ce qui, se dit-elle, allait probablement arriver si un inconnu essayait de prendre cette grincheuse créature dans ses bras.

Pendant ce temps, Mme Klimowski continuait d'appeler, complètement paniquée.

« Sir Reginald ! Sir Reginald Taft ! »

London aperçut alors quelque chose bouger sur le pavé. Elle s'avança pour mieux voir et poussa un soupir de soulagement.

Sir Reginald Taft se trouvait juste derrière Mme Klimowski et levait la tête vers sa maîtresse d'un air apparemment indifférent tandis qu'elle continuait de l'appeler par son nom.

London dut s'empêcher de rire. Elle vit que certains autres passagers ne tentaient même pas de dissimuler leur amusement.

Elle montra le chien du doigt et s'adressa à la femme désemparée.

« Il est ici, Madame Klimowski. »

« Où ? »

« Juste derrière vous. »

« C'est vrai ? Alors c'est une très vilaine créature. »

Mme Klimowski se retourna pour regarder son chien. Mais comme en parfaite synchronisation avec elle, Sir Reginald bougea à son tour pour se revenir juste derrière elle. Mme Klimowski s'en prit à London.

« Il n'est pas là » s'exclama-t-elle.

Avant que London ne puisse s'expliquer, Gus Jarrett expliqua.

« Si, il est ici, ma petite dame. Juste derrière vous. »

Mme Klimowski se retourna et le chien resta de nouveau adroitement derrière elle en effectuant un tour complet sur le trottoir.

Mme Klimowski mit ses mains sur ses hanches et fronça les sourcils vers London et M. Jarrett.

« Je pense pouvoir faire confiance à mes yeux. Il n'est pas ici, je peux vous l'affirmer. »

Le mystérieux Cyrus Bannister regardait ce spectacle les bras croisés, une expression sardonique et amusée sur le visage.

« Madame, il est évident que vous ne savez pas comment appeler votre chien » dit-il.

Mme Klimowski poussa un petit cri indigné.

« Que voulez-vous dire ? » interrogea-t-elle.

« Vous ne faites que répéter son nom en entier et celui-ci est particulièrement long. »

Agnès Shick s'adressa plus gentiment à Mme Klimowski.

« Ce monsieur a raison, ma chère. Entendre uniquement son nom peut signifier n'importe quoi pour lui. »

« Mais c'est le sien ! » dit Mme Klimowski. « Et je peux tous vous garantir qu'il est d'une intelligence exceptionnelle, avec un QI bien plus élevé que certains d'entre vous, j'en suis sûre. »

Bannister s'esclaffa bruyamment.

« Si vous le dites, Madame » dit-il.

London songea qu'il était fort possible que ce chien soit particulièrement futé. On aurait bel et bien dit qu'il faisait exprès de se cacher derrière sa maîtresse. Elle n'avait pas souvent eu d'animaux au cours de sa vie et ignorait si ceux-ci avaient ou non le sens de l'humour.

Elle devait trouver quoi faire en attendant. Fallait-il simplement qu'elle essaie de l'attraper ? Craintif, ne risquait-il pas de s'enfuir et disparaître parmi les piétons ?

Ou est-ce qu'il va juste me mordre ?

Le chien était petit, avec beaucoup de poils – il ne devait peser que trois ou quatre kilos, estimait-t-elle. Mais il avait des crocs pointus qu'il n'hésitait jamais à montrer.

Brusquement Honey, la femme aux cheveux roux de Gus Jarrett, celle qui mâchait toujours du chewing-gum, s'avança à petits pas sur ses talons hauts dans sa jupe moulante et prononça les premiers mots que London ait jamais entendus de sa part.

« Oh bon sang de bois ! »

Elle se pencha et appela le chien d'une voix douce.

« Sir Reggie, viens ici ! »

Sir Reginald Taft se dirigea aussitôt vers elle.

« Bon chien » dit Honey.

A la stupéfaction de tous, Sir Reginald Taft bondit dans les bras d'Honey Jarrett. Elle se releva, triomphante, en tenant contre elle la petite créature.

« Oui, tu es un bon garçon ! » roucoula-t-elle en le caressant et l'embrassant. « Tu es vraiment adorable, tu le sais ? »

Cyrus Bannister persifla alors vers Gus Jarrett.

« Votre charmante épouse est allergique aux chiens, hein ? »

Gus Jarrett rougit de colère et d'embarras en voyant la façon dont Honey venait de contredire ce qu'il avait affirmé un peu plus tôt lors de l'embarquement. Il était désormais évident qu'il avait fait toute cette histoire à propos du chien juste histoire de causer des problèmes, et non à cause d'une quelconque allergie d'Honey.

« Le chien est hypoallergénique » répliqua Gus à Cyrus.

« Ah c'est vrai, j'avais oublié ça, » dit Cyril, toujours narquois. « En tout cas, elle semble beaucoup apprécier les chiens. »

Gus fusilla alors Honey du regard, ce qui inquiéta légèrement London.

Mme Klimowski se précipita vers Honey Jarrett, l'air complètement horrifié et affolé.

« Dites donc ! » dit-elle à Honey. « Qu'est-ce que vous êtes en train de faire avec mon cher Sir Reginald ? »

Honey balbutia, naturellement quelque peu ébranlée :

« Je… J'essayais seulement… »

Saisissant vivement son chien, Mme Klimowski la rudoya.

« Vous m'avez pris mon chien ! C'est tellement méchant ! »

Tandis qu'Honey tentait à nouveau de s'expliquer, son mari la tira vers lui et London l'entendit lui murmurer furieusement.

« Tu as vraiment du culot de me faire passer pour un imbécile de cette manière. »

Honey fit claquer son chewing-gum d'un air de défi.

« Mon Dieu, j'essayais juste de rendre service ! » dit-elle.

« C'est inutile d'essayer de rendre service à une minable vieille chouette comme elle » chuchota Gus en serrant plus fermement le bras de sa femme. « Et tu n'aurais vraiment pas dû faire une scène pareille, bon sang. Tu m'as carrément humilié. »

Mme Klimowski tendit son chien à bout de bras et l'inclina brusquement pour l'examiner. Sir Reginald montra les dents en grognant.

« Oh mon petit chou, tu vas bien ? » demanda Mme Klimowski, presque en larmes. « Cette affreuse femme ne t'a pas fait mal, j'espère. »

Sir Reginald, gêné, gigota un instant. Puis il devint tout mou comme s'il se résignait à retourner à sa situation antérieure. Mme Klimowski le fourra tête la première dans la sacoche en cuir. Le sac lui-même se tordit lorsque le chien réussit à se retourner pour pouvoir mieux respirer.

« Je l'ai déjà dit » murmura Cyrus Bannister. « Ce chien est très malheureux, il ne devrait pas être dans ce sac. En fait, cette femme ne devrait simplement pas avoir de chien. »

Puis il ajouta. « Quelqu'un devrait faire quelque chose à ce sujet. »

London croisa son regard un instant et eut un frisson devant son expression lugubre.

Elle préféra ne pas tenir compte de l'étrange impression qu'il lui faisait. Elle devait sans tarder ramener le groupe au bateau.

« Nous devons nous dépêcher » leur dit-elle. « Si nous sommes en retard, le *Nachtmusik* va partir sans nous. »

« Ils n'oseraient pas » dit Bannister.

« Si » répliqua Honey. « Tu n'as pas lu le règlement ? Epoch World Cruise Lines n'aucune obligation de retarder le départ de ses bateaux pour les passagers qui ne sont pas là à temps. »

Entendant cela, la plupart des passagers se hâtèrent vers le port. Emil offrit son bras à Mme Klimowski pour lui faire prendre la bonne direction.

« Si cette ridicule histoire de chien nous a fait manquer notre bateau… » maugréa Bannister tout en filant à grands enjambées.

London eut l'horrible pressentiment que c'était peut-être déjà le cas.

CHAPITRE ONZE

C'est seulement lorsqu'ils parvinrent au dernier tournant et virent que le *Nachtmusik* était toujours amarré que London poussa un soupir de soulagement.

On y est arrivé.

La majestueuse embarcation était bien là, éclairée par une rangée de lumières se reflétant sur l'eau tout autour. C'était la première fois qu'elle voyait le bateau fluvial aux allures de yacht la nuit et elle se sentit privilégiée d'avoir été choisie pour occuper un emploi à bord de ce navire si élégant.

Des membres de l'équipage s'affairaient près de la passerelle et elle courut sur les derniers mètres pour leur demander d'attendre. Il ne lui restait plus qu'à s'assurer que tout le monde soit bien installé pour la nuit et qu'il n'y ait pas d'autres anicroches.

London se tint près de la passerelle tandis que les passagers montaient à bord. Ils étaient tous là, y compris le chien. Emil aida galamment Mme Klimowski à monter. Fatiguée et ayant du mal à marcher, elle lui en fut reconnaissante.

London les rejoignit ensuite dans le hall de réception, sourit et échangea quelques amabilités avec certains.

« Très belle soirée » dit l'un d'eux.

« Le repas était divin » ajouta un autre.

Elle parvint à faire un radieux sourire à Mme Klimowski qui n'en parut pas pour autant rassérénée. Emil prit soin d'escorter la petite femme renfrognée et son chien jusque dans leurs quartiers. En un rien de temps, London se retrouva seule.

Elle eut un instant de découragement en songeant à tout le travail qui attendait encore le reste de l'équipage – en particulier devoir s'occuper de Mme Klimowski et de son chien. Même si, en toute franchise, elle était assez fière de la façon dont elle s'était chargée du petit groupe tout au long de la soirée.

Le repas avait été excellent, en particulier le généreux et savoureux *paprikácsirke*. London se rappela que le Professeur Kallay avait dit qu'on trouvait la recette dans certaines éditions du roman *Dracula*. Elle songea qu'elle la chercherait peut-être pour essayer de la faire. Elle-même s'était sentie trop stressée pour prendre un dessert mais les autres s'étaient régalés des plus succulentes pâtisseries traditionnelles au menu : génoises à la confiture, choux à la crème, beignets aux prunes et tant d'autres. Même János, leur peu aimable serveur, n'avait pas réussi à doucher l'enthousiasme du groupe.

London monta l'escalier en spirale pour se rendre sur le pont Rondo. D'autres passagers s'y étaient déjà rassemblés pour observer le départ du bateau. Elle aperçut son amie Elsie appuyée contre la rambarde. Elle regardait le Danube et la partie vallonnée à l'ouest de la ville qui scintillait dans la nuit.

London s'avança vers elle et la poussa légèrement du coude pour signaler sa présence.

« Hé, tu étais passée où toute la soirée ? » répondit Elsie en souriant. « Je croyais que tu viendrais un moment au bar. »

« J'ai dû emmener un groupe de passagers faire une petite visite à l'improviste » expliqua London.

« J'imagine que tu seras souvent obligée de faire ça. Ça s'est passé comment ? »

« Plutôt bien, je pense. Tu ne devrais pas être au bar en ce moment ? »

« L'un de mes assistants me remplace pendant ma pause alors je suis montée ici pour voir notre départ de Budapest. C'est gentil de sa part, tu ne trouves pas ? Les choses tournent un peu au ralenti pour le moment parce que la plupart des passagers sont venus ici. »

« Tu m'as l'air plutôt contente » fit remarquer London. »

« Ça faisait un moment que je n'avais plus travaillé comme barmaid » répondit Elsie. « J'avais oublié à quel point ça me plaît. Bien sûr, c'est plutôt mouvementé. Mais à mon avis, plus on est de fous, plus on rit. J'imagine que je suis quelqu'un de sociable, voilà tout. »

London sourit.

« Je suppose que je le suis aussi » dit-elle.

Elle entendait à présent l'équipage s'activer afin de lever l'ancre. London ressentit une pointe de mélancolie de devoir quitter Budapest si peu de temps après son arrivée. Mais elle avait hâte de découvrir Györ. Elle ne se souvenait pas l'avoir jamais visité lorsqu'elle était enfant.

London fit le tour du pont des yeux et vit qu'Amy Blassingame était elle aussi appuyée à la rambarde en train de contempler la ville.

Hochant la tête vers elle, London dit à Elsie. « Je pense qu'il est peut-être temps que j'essaie d'être plus aimable avec elle. »

« Et pourquoi ? » demanda Elsie en haussant les épaules. « Qu'est-ce que tu lui as fait, à cette chipie ? »

« Oh, ne l'appelons pas comme ça. »

« Tu n'es pas obligée de l'appeler ainsi si tu n'as pas envie. Mais réponds à ma question.

« Eh bien, je lui ai pris le travail qu'elle voulait, pour commencer. »

« Ce n'est pas de ta faute, c'est juste que Jeremy Lapham savait que tu étais mieux qualifiée pour le poste. Il a bien fait de te contacter. En tout cas, *moi* je suis très contente de son choix. »

« Mais quand même… »

London se tut. Puis, bien décidée en son for intérieur, elle s'avança de quelques pas vers la réceptionniste.

« Bonne chance » lui dit Elsie. « Il faut que je retourne au bar retrouver les clients. » Sur ce, elle redescendit les escaliers.

Amy tourna la tête en voyant London s'approcher mais détourna aussitôt les yeux.

« La vue est magnifique » dit London.

Amy la regarda comme si elle ne s'était pas encore aperçue de sa présence.

« Oh, c'est vous. Oui, c'est agréable ce soir. »

Amy se retourna à nouveau pour contempler la ville.

London déglutit avec difficulté et rassembla son courage avant de parler.

« Amy, je pense qu'il est peut-être nécessaire de clarifier certaines choses. Je n'avais vraiment pas l'intention de marcher sur les plates-bandes de quiconque. »

Amy la regarda, feignant de ne pas comprendre.

« Que voulez-vous dire ? »

« Ce que je veux dire, c'est que… j'ai reçu un appel de Jeremy Lapham pas plus tard qu'hier, alors que j'étais encore dans le Connecticut… »

Souriant à moitié, Amy regarda London droit dans les yeux, attendant ce qu'elle allait bien pouvoir dire ensuite.

« Je ne voulais pas… » commença London.

« Marcher sur les plates-bandes de quiconque ? » dit Amy, répétant les paroles de London.

« C'est ça. »

« Les plates-bandes de qui, voulez-vous dire ? »

London fit légèrement la grimace.

Le sourire d'Amy s'élargit alors comme si elle semblait enfin avoir compris.

« Ooohh, vous voulez parler des *miennes*. Je suppose que vous avez entendu dire que j'espérais devenir la nouvelle chargée d'animations. Eh bien, *c'est la vie*, comme disent les Français. On ne peut pas gagner à tous les coups. »

Puis Amy bailla avec exagération.

« Je suis épuisée, » dit-elle. « Je ferais mieux d'aller me coucher pour être fraîche et dispose, le travail m'attend tôt demain matin. Dites donc, c'est une sacrée liste de demandes que vous m'avez notée. Voilà qui va me tenir très occupée ! »

Comme pour ponctuer la fin de leur conversation, le sifflet du bateau retentit et le *Nachtmusik* se mit en branle tandis qu'il s'éloignait du quai. Le pont commença aussitôt à s'ébranler sous les pieds des passagers.

Sans ajouter un mot, Amy s'en alla d'un pas raide vers l'ascenseur.

London regarda tout autour d'elle, observant les passagers disséminés sur le pont Rondo, qui tous semblaient complètement absorbés par la vue. Elle eut envie d'aller parler à certains lorsqu'Emil Waldmüller s'approcha d'elle.

« Ça me fait plaisir de vous voir » dit London. « Je voulais vous remercier pour votre aide de ce soir, en particulier avec Mme Klimowski. »

« Ah oui, Mme Klimowski. Il s'avère qu'elle est plutôt – comment dit-on en anglais ? »

London rit de nouveau.

« On peut dire qu'elle a des 'exigences élevées' » dit-elle.

Emil cessa de sourire.

« Des 'exigences élevées', c'est cela » dit-il. « J'ai peur que cette femme n'épuise ma patience. Elle et son chien si pénible. »

London fut surprise de la brusque amertume de ses paroles. A cause de la courtoisie de ses manières, elle avait commencé à le trouver différent des autres, à penser qu'il était sincèrement plus tolérant, qu'il acceptait mieux les défauts et les petites faiblesses de chacun.

Etait-elle en train de découvrir le côté plus hypocrite de cet homme si séduisant ?

Emil remarqua probablement son étonnement car il s'empressa d'ajouter. « Néanmoins, j'essaie de faire de mon mieux pour m'occuper comme il faut des besoins des passagers. »

Il fit une légère courbette puis s'éloigna à son tour pour aller prendre l'ascenseur.

London le regarda partir, encore un peu perturbée par le ton de sa voix. Elle avait également bien conscience que ses problèmes avec Amy Blassingame étaient loin d'être terminés.

Elle se sermonna intérieurement de laisser toutes ces choses la préoccuper.

Personne n'est parfait, se dit-elle. Quand on travaille avec d'autres gens, il faut être prêt à être en contact avec toutes sortes d'individus. »

Un travail fort agréable l'attendait ici, sur le magnifique pont du *Nachtmusik*. Le bateau filait le long du fleuve et les lumières vives de l'ancienne cité étaient un pur enchantement.

Elle se dirigea d'un pas alerte vers un groupe de passagers accotés à la rambarde et montra du doigt le Château de Buda sur la rive. Il était brillamment éclairé et paraissait encore plus impressionnant que de jour. Il en allait de même avec le gigantesque Pont des Chaînes Széchény, dont ils aperçurent les reflets miroitants dans l'eau au moment de passer en dessous.

Puis elle remarqua qu'un autre édifice important allait bientôt apparaître sur l'autre rive.

« Nous allons passer devant le Parlement hongrois » leur dit-elle. « Venez, allons voir. »

Le groupe suivit London de l'autre côté du bastingage. Très vite, un imposant bâtiment de style gothique surgit devant eux. Illuminé de toute part, il se reflétait avec éclat contre l'eau.

Se rappelant de ce qu'avait dit l'historien en résidence au cours de l'après-midi, London leur expliqua. « Il est exactement de la même taille que la Basilique Saint-Etienne, ce sont ainsi les deux plus grands édifices de Budapest. Ils représentent la vie tant profane que sacrée de la ville. »

Les passagers murmurèrent pour marquer leur intérêt et London se sentit rayonner de joie. Être en compagnie de ces gens charmants pour voir défiler de nuit l'une des plus belles villes du monde lui fit prendre conscience qu'elle se trouvait exactement là où elle le souhaitait.

*

Au moment où London effectua un dernier tour pour vérifier que tout allait bien pour les passagers, elle vit que la plupart s'étaient retirés pour la nuit. Les rares encore debout semblaient agréablement occupés. Ressentant enfin la fatigue occasionnée par cette longue journée – qui avait débuté plusieurs heures auparavant sur un autre continent – London prit à son tour le chemin de sa cabine.

Lorsqu'elle ouvrit la porte et alluma la lumière, un reflet attira aussitôt son regard. Un compotier en argent se trouvait exactement au centre de la petite table. Il n'était assurément pas là auparavant.

Elle se précipita pour soulever le couvercle brillant.

Là, sur une assiette en porcelaine, se trouvait une pâtisserie à la forme bizarre.

Un *baklava*, reconnut-elle aussitôt.

Un dessert d'origine turque, très populaire en Europe de l'Est, en Asie et en particulier au Moyen-Orient.

C'était aussi la pâtisserie préférée de London depuis…

Depuis quand ?

Depuis qu'elle était toute petite en tout cas. Elle ne se rappelait plus la première fois qu'elle en avait goûtée mais il était fort possible que cela ait été ici, en Hongrie.

Mais qui lui avait livré ça ?

Et pourquoi ?

Il n'y avait ni carte ni message.

Etait-ce Emil qui avait commandé ça pour elle ?

Elle ne pensait pas lui avoir mentionné – ni à personne d'autre – à quel point elle était friande de baklavas.

Y a-t-il un devin sur ce bateau ?

Elle sourit de cette idée saugrenue. Elle se rappela n'avoir pas pris de dessert au Duna Étterem mais à présent elle avait suffisamment faim pour désirer en manger un.

Des couverts enveloppés dans une serviette de table se trouvaient à côté. Elle s'assit et prit un petit morceau de la pâtisserie.

Hu-u-m.

Les délicates et fines couches de pâte filo mélangées de noix concassées fondirent littéralement dans sa bouche. Le sirop au miel, si abondant dans ce dessert, lui parut plus sucré et délicieux qu'aucun de ceux qu'elle avait jamais mangés auparavant. Elle se sentit presque euphorique tellement c'était exquis.

Quand elle eut fini le baklava, London Rose eut l'impression qu'il n'existait plus un problème au monde. Peu importe celui ou celle qui lui avait fait ce cadeau, c'était une façon parfaite de terminer son premier jour de travail.

Idéal pour commencer ma nouvelle vie.

Ayant terminé la pâtisserie, elle se leva et tira les rideaux de l'étroit hublot de sa cabine, dévoilant ainsi une jolie vue sur le fleuve et les étoiles au-dessus des collines au loin.

Mais qui m'a apporté cette friandise ?

Elle n'en avait pas la moindre idée.

CHAPITRE DOUZE

Tôt le lendemain matin, London tira ses rideaux sur une vue fort différente de celle qu'elle avait vue la veille. Ils se trouvaient sur une étroite rivière. Plusieurs personnes s'étaient rassemblées sur la rive et regardaient le *Nachtmusik* avec curiosité.

Cela la surprit un instant puis elle se rappela qu'un bateau comme le leur devait être plutôt rare par ici. Même si la petite ville était facilement accessible par train ou par bus, les habitants devaient être étonnés de voir un tel bateau s'aventurer jusqu'au cœur même de Gyōr.

Elle savait que la plupart des bateaux d'excursion ne tentaient même pas de remonter cet affluent du Danube où le fleuve se rétrécissait avant de converge avec le Ràba et le Ràbca. Même si le *Nachtmusik*, avec ses dimensions plutôt modestes, était conçu pour atteindre certaines destinations peu accessibles, le commandant devait être d'une habileté exceptionnelle pour réussir à manœuvrer à travers ce canal appelé *Moson Danube*, ou Petit Danube.

Un dense assortiment de pittoresques constructions aux toits de tuiles se trouvait sur l'autre rive en plus des badauds curieux, D'après l'angle des murs, London comprit que les rues devaient être sinueuses et irrégulières. La ville était moins majestueuse que Budapest mais n'en était pas moins charmante avec des allures de conte de fée.

La vieille ville de Gyōr, se dit-elle. Elle n'était jamais venue là, même avec ses parents.

London se détourna de la fenêtre et jeta un œil au compotier en argent sur la table. Il n'y restait que quelques miettes et des gouttes de sirop collant. Elle ferma les yeux et s'imagina pouvoir manger à nouveau de ce délicieux baklava.

Qui l'a laissé là pour moi ?

Peut-être pourrait-elle résoudre le mystère de sa provenance aujourd'hui.

Mais pour le moment, une journée bien remplie l'attendait. Elle enfila son uniforme et se prépara pour aller travailler. Mais dès qu'elle sortit de sa cabine, son humeur s'assombrit. Amy Blassingame se dirigeait vers elle à grandes enjambées le long du couloir.

« London, je venais justement vous trouver ! » s'exclama Amy. Elle continua de parler en s'arrêtant, bloquant le passage à London. « Je n'ai pas arrêté de la matinée, à aller d'une chambre à l'autre pour m'occuper de votre énorme liste. Et je crains que nous n'ayons un problème. Un passager est venu me voir pour faire une petite réclamation – enfin, pas vraiment petite en ce qui le concerne. »

« De quoi s'agit-il ? » demanda London.

« Il affirme que la température dans sa cabine ne convient absolument pas. Que le règlement spécifie qu'elle doit rester exactement à 25° mais que nous avons tort. Je ne me rappelle plus s'il affirme qu'elle devrait être plus basse ou plus élevée. Je lui ai dit que je vous en parlerai et que j'étais sûre que vous arrangeriez cela.

London fit une légère grimace. Puis elle se rappela ce qu'Elsie lui avait dit la veille.

« *Rappelle-toi ça : tu es sa supérieure hiérarchique, pas l'inverse.* »

Car après tout, c'était là un travail pour la réceptionniste, non la chargée d'animation.

Le moment était venu de faire preuve d'autorité.

Mais comment faire sans provoquer d'inutiles remous ?

En étant polie, se dit-elle.

Elle sourit d'un air avenant.

« Eh bien, voyez cela avec le responsable de l'entretien, voulez-vous ? Parlez-lui de la réclamation de ce passager. Peut-être trouvera-t-il un moyen d'arranger le problème. Ou bien il vous dira qu'il est impossible de modifier la température. Dans tous les cas, allez trouver aimablement le passager et expliquez-lui ce qu'il en est. Je vous laisse gérer ça. »

Le sourire d'Amy disparut.

« C'est que j'ai déjà tellement d'autres choses à faire » grommela-t-elle.

« Pareil pour moi » répondit London. « Mais je vous fais confiance. Je suis sûre que vous saurez vous en charger. »

Amy la regarda un instant, comme prête à protester. Sauf qu'elle n'était évidemment guère en mesure de se plaindre qu'on lui demande de faire son travail – encore moins quand c'était demandé si poliment.

« Très bien » dit Amy. « Qu'y a-t-il d'autre au programme ? »

« J'ai une grosse visite guidée aujourd'hui » dit London. « Nous partirons après le petit-déjeuner. »

« Ah oui ? » dit Amy avec un soupir d'envie. « J'imagine que je vais passer toute la journée ici pendant que vous serez sortie… enfin, peu importe. »

London dut admettre que ce n'était pas très juste.

« Vous savez quoi, » dit-elle, « je vais emmener le groupe en visite ce matin et pour le déjeuner. Puis on fera une pause et vous pourrez prendre le relais. »

Amy sourit.

« Oh, voilà qui serait très gentil » dit-elle.

« Je vais avoir besoin d'aide avant qu'on parte ce matin, il faudra prendre les noms de tous les participants. Vous pourrez m'assister pour ça sur la passerelle après le petit-déjeuner. »

« Très bien, » dit Amy, « j'y serai. »

Amy s'en alla et London poussa un soupir de soulagement. Donner des ordres était nouveau pour elle mais elle savait qu'Elsie serait fière de l'assurance dont elle avait fait preuve face à cette soi-disant chipie.

Elle prit l'ascenseur jusqu'au pont Romanze pour se rendre au restaurant Habsbourg. Les serveurs, déjà affairés à dresser les tables, mettaient tout en place. Un homme portant l'uniforme blanc de chef cuisinier se tenait sur un côté, surveillant leurs progrès.

London alla vers lui et lui tendit la main.

« Vous devez être le chef cuisinier. »

« En effet – je m'appelle Bryce Yeaton » répondit-il en lui serrant la main. « Je suis également secouriste sur le bateau. Vous devez être London Rose, notre chargée d'animation. Enchanté de faire votre connaissance. »

« Moi de même » dit London. Elle remarqua à son accent qu'il était Australien et que son visage paraissait… fort plaisant, avec sa fossette au menton et sa barbe de trois jours impeccablement taillée.

Un serveur à la mine soucieuse arriva pour demander quelque chose et Bryce se précipita pour s'occuper du problème. London se dirigea vers une table un peu à l'écart et se servit une tasse de café puis Bryce revint vers elle.

« Désolé, London » dit-il. Puis il demanda avec un sourire. « Ça ne vous dérange pas qu'on s'appelle par nos prénoms ? »

« Je préfère, Bryce. »

« Je suis ravi de l'entendre, London. »

Ils rirent tous les deux. London se surprit à songer que le visage si enjoué de cet homme ne semblait pas du genre à pouvoir grimacer. Il n'avait au premier abord rien de vraiment remarquable mais paraissait attachant. Elle se demanda pourquoi il la regardait avec autant de curiosité.

« Je me suis dit que j'allais accueillir les passagers pour le petit-déjeuner ce matin » dit-elle afin d'expliquer sa présence.

« C'est très gentil de votre part mais il y a déjà quelqu'un pour ça » dit Bryce en hochant la tête vers une femme qui aidait à dresser les tables.

« Je sais » dit London. « Mais j'ai pour mission de satisfaire comme il se doit une centaine de personnes au bas mot. C'est vraiment un gros défi auquel je ne suis pas du tout habituée. C'est pour ça que je ferais mieux de passer un peu plus de temps avec eux. »

Comme certains passagers étaient en train d'arriver, London reposa sa tasse de café, prête à s'avancer vers eux mais Bryce prononça alors quelques mots qui l'arrêtèrent sur le champ.

« Vous avez aimé le baklava ? » demanda-t-il.

London écarquilla les yeux.

« Alors… c'était *vous* ? »

Bryce haussa les épaules.

« Je voulais venir me présenter hier mais vous sembliez toujours pressée dès que vous n'étiez plus à terre. Vous avez apparemment eu une journée bien chargée alors j'ai pensé que vous apprécieriez peut-être de la terminer avec un bon dessert. »

« C'était effectivement très bon » dit London. « C'est un de mes dessert préférés pour tout dire. Mais pourquoi n'avez-vous pas laissé un mot ou quelque chose pour… ? »

« Que vous sachiez de qui ça provenait ? » dit Bryce. « Eh bien, j'ai cru que ça serait plutôt évident… »

Il haussa les épaules et London comprit ce qu'il voulait dire.

« *Bien sûr*, j'aurais dû deviner… » dit-elle. « C'est idiot de ma part. Heureusement que je ne suis pas détective, je ne serais vraiment pas douée. »

Bryce ajouta. « Voici la dame avec son chien. Enfin il est tellement petit que c'est à peine si on peut l'appeler ainsi. Je ne crois pas que cette race de terrier peut grossir beaucoup plus. »

London vit Mme Klimowski entrer dans la salle du restaurant, transportant un Sir Reginald à l'air grognon qui passait sa tête hors du sac.

« On dirait que cette petite créature n'apprécie pas beaucoup d'être baladée là-dedans » fit-elle observer.

« Qui aimerait ? » répondit-il. « Les chiens sont faits pour courir, pas vrai ? Je me demande si celui-là en est capable. »

London rit en se souvenant des agiles facéties de Sir Reginald la veille au soir, lorsqu'il avait tenté d'échapper à sa maîtresse.

« Vous seriez surpris » dit-elle à Bryce.

Toujours souriant, le chef retourna alors dans ses cuisines.

London s'empressa d'aller accueillir Mme Klimowski.

La femme n'avait pas parue très en forme la veille et ne semblait pas aller beaucoup mieux aujourd'hui. Bien entendu, elle était toujours parée de ses diamants et de son pendentif en rubis. L'expression hautaine sur son visage n'avait pas disparu non plus.

« Bonjour Mme Klimowski » dit London. « Avez-vous passé une bonne nuit ? »

Elle avait le pressentiment de ce qu'allait être la réponse mais cela faisait partie de son travail de poser la question.

« Pas bien du tout, si vous devez le savoir » dit Mme Klimowski d'un ton un peu geignard. « Je souffre terriblement du mal de mer, Sir Reginald aussi d'ailleurs, le pauvre chou. Ne peut-on rien faire pour empêcher ce bateau de tanguer autant ? »

De tanguer ? se dit London.

A sa connaissance, le *Nachtmusik* ne tanguait absolument pas. C'était un bateau de rivière après tout, il n'était pas à la merci des vagues, des marées, ni rien de ce genre. Peut-être Mme Klimowski avait-elle été perturbée lors du ralentissement du bateau à l'approche de Györ, lorsqu'ils étaient passés par le Petit Danube.

« Je suis navrée que votre nuit ait été agitée » dit London. « Mais lorsque nous serons de nouveau sur le Danube même, la navigation devrait être beaucoup plus agréable. »

« J'ose l'espérer. Qu'y a-t-il au petit-déjeuner ? »

London énuméra quelques uns des plats présents à la carte.

« Oh mais ça ne convient pas du tout » se lamenta Mme Klimowski. « Pas après ce 'plat Dracula' complètement indigeste de hier soir. Je vais devoir commander quelque chose de très simple – un ou deux toasts grillés éventuellement. Je prendrais peut-être quelque chose de plus consistant un peu plus tard. »

London prit la femme par le coude et l'escorta à l'une des tables.

« J'espère que vous avez prévu une visite intéressante pour aujourd'hui » dit Mme Klimowski.

London se sentit un peu inquiète. En la conduisant à sa table, Mme Klimowski lui était apparue plutôt fragile. Elle se demanda si elle ne ferait pas mieux de lui suggérer de rester à bord pour se reposer ? Devait-elle demander au médecin de bord de venir l'examiner ?

Puis London se rappela ce qu'elle avait appris en lisant la liste des membres d'équipage. Etant donné que ce bateau était plus petit que la majorité des navires de croisière, la plupart du personnel avait une double casquette. Elle-même avait bien plus de responsabilités qu'elle n'en avait jamais eues par le passé. Et comme Bryce venait de le mentionner, il était secouriste à bord en même temps que chef cuisinier. Il pouvait soigner des troubles légers et faire acheminer les passagers vers les hôpitaux du continent en cas d'urgence. Sauf qu'elle savait aussi qu'il était actuellement très occupé.

London aida la femme âgée à s'asseoir puis lui assura que la visite serait en effet fort intéressante.

Elle alla ensuite accueillir les autres passagers, satisfaite de voir qu'elle se rappelait les noms de la plupart d'entre eux. Quand elle eut terminé, elle chercha une place où s'asseoir afin de prendre également son petit-déjeuner. Emil Waldmüller était assis seul à une table et lui fit signe de le rejoindre. Elle se sentait encore un peu mal à l'aise après leur étrange conversation sur le pont Rondo et ne savait trop si elle devait ou non se réjouir qu'il l'interpelle.

Elle alla néanmoins s'asseoir auprès de lui et retomba aussitôt sous le charme de ses manières au charme si européen ainsi que de son sourire raffiné. Emil commanda des scones et London opta pour des œufs Benedict.

« Si j'ai bien compris, vous nous emmenez faire une visite guidée ce matin » dit Emil.

« Effectivement » dit London, ressentant une pointe d'anxiété devant la tâche qui l'attendait. « Il est prévu que nous partions juste après le petit-déjeuner. »

Elle savait que cela faisait partie du travail d'Emil de l'assister lors des visites guidées mais elle se demanda si travailler avec lui n'allait pas aujourd'hui s'avérer quelque peu gênant.

Emil dut remarquer son hésitation puisque son sourire se fit plus timide et penaud.

« Hé, j'ai promis d'être extrêmement poli avec l'ensemble des passagers. Même avec le chien. »

London se sentit rassurée. Peut-être avait-il compris qu'il l'avait mise mal à l'aise la veille au soir et qu'il souhaitait se rattraper.

*

London retourna à sa cabine après le petit-déjeuner et se changea, enfilant un joli pantalon confortable et un chemisier léger. Elle s'assit au bord de son lit et parcourut les notes qu'elle avait préparées la veille sur son téléphone pour la visite guidée d'aujourd'hui.

Elle s'était servie d'Internet pour obtenir quelques détails sur Györ

– ses points d'intérêt, son histoire et sa population. Elle était désormais munie d'un bel exposé qu'elle était toute prête à réciter lorsqu'elle emmènerait les passagers à travers la ville. Elle avait confiance en elle et sentait qu'elle pourrait le dire par cœur si besoin était.

Elle prit l'ascenseur pour monter au pont Menuetto puis au hall de réception. Emil et Amy étaient déjà là ainsi qu'une quarantaine de personnes souhaitant prendre part à la visite. Les autres passagers préféraient soit déambuler de leur côté, soit rester sur le bateau. Avant qu'ils ne sortent du hall, Amy et elle prirent en note les noms des participants.

London, Amy et Emil conduisirent ensuite le groupe le long d'une passerelle toute simple leur permettant d'atteindre une petite embarcation au bord de l'eau. Un groupe d'autochtones regardait le bateau des touristes avec fascination. London en comprit la raison. Le *Nachtmusik* était réellement impressionnant à voir sur le Petit Danube.

Assez chaleureux, plusieurs accueillirent les touristes quand ils posèrent pied sur la rive en disant 'Salut', 'Bonjour' ou 'Bienvenue' en anglais. London emmena le groupe loin du bateau et se retourna pour faire au revoir de la main à Amy. Elle la vit alors parler à un habitant du cru – un homme d'allure plutôt ordinaire et qui semblait à peu près du même âge que London. Elle comprit aussitôt ce qui se tramait.

Amy est en train de flirter avec lui.

Ou bien c'est lui qui flirte avec elle.

Ou alors ils le font tous les deux.

Cela la surprit un peu. Amy lui avait jusqu'à présent semblé trop sévère et autoritaire pour s'adonner à ce genre de choses. London ne savait trop qu'en penser. Elle était pratiquement certaine qu'entretenir de telles relations était contraire au règlement du navire.

Mais elle se rassura très vite en se disant que cela n'avait vraiment pas d'importance. Le *Nachtmusik* devait quitter Györ ce soir – trop tôt pour que puisse se développer une quelconque idylle. Tant qu'Amy faisait son travail, London n'avait aucune raison de se plaindre.

Emil et elle menèrent le groupe le long des berges jusqu'à un pont en forme d'arc qui passait au-dessus de la rivière et conduisait à la Vieille Ville.

Cette dernière s'étendait largement devant eux et une sensation étrange commença à s'emparer de London – une sensation qu'elle ne se rappelait pas avoir jamais éprouvée. Ce lieu ne paraissait pas être une ville touristique ordinaire.

Parvenus au bout du pont, ils s'aventurèrent dans la Vieille Ville, avec ses places et ses rues sinueuses, sa variété de jolis et pittoresques toits en terrasses, ses clochers et autres édifices. Puis cette même sensation la submergea complètement. Pendant un instant, elle se demanda pourquoi elle ressentait tout cela. Elle en comprit brusquement la raison.

L'Histoire.

Györ était riche de son passé, beaucoup plus que n'importe quelle autre ville qu'elle avait jamais visitée. Le groupe s'était rassemblé en cercle autour d'elle, attendant qu'elle dise quelques mots avant que la visite ne commence. London regarda les notes qu'elle avait sur son téléphone. Celles-ci lui parurent tout à coup extrêmement ennuyeuses, ce n'était plus qu'une liste de noms, de dates et de faits historiques.

Ça n'ira pas du tout, se dit-elle. L'exposé qu'elle avait préparé ne pourrait en aucun cas transmettre toute l'émotion qu'elle ressentait actuellement.

Il était parfaitement inutile.

Mais qu'est-ce que je vais dire ?

CHAPITRE TREIZE

De nombreuses idées vinrent à l'esprit de London mais sans qu'elle soit visiblement capable de les formuler avec des mots appropriés. Elle savait qu'il lui fallait dire quelque chose. Les passagers l'entouraient, attendant qu'elle leur présente une ville où elle n'était encore jamais venue.

Elle avait bien entendu fait quelques recherches sur Györ la veille au soir mais à présent qu'elle avait réellement mis les pieds dans la ville, tout ce qu'elle avait prévu de dire paraissait tellement… inadapté.

Elle regarda Emil, se demandant brièvement si elle ne pourrait pas ravaler sa fierté et lui demander de l'aide.

Il lui sourit d'une façon étrangement compatissante.

On dirait qu'il sait ce que je ressens.

Que cela lui est déjà arrivé à lui aussi.

Elle réalisa alors qu'en sa qualité d'historien ayant passé sa vie à parcourir l'Europe et s'informer à son sujet, il avait *certainement* ressenti la même chose, sans doute en de nombreuses occasions.

Avec un léger hochement de tête, Emil parut vouloir la rassurer, l'encourager à trouver les mots dont elle avait besoin au fur et à mesure.

London commença avec hésitation.

« Je ne suis jamais venue à Györ auparavant mais… je peux déjà ressentir quelque chose de spécial au sujet de cette ville. J'ai l'impression de pouvoir apprendre d'elle, pas uniquement son histoire mais… »

London s'interrompit, faisant une pause.

Elle finit par dire. « Prenons juste un moment pour imaginer à quoi devait ressembler cet endroit il y a une centaine d'années. Aucune de ces maisons, de ces bâtiments, de ces rues n'existaient. Les guerriers magyars, dont les descendants hongrois vivent à présent ici, déferlèrent dans cette région en provenance des montagnes, installant leurs tentes pour y vivre, exactement là où nous nous tenons. »

Elle prit une grande inspiration, comme si le passé de la ville emplissait ses poumons.

« Les Magyars furent les derniers parmi de nombreux peuples à s'établir ici depuis l'âge de pierre, à l'aube de la civilisation. Il y eut les Celtes, les Romains, les Slaves et les Lombards. Les Magyars lui donnèrent le nom qu'elle porte toujours actuellement : Györ. Et leur village de tentes constitua les prémisses de la ville que voyez aujourd'hui. »

Elle regarda les touristes et les vit tous pendus à ses lèvres.

« Cette cité » dit-elle d'une voix plus basse et respectueuse, « fut construite et détruite à de nombreuses reprises. Elle fut attaquée par les Mongols, détruite par les envahisseurs tchèques, puis entièrement brûlée par les Magyars eux-mêmes pour l'empêcher de tomber aux mains des Turques qui ne purent que battre en retraite. Les habitants restants entreprirent alors bâtir et rebâtir durant des siècles et jusqu'à aujourd'hui. »

Elle se tourna, admirant une nouvelle fois les lieux.

« Je pense que nous avons quelque chose à apprendre de cette ville, quelque chose d'important pour notre vie quotidienne. Je pense que c'est lié à… eh bien, le courage et la persévérance, la ténacité et… »

Elle ne put s'empêcher d'émettre un petit rire en voyant le tour grandiloquent que commençaient à prendre ses paroles.

« Mais que puis-je en savoir ? » finit-elle par dire. « Je viens moi-même d'arriver ici. »

La plupart de ceux qui l'écoutaient rirent également puis se mirent à l'applaudir pour son introduction à la visite guidée.

« Venez, allons voir tout cela » leur dit-elle.

Tandis que London conduisait le groupe parmi les rues sinueuses et irrégulières, Emil vint lui toucher légèrement le coude.

« Bien joué » dit-il. « Très bien joué même. »

London sourit car il lui parut vraiment sincère. Elle sentit qu'il admirait réellement son intervention – comme s'il pensait qu'il n'aurait pu faire mieux lui-même.

« Merci » dit-elle.

Ne se sentant désormais plus sur la défensive, elle sut qu'elle oserait plus facilement lui demander des conseils de temps en temps.

London fit s'arrêter le groupe devant un socle en pierre où se trouvait une grande statue représentant des anges portant un large coffre au moyen de deux bâtons. Sur le dessus du coffre, un agneau doré était entouré de rayons de soleil.

« Quelqu'un peut-il deviner de quoi il s'agit ? » demanda London.

Walter Shick prit la parole.

« Eh bien, ça ressemble à l'Arche d'Alliance – le coffre sacré qui contient les Tables de la Loi. »

« C'est cela » dit London en acquiesçant de la tête. « Cette sculpture est un cadeau fait par le roi hongrois Charles III à la ville de Györ en 1731, en guise de pardon pour avoir occasionné des dégâts dans la ville pendant l'arrestation d'un fugitif. »

La femme de Walter, Agnès, secoua la tête avec admiration.

« On dirait que ces anges vont s'envoler en emportant l'Arche juste sous nos yeux » dit-elle.

London sourit de sa remarque. Elle avait raison, l'imposante statue paraissait à la fois étrangement légère et toute prête à se mettre en mouvement. Elle comprit également pourquoi. Elle regarda Emil, qui bien entendu connaissait encore mieux qu'elle ce genre de phénomène. Elle pensa qu'il serait intéressant d'entendre ses explications.

« Pouvez-vous nous apprendre quelque chose au sujet de cette statue ? » lui demanda-t-elle.

Les yeux d'Emil se mirent à briller.

« Pas encore » dit-il. « Mais j'espère le faire d'ici pas longtemps. »

London pencha la tête, légèrement surprise.

Pourquoi pas maintenant puisque nous sommes devant la statue ? s'interrogea-t-elle.

Elle se dit que l'historien du *Nachtmusik* devait avoir de bonnes raisons, aussi acquiesça-t-elle avant d'emmener le groupe vers le point d'intérêt suivant : la Basilique, appelée aussi cathédrale Notre-Dame de l'Assomption. London fut légèrement étonnée en constatant que l'édifice semblait loin d'être spectaculaire – il n'était pas aussi grand ni aussi richement décoré que la Basilique Saint-Etienne à Budapest. Elle se demanda si cela n'allait pas être une déception ?

Un gardien bien habillé, un peu bedonnant et à l'air vigilant se tenait à côté de la boîte servant à récolter les dons. Il sourit aux nouveaux arrivants et leur dit en hongrois qu'il était là si jamais ils avaient besoin de quoi que ce soit pendant leur visite. London le remercia et il ouvrit les portes pour leur permettre d'entrer pendant que tous déposaient leur contribution dans la boîte.

London pénétra à l'intérieur et la vue qui l'attendait lui coupa le souffle. Les photos qu'elle avait étudiées ne l'avaient pas préparé à ça.

Les peintures, les statues, les détails architecturaux – tout paraissait si plein de vie, exactement comme la statue qu'ils venaient d'admirer. Tout l'intérieur de la basilique irradiait de somptueuses couleurs. Même si la cathédrale était bien plus petite que celle de Budapest, elle était en tout point aussi splendide, un véritable régal pour les yeux.

London resta bouche bée et tourna les yeux vers Emil.

Il lui sourit, comprenant exactement ce qu'elle ressentait.

« Voudriez-vous que je… ? » lui suggéra-t-il.

« Oui, je vous en prie » dit London, impatiente d'écouter ce qu'il avait à dire.

Emil se tourna vers eux et commença à parler.

« Mesdames et messieurs, vous verrez que la majeure partie de la ville est décorée dans le style baroque – la statue que vous venez de voir, par exemple, de même que l'intérieur de la basilique. Ce style, né au dix-septième siècle, avait pour objectif d'éveiller les sens et les émotions par la richesse de ses détails, l'opulence de ses ornementations, tout son côté exubérant. »

Il rit devant les yeux écarquillés des touristes.

« Et je peux voir à vos visages que cet exemplaire du style baroque y a parfaitement réussi » ajouta-t-il.

Le groupe éclata de rire et plusieurs personnes hochèrent la tête pour approuver.

London dit alors. « Il est possible *d'entendre* la même énergie et le même dynamisme dans la musique de cette époque. Dans les œuvres d'Haendel, Vivaldi et Bach. Quant à Györ, la plus grande partie de la ville telle qu'elle existe aujourd'hui a été bâtie durant l'apogée de la période baroque. »

Pendant que London menait le groupe à travers les diverses splendeurs de la basilique, elle vit que même Mme Klimowski regardait tout autour d'elle avec un plaisir manifeste. C'était la première fois qu'elle voyait autre chose qu'une grimace sur le visage de cette femme.

Lorsqu'elle les conduisit vers une petite chapelle gothique dans la partie sud de la basilique, ils furent accueillis par un visage radieux aux grands yeux perçants. La tête couronnée avec une barbe en or et en argent se trouvait dans une grande vitrine en verre.

London poursuivit, « Voici Saint-Ladislas, roi des Hongrois au cours du onzième siècle et l'un des plus grands héros du pays. »

Agnès Shick regarda à travers la paroi, complètement fascinée.

« Regardez ses yeux ! » dit-elle. « J'ai vraiment l'impression qu'il me regarde. »

« C'est le cas, d'une certaine façon » dit Emil. « En fait son crâne est préservé en tant que relique à l'intérieur. »

« Oh Seigneur ! » s'exclama Agnès.

London elle-même éprouva une sorte de crainte admirative. Elle avait bien sûr lu des choses sur la relique de Saint-Ladislas la veille au soir et n'avait donc pas été surprise de sa présence. Mais la voir à présent lui fit ressentir la même espèce de révérence que devant la

'Sainte-Dextre' dans la Basilique Saint-Etienne à Budapest : l'impression que la ville était sous la protection attentive d'un gardien bienveillant.

Elle ramena le groupe à l'extérieur pour poursuivre la visite. Quantité de merveilles semblait surgir devant eux à chaque recoin des tortueuses rues de Győr. Ils virent d'autres statues magnifiques, y compris une de l'archange Michel terrassant le dragon, ainsi qu'une autre de la Vierge Marie en haut d'une colonne entourée des quatre Apôtres. Ils passèrent devant la place de la Porte de Vienne avec son église carmélite de style baroque.

Ils finirent par arriver dans une rue piétonne où se trouvait une chose étonnante : la statue en bronze d'un homme nu manœuvrant un bateau à rames au-dessus d'une mer agitée.

« C'est probablement la statue la plus populaire de Győr ou du moins la plus photographiée » expliqua London au groupe. « 'Le Batelier' a été érigé ici en 1997 en mémoire des inondations qui ont touché la ville en 1954. Et je pense que le quartier est parfaitement approprié pour faire une petite pause. Je suis sûre que certains d'entre vous doivent être fatigués. Quant à moi, je commence à avoir faim. »

Plusieurs murmurèrent pour marquer leur approbation.

« Comme vous pouvez le voir, l'endroit regorge de cafés et de restaurants » dit London. « J'ai même vu un McDonald's en chemin, alors si ça fait envie à quelqu'un. »

Certains passagers se mirent à rire.

London regarda sa montre et ajouta, « Retrouvons-nous ici dans une heure et demie pour continuer la visite. En attendant, vous être libre de vos mouvements. »

Le groupe commença à se disperser mais M. et Mme Shick vinrent la trouver.

« Dites, ce professeur que nous avons rencontré à Budapest ne nous avait-il pas recommandé un bon restaurant ? » demanda Walter.

« C'est vrai » dit Agnès. « Comment a-t-il dit qu'il s'appelait ? »

Certains des passagers qui avaient accompagné London la veille à Budapest semblèrent manifester le même intérêt. London essaya de se souvenir. Ils avaient été dîné au Duna Étterem et cet amical étranger… quel était le nom de ce professeur d'ailleurs ?

Ah oui… Kallay – Vilmos Kallay.

Cet homme charmant et un peu excentrique avait dit être poète mais que son 'vrai travail' était lié à cette 'science lugubre', l'économie.

London se rappela alors le nom du restaurant qu'il leur avait recommandé à Györ.

« C'est le Magyar Oröm » dit-elle.

« C'est bien ça » dit Gus Jarret. « Il a dit que c'était 'à ne pas manquer'. »

« Eh bien, alors ne le manquons pas » dit London.

Emil avait déjà sorti son téléphone pour rechercher son emplacement.

« Nous avons de la chance » dit-il. « Non seulement le Magyar Öröm est ouvert mais il n'est qu'à quelques rues d'ici. »

London se promit de téléphoner à Amy au cours du déjeuner pour lui dire l'heure et le lieu où ils devaient tous se retrouver afin que celle-ci puisse la remplacer pour la suite de la visite guidée. Puis London et plusieurs autres passagers suivirent Emil en direction du Magyar Öröm. Il s'agissait à peu près du même groupe qui avait accompagné London dans son petit tour de Budapest la veille. Il y avait entre autres le couple Shick, Gus et Honey Jarrett ainsi que le farfelu et parfois désagréable Cyrus Bannister. Mme Klimowski, dont l'humeur semblait aller un peu mieux depuis la dernière fois, décida aussi de se joindre à eux.

C'est vraiment un groupé hétéroclite, songea London, ne sachant trop si cela lui déplaisait ou non.

Tandis qu'Emil les faisait tourner au coin d'une rue, London observa la manière dont les rues étroites et sinueuses ne permettaient guère de voir très loin en avant quelque soit la direction. Elle se souvint de ce qu'Emil avait dit quelques instants plus tôt au sujet du style baroque : la façon dont il faisait appel aux sens et aux émotions grâce à *« la richesse de ses détails, l'opulence de ses ornementations, tout son côté exubérant. »*

C'est alors qu'elle se rendit compte que la configuration même des rues de Györ appartenait d'une certaine façon à ce même style : pleine d'animation, de vitalité et surtout...

De surprises.

Elle se demanda quelles autres merveilles cette ancienne cité leur réservait encore.

Elle ressentit un étrange picotement à l'intérieur d'elle.

Quelque chose me dit que je suis loin de pouvoir imaginer tout ce qui va suivre, songea-t-elle.

CHAPITRE QUATORZE

Le Magyar Öröm se révéla bel et bien fort étonnant – et dans le bon sens du terme. London et son groupe tournèrent à l'angle d'une rue, proches de leur destination et virent que la plus grande partie du restaurant était constitué d'une terrasse en extérieur. Voilà qui leur parut idéal lors d'une journée aussi chaude et ensoleillée que celle-ci.

Mieux encore, ils étaient parvenus à arriver juste avant le rush de l'après-midi, quand les restaurants hongrois étaient particulièrement fréquentés. Le restaurateur n'eut donc aucune difficulté pour réunir quelques tables à leur intention. Ils se retrouvèrent assis à côté d'un mur bas en briques à l'extrémité de la terrasse et qui donnait sur la rue piétonne, leur offrant ainsi une vue charmante sur les allées et venues des gens dans la Vieille Ville de Győr.

Si le serveur, qui s'appelait István, remarqua le chien de Mme Klimowski, il ne fit aucun commentaire. Sir Reginald était particulièrement bien dissimulé dans sa sacoche, apparemment endormi.

István laissa quelques minutes au groupe pour regarder le menu. Quelques personnes furent contentes de voir qu'il était possible de commander le « plat Dracula », le *paprikácsirke*. London préféra opter pour une nourriture plus légère. Elle ne parvint pas tout à fait à prononcer le nom mais réussit à demander des crêpes fourrées à la hongroise, des *hortobágyi palacsinta*.

István revint bientôt avec leurs boissons ainsi qu'une soupe en guise d'entrée. London prit une cuillerée du potage, surprise de son goût à la fois doux et âcre. Emil, assis à côté d'elle, remarqua son expression et expliqua.

« C'est une soupe aux fruits qui s'appelle *gyümölcsleves*. »

London en prit une autre cuillerée

« C'est à la cerise, n'est-ce pas ? » dit-elle.

« Sans doute. C'est une saveur très populaire ici. Vous aimez ? »

« Oh oui, beaucoup. Je n'avais rien goûté de semblable auparavant. »

Emil lui donna un coup de coude.

« Ça serait sympa d'avoir quelques photos, non ? » suggéra-t-il.

« Oui, je suis sûre que tout le monde apprécierait » dit London.

Tandis qu'Emil se levait, tournant son téléphone en direction du groupe, ils sursautèrent tous en entendant un son étrange et mélancolique. De l'autre côté du mur, un musicien ambulant jouait du violon dans la rue juste à côté d'eux. Sa musique était bizarre, dure et discordante mais elle était en même temps tristement belle et émouvante.

Quand il vit qu'il avait attiré leur attention, le musicien se retourna complètement afin de jouer pour eux. London remarqua qu'il était plutôt pauvrement vêtu, avec une chemise en mousseline aux manches bouffantes, un foulard noué autour de la tête, une veste et un pantalon raccommodé aux genoux. Il arborait également une grosse moustache en brosse.

Même si la plupart des touristes écoutaient d'un air ravi, Mme Klimowski s'agita sur sa chaise. Elle fouilla dans son sac pour y prendre un petit porte-monnaie dont elle sortit quelques billets en monnaie hongroise.

« Est-ce que quinze mille forints représente beaucoup d'argent ? » demanda-t-elle.

« Ça dépend pour quoi » fit remarquer Cyrus Bannister qui était assis entre la femme âgée et le mur bas les séparant de la rue et du musicien.

Mme Klimowski tendit les billets à Cyrus.

« Si vous voulez bien donner cet argent à cet affreux bonhomme » dit-elle. « Dites-lui qu'il peut l'avoir si seulement il arrête avec cet odieux bruit qui écorche les oreilles, on dirait des chats en colère. »

Cyrus fit la grimace.

« Je ne peux pas faire ça, Madame » dit-il.

« Et pourquoi ? Il n'y a pas assez d'argent ? »

« Cela fait environ cinq dollars » dit Cyrus. « Mais ce que je veux dire, c'est qu'il se sentirait profondément insulté. »

Mme Klimowski émit un léger grognement agacé.

« Vraiment ? Je pense que c'est *moi* qui suis insultée en ce moment, forcée comme je suis d'écouter cette musique infernale. Donnez-lui l'argent, vous dis-je. Faites en sorte qu'il arrête de jouer. »

« Je ne ferai rien de tel » dit-il.

« Alors payez-le pour qu'il joue de la *vraie* musique. Un air traditionnel hongrois – une rhapsodie de Liszt ou un de ces airs pour danse de Brahms. »

Cyrus croisa les bras, regardant droit devant lui d'un air fâché.

« Il se trouve que je connais deux ou trois choses sur la musique folklorique européenne, Madame » dit-il. « Liszt et Brahms ne sont en aucun cas d'authentiques représentants de la musique traditionnelle du pays. Mais ce que joue ce monsieur est typiquement hongrois. C'est le genre de musique que Bartok a répertorié lorsque, accompagné de son ami Zoltan Kodaly, il a voyagé à travers l'Europe de l'Est dans les années 1900 pour enregistrer des chants paysans. »

« Bartok, hein ? » ricana Mme Klimowski. « Cette musique moderne si épouvantable. Lui et l'autre là, Schoenberg. »

Cyrus parut alors réellement offensé, et il fut facile à London de deviner pourquoi. Elle se rappela qu'il avait spécifiquement choisi la Suite Schoenberg à bord du *Nachtmusik*.

« Je suis sûr que je dois être la seule personne à en avoir voulu » avait-il dit à London.

Cyrus dit. « Cet homme a sûrement appris à jouer cette musique avec son père, qui lui-même à dû l'apprendre de son propre père… et qui sait depuis combien de générations cette musique se transmet-elle ? Vous devriez faire preuve de plus de respect. »

Tandis qu'ils se disputaient, le musicien sembla abandonner tout espoir d'obtenir un pourboire. Il redescendit la rue et Mme Klimowski se tourna, furieuse, vers Cyrus Bannister.

« Et moi je pense que c'est *vous* qui devriez être un peu plus respectueux, jeune homme ! Sachez que ma vie a été extrêmement tragique ! Je mérite qu'on me porte quelque considération. Même si c'est quelque chose qu'il n'est pas aisé d'obtenir de nos jours. »

Mme Klimowski fouilla dans son sac à la recherche de sa boîte à médicaments multicolore. Elle ouvrit le couvercle d'un claquement sec, avala un ou deux comprimés avec un verre d'eau puis remit la boîte dans son sac.

Au moment où István, le serveur, commença à leur servir le plat principal de leur choix, Mme Klimowski se leva de sa chaise. Brinqueballé, Sir Reginald Taft sortit la tête du haut de la sacoche, se mit à grogner puis disparut de nouveau à l'intérieur, hors de vue.

« J'ai perdu l'appétit maintenant, je vous remercie » claironna la femme plus âgée. « J'ai vraiment besoin de m'éloigner de toute cette agitation et de ce manque de courtoisie. »

Elle déposa les forints qu'elle tenait toujours à la main sur la table puis annonça, « Que quelqu'un d'autre profite de mon repas. Je retourne au bateau. Peut-être qu'après une bonne nuit de sommeil, je serai en mesure d'oublier ce déplaisant épisode. »

Alarmée, London se leva à son tour de sa chaise.

« Pourquoi ne pas rester ici ? » demanda-t-elle.

« Non, je refuse de supporter tout cela plus longtemps. »

« Laissez-moi vous raccompagner au bateau au moins » dit London.

« Non ! » répliqua Mme Klimowski d'un ton cassant.

Puis, se tournant vers les autres, elle éleva la voix de façon mélodramatique.

« Et c'est pareil pour vous tous. Je n'ai pas besoin de votre aide, encore moins de votre compagnie. J'ai eu une vie tragique. Autant dire que je n'ai fait que survivre. J'ai développé un instinct capable de m'indiquer les personnes en qui je peux avoir confiance. Et ce n'est le cas d'aucun de vous. Je le sens au plus profond de moi-même. »

London vit que, tout comme elle, les autres convives étaient stupéfaits et perplexes devant son accès de colère. Certains – comme Agnès et Walter Shick – semblaient même franchement blessés.

« Je pars d'ici de la même manière que j'ai toujours vécu : seule ! » ajouta Mme Klimowski.

Sur un geste de la main, elle quitta précipitamment la terrasse pour rejoindre la rue.

London commença à la suivre mais Emil la retint par le bras.

« London, ne partez pas après elle, je vous en prie » dit-il. « Elle ne souhaite pas notre compagnie. Vous ne feriez que l'agacer un peu plus si vous tentiez de l'aider. »

London balbutia, « Mais elle… elle… »

Elle porte toutes ces fourrures et ces bijoux, avait-elle envie de dire.

« Ne vous inquiétez pas pour elle » ajouta Gus Jarrett. « Le trajet est court jusqu'au bateau. »

« Tout ira bien pour elle » dit également sa femme, Honey.

London resta debout un instant en hésitant.

« Ils ont raison, London » lui dit calmement Emil. « Elle est en sécurité, j'en suis sûr. »

London se rassit, ne parvenant toujours pas à se décider.

Agnès Shick avait l'air abasourdi de ce qui venait de se dérouler.

« Est-ce parce que l'un de nous a dit quelque chose ? » dit-elle.

Cyrus Bannister ricana avec mépris.

« Pas du tout » dit-il. « C'est juste qu'elle ne supporte pas la musique folklorique hongroise – ni Bartok ou Schoenberg d'ailleurs. Je suis certain que ça n'a aucun rapport avec nous. »

« En fait, j'ai même l'impression qu'elle n'en a rien à faire de nous tous » murmura Walter Shick.

London vit que Gus avait raison, qu'ils étaient tout près du *Nachtmusik*. La visite guidée ne les avait éloignés que de quelques rues du bateau. Sans compter que l'après-midi battait encore son plein et que les rues de Györ ne paraissaient en aucun cas dangereuses.

Elle va rentrer sans problèmes, c'est certain, se dit London.

*

Les plats arrivèrent et tout le monde sembla apprécier la nourriture, à l'exception de London. Ses crêpes étaient certes délicieuses mais elle les picorait sans y prêter attention, trop inquiète au sujet de Mme Klimowski. Quant à Gus et Honey Jarrett, ils étaient si affamés qu'ils se partagèrent le plat abandonné de Mme Klimowski en plus des leurs.

István revint ensuite pour remporter leurs assiettes et demander s'ils désiraient un dessert. Tous sauf London examinèrent de nouveau la carte avec gourmandise. Pour sa part, elle ne se sentait vraiment pas d'humeur pour déguster quelque chose de riche et sucré.

Avant que quiconque ne puisse commander, London entendit un bruit aigu en provenance de la rue.

Elle se retourna et vit le minuscule Sir Reginald Taft qui ressemblait à une serpillère au milieu des passants. L'air agité, le petit chien fixa London des yeux et se mit à aboyer.

« Oh mon Dieu ! » dit Agnès Shick. « Le chien de Mme Klimowski a dû lui échapper ! »

Cyrus Bannister ricana.

« Est-ce qu'on peut lui en vouloir ? » dit-il. « Le pauvre animal doit se sentir immensément soulagé. »

Mais London ne trouva pas du tout que Sir Reginald avait l'air soulagé. Il ne cessait de japper tout en gigotant pour éviter les pieds des passants.

Walter Shick parut aussi soucieux que London.

« La pauvre femme doit être folle d'inquiétude » dit-il. « Il faut qu'on lui ramène son chien. »

Gus Jarrett laissa échapper un petit rire grognon.

« Moi, j'espère que la vieille a clamsé ! » dit-il

Son épouse, Honey, le regarda avec indignation.

« Ce n'est pas une façon de parler ! » s'exclama-t-elle.

« Eh bien, ça ne serait pas une grande perte. »

London était d'accord avec Walter, il fallait ramener son chien à Mme Klimowski sauf qu'elle ne savait trop comment s'y prendre. Elle se rappela du rusé jeu de cache-cache auquel s'était livré Sir Reginald la veille avec Mme Klimowski. Si le chien ne voulait pas se laisser attraper, qu'allait-il bien pouvoir faire ?

« Je peux peut-être vous aider » dit Honey.

Son mari lui murmura en grommelant quelque chose à l'oreille que tout le monde put entendre.

« Tu n'as pas intérêt à faire ça ! » dit-il.

« Je ferai ce qui me plaît » lui murmura Honey à son tour.

London se souvint comment le chien s'était empressé de sauter dans les bras de cette femme la veille au soir. Mais elle se rappela aussi la colère de Gus d'avoir été contredit. Elle ne voulait pas qu'il y ait de nouveaux problèmes entre eux deux. Même si, après tout, ce n'était pas ses affaires.

« S'il vous plaît, si vous pouviez essayer de faire quelque chose » dit-elle à Honey.

« Ne bougeons pas, nous autres » dit Cyrus.

« C'est juste » acquiesça Emil. « Si nous cherchons tous à l'attraper, ça pourrait l'effrayer. »

London et Honey sortirent dans la rue et s'approchèrent avec précaution de la petite bête tout agitée. Tout comme la veille, Honey s'approcha à quelques mètres du chien puis se baissa sur ses talons hauts dans sa jupe moulante. Elle l'appela avec la même voix amicale et chaleureuse que la veille.

« Viens ici ! »

Mais cette fois le chien ne vint pas vers elle. A la place, il se retourna et s'éloigna dans la foule au petit trot. London commença aussitôt à courir après lui, se faufilant entre les passants. Pendant quelques instants, elle entendit derrière elle le claquement des talons d'Honey mais le bruit de ses pas s'éteignit très vite. Honey n'était tout simplement pas habillée de façon appropriée pour ce genre de course-poursuite.

En attendant, Sir Reginald laissait voir de façon évidente qu'il *voulait* que London le suive. Il s'arrêtait de temps à autre et regardait derrière lui pour vérifier qu'elle était toujours sur ses traces, puis repartait à nouveau.

London suivit le chien, repassant devant certains des points d'intérêt qu'ils avaient visités peu avant, y compris la sculpture du *Batelier* et la place de la Porte de Vienne, jusqu'à ce qu'ils parviennent à la cathédrale Notre-Dame de l'Assomption. London se rappela ce qu'avait dit Mme Klimowski la veille quand elle avait insisté pour aller à la Basilique Saint-Etienne à Budapest.

« J'ai davantage besoin du réconfort de la prière que la plupart des

gens. »

London se sentit envahie par le soulagement.

Elle est sans doute venue ici, pensa-t-elle.

Tandis qu'ils approchaient de l'entrée, London vit que le gardien était le même homme qu'un peu plus tôt mais qu'il portait à présent une fleur d'un jaune éclatant à sa boutonnière. Il sembla prêt à empêcher le chien d'entrer mais la petite créature fit un bond de côté pour éviter ses gros pieds et pénétrer dans la cathédrale.

Le gardien lança un regard furieux à London tandis que celle-ci balbutiait en hongrois.

« Je suis vraiment désolée. Je vais le chercher tout de suite. »

L'homme hocha la tête et se tint à l'écart pendant que London entrait vivement à l'intérieur.

Plus loin devant elle, Sir Reginald s'arrêta à l'extrémité d'un des bancs, se retournant pour regarder London. Elle se sentit à nouveau soulagée en apercevant une silhouette familière assise là. Le chien ne s'était en fait pas perdu. Mme Klimowski était retournée à la cathédrale au lieu de revenir au bateau. Elle était visiblement la seule personne dans l'église en ce moment.

Mais pourquoi le chien paraissait-il aussi agité ?

La tête de Mme Klimowski était largement inclinée, elle avait l'air profondément assoupie. Suivant Sir Reginald, London se glissa le long du banc pour s'asseoir à côté d'elle.

« Mme Klimowski » dit-elle d'une voix douce.

La femme ne bougea pas.

« Mme Klimowski, je suis si contente de vous retrouver ici. Nous étions tous très inquiets. Mais il est temps de vous réveiller maintenant. »

La femme ne bougeait toujours pas. London la poussa légèrement du coude, sans aucun résultat. Puis elle remarqua que la vieille femme semblait étrangement immobile. Elle avait la bouche ouverte mais ne semblait pas respirer.

London s'approcha et toucha la main de la femme.

Il y avait assurément un problème.

Puis London poussa un petit cri quand elle réalisa que la femme n'était pas simplement endormie.

Mme Klimowski était morte.

CHAPITRE QUINZE

London trouva 'l'Alezredes' (Lieutenant-colonel) Ferko Borsos un peu intimidant. C'était un géant d'homme avec une tête en forme de balle de revolver et un corps qui ressemblait au fût d'un canon. Son expression renfrognée lui fit se demander s'il n'allait pas l'arrêter.

Borsos était le *kapitányságvezetö* – le commandant – de la police de Györ. Son uniforme gris fer avec des épaulettes aux revers et aux épaules lui donnait une allure encore plus militaire. Lui et son équipe s'étaient aussitôt rendus à la basilique après l'appel téléphonique du gardien de l'édifice. Celui-ci les avait appelés au secours après que London se fut précipitée dehors en criant qu'on appelle la police… une ambulance… n'importe qui capable de leur venir en aide.

Le médecin qui accompagnait Borsos confirma le décès de Mme Klimowski, emplissant London des pires craintes imaginables.

Elle était pour l'instant assise sur un banc en pierre à l'extérieur de la basilique pendant que l'Alezredes Borsos faisait les cent pas devant elle. Le chien de Mme Klimowski, Sir Reginald, était accroupi aux pieds de London.

L'Alezredes ne semblait pas de bonne humeur tandis qu'il posait des questions à London dans un anglais hésitant.

« Dites moi, je vous prie, pourquoi pensez-vous que nous avons affaire à – comment dites-vous en anglais ? – 'un jeu criminel' ? »

Un acte criminel, se dit London en réprimant un soupir. Mais elle ne se sentait pas aussi libre de corriger l'anglais de cet homme comme elle l'avait fait avec Emil.

« Je n'ai jamais dit qu'elle avait été assassinée » dit London.

« Qu'avez-vous dit dans ce cas ? »

London hésita. Pour dire toute la vérité, elle était encore intriguée par ce qui était arrivé – et elle était également en état de choc.

« J'ignore comment elle est morte » dit London. « Mais je sais qu'elle a été volée. »

« Et le vol – ce n'est pas un 'acte criminel' ? »

London réprima un autre soupir. Il ne lui parut pas nécessaire de faire remarquer que l'expression 'acte criminel' était généralement utilisé dans les affaires de meurtre. London n'était pas surprise que l'Alezredes lui parle en anglais, il devait sûrement être au contact de touristes s'exprimant dans cette langue dans son travail. Mais il était loin de le parler couramment et London voulait à tout prix se faire parfaitement comprendre.

Elle se demanda si leur conversation ne se déroulerait pas mieux en hongrois.

Non pas que j'aie de quoi me vanter de mon niveau de hongrois, songea-t-elle.

Elle choisit soigneusement ses mots en parlant très lentement.

« C'est quelque chose que j'ai remarqué immédiatement quand je l'ai trouvée… dans cet état. Son pendentif n'était plus là. Elle l'avait toujours sur elle à chaque fois que je la voyais, toute la journée d'hier et toute celle d'aujourd'hui. »

« Un pendentif ? »

« C'est ça » dit London. « Je lui avais conseillé de ne pas le porter – de même que le reste de ses bijoux et son manteau de fourrure. Je craignais qu'elle ne soit une cible pour les voleurs. J'imagine que j'avais raison. »

L'Alezredes Borsos la regarda avec une curieuse expression sur le visage.

« Pourriez-vous me décrire ce pendentif ? » demanda-t-il.

« Certainement » dit London. « C'était une grosse pierre précieuse, un rubis, il me semble. Il était serti dans une monture en or avec plusieurs diamants. J'étais inquiète de la voir quasiment en train de l'exhiber. Il n'était plus là quand je l'ai découverte. Quelqu'un a dû s'en emparer. »

Borsos resta un instant à la regarder. Puis il fit signe à l'un de ses officiers qui s'avança vers lui. Borsos lui murmura quelque chose et ce dernier s'éloigna un instant avant de revenir avec la sacoche en cuir de Mme Klimowski, qui bien sûr ne contenait plus le petit chien.

De sa main ganté, Borsos fouilla à l'intérieur et en retira le pendentif.

« Est-ce le bijou dont vous parlez ? » demanda-t-il à London.

London ne put s'empêcher d'ouvrir tout rond la bouche en voyant la pierre écarlate ornée de diamants qu'elle connaissait si bien.

« Effectivement mais… »

« Mais ? » demanda Borsos.

London ne sut quoi répondre. Tout ce qu'elle savait, c'est qu'elle trouvait tout cela extrêmement curieux. Mme Klimowski avait semblé attirer délibérément l'attention sur son pendentif, de même qu'avec le reste de ses bijoux. Son attitude avait été aussi ostentatoire que possible. Pourquoi avait-elle décidé de mettre le pendentif dans son sac ?

Mais une chose paraissait évidente. Personne ne l'avait volé et London avait vu qu'aucun autre bijou ne manquait, de même d'ailleurs que le manteau de fourrure.

Pendant ce temps, le médecin légiste et son équipe avaient sorti sur un brancard le corps recouvert d'un drap de Mme Klimowski de la basilique afin de la déposer dans un véhicule tout proche. Borsos alla trouver le médecin et s'entretint un instant avec lui à voix basse.

London regarda alors un officier de police questionner minutieusement le gardien. Le pauvre homme était visiblement bouleversé par ce qui était arrivé dans l'église dont il avait la charge. Mais pour une raison ou une autre, London se mit à observer la fleur jaune à sa boutonnière – celle qu'il ne portait pas encore lorsque le groupe était venu visiter la basilique un peu plus tôt. Elle ne vit aucune raison de penser que cela avait une quelconque importance, cela semblait juste inhabituel pour cet homme d'allure plutôt austère.

Borsos s'avança vers London tandis que le médecin légiste montait dans l'ambulance.

« Le médecin va pratiquer une autopsie complète » dit Borsos à London, s'exprimant de nouveau en anglais. « Pour le moment, il ne voit aucune raison de penser qu'il y a eu un quelconque 'acte criminel'. Cette dame était âgée, elle est probablement décédée de causes naturelles. Nous serons fixés demain. En attendant… »

Il s'arrêta et se gratta le menton.

London eut le pressentiment qu'elle n'allait pas apprécier ce qu'il s'apprêtait à dire.

« Pouvez-vous me rappeler l'emploi que vous occupez sur ce bateau de croisière ? » dit-il. « Dirigeante, euh, animée ? »

«Chargée d'animation » dit London.

« Et quand votre bateau doit-il quitter Györ ? »

London ravala sa salive avec appréhension.

« Ce soir » dit-elle.

« Je crains que ce ne soit impossible » dit Borsos.

« Mais si vous ne croyez pas à un assassinat… » commença London.

« Cela ne fait aucune différence » dit Borsos. « Elle est morte ici, à Györ, et nous devons être absolument sûrs que nous en connaissons la cause et le motif. Si tout va bien, vous pourrez sans doute partir demain. »

Demain ! se répéta London.

Si tout va bien !

Pourquoi avait-elle l'impression que cela n'allait pas être aussi simple ?

Mais elle n'était pas en position de discuter.

« Je vais avertir le capitaine du bateau » dit-elle.

« Faites-le aussi vite que possible » dit Borsos. « Je vais moi-même l'en informer officiellement. » Il souleva alors la sacoche en cuir et en examina attentivement l'intérieur. Puis il plongea sa main dedans et en ressortit un petit porte-monnaie.

« C'était à l'intérieur » dit-il. « Y transportait-elle autre chose ? »

« Uniquement son chien, à ma connaissance. »

Il ouvrit le porte-monnaie. « Elle avait de l'argent sur elle » déclara-t-il. « Ainsi que des cartes bancaires évidemment. Et son passeport. Tout est encore ici. »

Tenant le porte-monnaie ouvert, il demanda à London, « Pouvez-vous me dire s'il manque quelque chose ? »

London jeta un coup d'œil et vit l'ensemble des articles que l'Alezredes venait de mentionner, ainsi qu'un mouchoir en dentelle et une boîte à médicaments en plastique.

« En fait je n'ai jamais vu l'intérieur de son sac auparavant » répondit-elle avec un haussement d'épaule.

Borsos poussa un soupir puis demanda, « Savez-vous à qui reviennent désormais les biens de la défunte ? »

« Je crains que non » dit London.

« Eh bien, dans ce cas, nous allons conserver ce sac ainsi que le reste jusqu'à demain. Vous pouvez partir. »

Soulagée de voir qu'elle ne faisait apparemment pas l'objet de soupçons, London se leva pour s'en aller. Elle sentit alors Sir Reginald qui se frottait contre ses chevilles.

Borsos se renfrogna en voyant l'animal.

« C'est vrai que nous devons aussi penser au chien » dit-il. « Peut-être que je devrais le confier aux services animaliers. »

London frémit en songeant à cette pauvre petite créature enfermée dans la cage d'une quelconque fourrière pleine d'animaux abandonnés.

« Non, je m'en charge » dit-elle. « Jusqu'à ce qu'un membre de sa famille me dise où l'envoyer. »

« Voilà qui nous rendrait service » dit Borsos en hochant la tête. « Vous pouvez partir à présent. Mais j'aurais besoin de vous reparler demain. Je crains qu'il n'y ait plusieurs formalités à régler. »

London prit le chien dans ses bras qui se cala confortablement contre son épaule. Tandis qu'elle retournait au bateau, elle songea aux événements récemment écoulés. Elle dut s'obliger à garder son équilibre pour ne pas vaciller rien que d'y penser. Elle s'aperçut que tout s'était déroulé si vite qu'elle n'en avait encore avisé personne d'autre.

Continuant de marcher, elle téléphona à Amy Blassingame pour lui dire ce qui était arrivé. Elle lui demanda également de prévenir le Capitaine Hays. Puis elle coupa court aux questions d'Amy lorsqu'elle vit qu'Emil essayait de la joindre.

« London ! » dit Emil quand elle eut pris son appel. « Où êtes-vous ? Nous sommes tous inquiets. Vous allez bien ? »

« Je vais bien mais… »

London hésita puis poursuivit. « Emil, il est arrivé quelque chose à Mme Klimowski. Elle… elle est morte. »

« Quoi ? Non ! Comment l'avez-vous retrouvée ? »

« Son chien m'a emmenée jusqu'à la basilique. Et elle était là, sur un banc. C'est sûrement là qu'elle est morte. Le médecin légiste pense que c'est dû à des causes naturelles. Je n'ai fait que parler avec le chef de la police depuis. Il dit que le *Nachtmusik* ne peut pas partir ce soir. »

« C'est plutôt compréhensible, je suppose. »

« Et où êtes-vous à présent ? »

« Nous avons fini de déjeuner et sommes de retour devant la sculpture du *Batelier* avec le reste du groupe. Que devons-nous faire ? Continuer la visite ? »

« Oui, j'imagine » dit London. « Mieux vaut sans doute garder tout le monde occupé. »

Puis London se rappela soudain d'une chose.

« Oh mon Dieu » dit-elle à Emil. « Amy voulait me remplacer pour la suite de la visite guidée cet après-midi. Je devais l'appeler et lui dire que nous avions prévu de nous retrouver devant la sculpture du *Batelier*. Mais avec tout ce qui s'est passé, ça m'est complètement sorti de la tête. »

« Ne vous inquiétez pas, je lui téléphone tout de suite. Que dois-je dire au groupe au sujet de Mme Klimowski ? »

London se creusa la cervelle un instant.

« La vérité, je suppose. Qu'elle est morte brusquement et que nous n'en savons pas beaucoup plus. »

« Je vais leur dire ça alors. »

« Merci. »

Ils raccrochèrent et London fut soulagée en voyant Sir Reginald

Taft toujours aussi docile. Il semblait plutôt à son aise, blotti contre son épaule. Elle se souvint de ce que Cyrus Bannister lui avait dit au sujet du chien, qu'il ne devait pas apprécier d'être dans la sacoche de Mme Klimowski. Elle se rappela également ses paroles lorsqu'il avait débarqué au restaurant un peu plus tôt.

« Le pauvre animal doit se sentir immensément soulagé. »

London trouva que c'était dommage qu'il eut fallu le décès de Mme Klimowski pour mettre fin à son inconfort.

Mais parvenus au coin d'une rue et alors qu'ils s'en retournaient toujours au bateau, Sir Reginald commença à s'agiter à tout crin jusqu'à ce qu'il parvienne à s'échapper des bras de London. Celle-ci poussa un petit cri d'inquiétude lorsque le chien atterrit par terre.

Que pourrait-elle faire si Sir Reginald décidait de s'enfuir ? Elle ne réussirait pas à le rattraper s'il n'en avait pas envie. Peut-être l'Alezredes Borsos avait-il eu raison de vouloir le confier aux services animaliers. London avait-elle fait une erreur en voulant le ramener au bateau ?

Mais elle ne tarda pas à s'apercevoir que Sir Reginald n'essayait pas de s'échapper. Son attention avait été attiré par l'étalage d'un vendeur au coin de la rue. Mais celui-ci était vide en cet instant et London n'avait aucune idée de ce qu'on y vendait habituellement.

Sir Reginald, visiblement très curieux envers cet endroit en fit le tour deux ou trois fois comme s'il voulait être sûr que rien n'y était caché. Puis il trottina de nouveau vers London et lorsqu'elle se pencha, il lui sauta dans les bras.

Elle lui gratta la tête en lui demandant, « Qu'est-ce qui te tracasse, mon petit ? »

Le chien lui jeta un drôle de regard comme s'il aurait voulu pouvoir répondre à sa question, même si bien sûr il ne pouvait pas parler. Puis il se blottit tranquillement contre son épaule, la laissant une fois encore le porter.

Ils poursuivirent leur chemin pour rentrer au bateau, London se sentant tenaillée par toutes sortes d'inquiétudes.

Elle ne cessait de repenser à son étonnement lorsque Borsos avait extirpé le pendentif du sac de Mme Klimowski. Elle aurait pu jurer juste avant que le bijou avait été dérobé.

Maintenant elle ne savait plus que penser.

Pourquoi Mme Klimowski l'avait-elle retiré ?

Etait-ce elle qui *l'avait fait* ou bien quelqu'un d'autre ?

Et puis quelle importance de toute façon ?

102

London avait conscience que le décès de Mme Klimowski était une dure épreuve qui ne faisait que débuter. Il semblait déjà y avoir trop de questions et pas assez de réponses.

Mais comment aurait-elle pu fournir une explication au décès de cette femme dans un pays dont elle parlait à peine la langue ?

Elle ne cessait de se rappeler une chose dite par Borsos.

« Cette dame était assez âgée, elle est probablement décédée de causes naturelles. »

London n'avait absolument aucune raison de penser le contraire.

Et malgré tout...

Elle s'intima fermement de ne pas se laisser emporter par son imagination.

Personne n'a été assassiné.

Mais qu'était-ce donc qui la tracassait dans le fait qu'on n'ait *pas* volé le collier ? Et pourquoi ne cessait-elle de revoir en pensée cette grosse fleur jaune ?

CHAPITRE SEIZE

Le bateau n'était à présent plus très loin et London ne parvenait pas à se sortir l'expression *jeu criminel* de la tête. L'Alezredes avait formulé l'idée maladroitement mais il avait lui-même affirmé que le décès de Mme Klimowski était probablement dû à 'des causes naturelles'. La vieille femme était fragile, avec une santé précaire. Rien n'avait été volé.

Mais pour une raison étrange, cette hypothèse épouvantable ne cessait de lui traverser l'esprit…

Un jeu criminel.

Ses pensées furent interrompues lorsqu'elle vit le replet Capitaine Hays avec sa moustache de morse l'attendre à l'autre bout de la passerelle. Il semblait complètement abattu lorsque London le rejoignit.

La nouvelle du décès de Mme Klimowski l'avait visiblement bouleversé. Mais il était surtout inquiet pour London lorsqu'ils entrèrent dans la réception.

« Amy m'a dit que c'est vous qui avez trouvé cette pauvre femme » dit-il. « Et dans une cathédrale en plus ! Quel choc terrible ça a dû être. Vous tenez le coup ? »

« Ça peut aller, enfin je crois » dit London.

En réalité, elle était beaucoup trop abasourdie pour savoir si elle 'tenait vraiment le coup'.

« Vous avez eu d'autres nouvelles ? » demanda le capitaine.

« Pas beaucoup, j'en ai peur » dit London. « Le chef de la police m'a dit que Mme Klimowski était certainement morte de causes naturelles. Ils devraient en savoir plus d'ici demain. »

« Eh bien, nous pouvons déjà nous estimer heureux, il ne s'agit pas d'une agression » dit le capitaine. « J'ai essayé de faire ce que je pouvais ici. Avant qu'Amy ne parte rejoindre le groupe pour la visite guidée il y a un instant, elle a trouvé le numéro d'urgence à contacter de Mme Klimowski. C'est celui de son avocat à New York. »

« Un avocat ? » demanda London, surprise.

« Oui, moi aussi j'ai trouvé ça étrange. Elle n'a indiqué aucun ami, pas de proches, rien de tout ça. Juste son avocat. J'ai essayé de le joindre mais il y a un gros décalage horaire évidemment. Je lui ai laissé un message, j'espère pouvoir lui parler demain. »

Le Capitaine Hays secoua tristement la tête.

« Je crains que toute cette procédure ne s'avère des plus

compliquée. Et on ne peut pas dire que j'ai hâte d'annoncer à Monsieur Lapham que notre voyage va subir une interruption. »

London ne se sentit pas très bien lorsqu'elle réalisa qu'il allait falloir informer le directeur de la compagnie de ce qui se passait – et que cela n'allait certainement pas être une conversation très agréable. Elle se souvint de ce que Lapham lui avait dit au téléphone.

« Ce nouveau projet comporte de nombreux risques. Je veux que les choses démarrent de la meilleure façon possible. »

Le décès d'une passagère et au minimum un jour de retard pris à Györ ne constituaient sûrement pas ce que Lapham imaginait en parlant de 'démarrer de la meilleure façon possible.' London se sentit réellement désolée à l'idée de décevoir l'homme qui lui avait permis d'être si fière de son nouveau travail. Elle était certaine que le capitaine souffrait exactement des mêmes appréhensions.

Le Capitaine Hays secoua la tête tristement et ajouta. « Je compte sur vous pour réussir à maintenir un semblant d'ordre pendant que nous traversons cette crise. »

« Je vais faire de mon mieux, Monsieur » répondit London.

Le capitaine plissa les yeux avec curiosité vers Sir Reginald, toujours blotti contre l'épaule de London. Sir Reginald le scruta attentivement à son tour.

« S'il vous plaît, pouvez-vous me dire d'où vient cet animal ? » demanda le Capitaine Hays.

London réalisa que celui-ci n'avait jamais vu le chien jusqu'à présent.

« C'est… c'était le chien de Mme Klimowski » dit London. « Il s'appelle Sir Reginald Taft. »

« Mon Dieu ! Un si grand nom pour une si petite bête ! »

« Il m'a conduit tout droit au corps de Mme Klimowski » dit London. « S'il ne l'avait pas fait, nous ne saurions peut-être toujours pas ce qui lui est arrivé. »

« C'est un bon chien alors » dit le Capitaine Hays avec un hochement de tête approbateur. « L'avocat nous communiquera peut-être des instructions à son sujet. Ou il se peut que l'un des autres passagers ait envie de lui offrir un nouveau foyer. »

« Je l'espère » dit London.

Sa tête bourdonnait de tout ce qu'elle avait à faire à présent – et cela sans perdre un seul instant. Mais pour commencer, elle devait ramener Sir Reginald dans la cabine de Mme Klimowski qui se trouvait juste à côté sur le pont Menuetto.

Elle utilisa son passe pour ouvrir la porte de la spacieuse suite. Comme la veille lorsqu'Elsie lui avait montré la cabine, elle entendit un air de piano charmant, la *'Lettre à Elise'* de Beethoven. Elle vit aussi le portrait renfrogné du musicien juste au-dessus du lit.

Elle fut à nouveau frappée par le luxe et les dimensions de la cabine, avec son balcon et son coin salon indépendant. Certaines des affaires de Mme Klimowski y étaient soigneusement rangées ici et là. London éprouva un brusque pincement au cœur en songeant à la malheureuse femme qui avait dit avoir eu une vie si tragique. Elle avait sûrement entrepris de faire cette croisière sur le Danube afin de se sentir mieux.

Mais elle n'aura au final passé qu'une nuit ici, songea London. *Et apparemment ça ne l'a pas aidée à aller beaucoup mieux.*

London n'avait guère apprécié Mme Klimowski et à sa connaissance, les autres passagers du *Nachtmusik* avaient éprouvé un sentiment similaire. Mais même dans ce cas…

Elle ne méritait pas de mourir ainsi. Toute seule dans un pays étranger.

Elle se demanda une nouvelle fois : comment et pourquoi était-elle morte ?

Car elle ne pouvait toujours pas s'enlever de la tête qu'elle avait été victime d'un acte horrible commis par on ne sait qui.

Peut-être que la réponse se trouve juste ici, dans cette pièce, se dit-elle.

Alors qu'elle commençait à regarder tout autour d'elle, elle remarqua quelque chose sur la table de nuit à côté du lit. C'était une feuille du papier à lettre fourni par le *Nachtmusik* et l'on pouvait y voir l'écriture de Mme Klimowski. Il s'agissait des premiers mots d'une lettre adressée à M. Lapham en personne.

« J'ai le regret de vous informer que je suis à ce jour fort mécontente des conditions de service à bord du Nachtmusik. J'ai eu la chance (s'il est possible de l'exprimer en ces termes) de réussir à monter à bord. On a fait toute une histoire inutile concernant mon chien pure race et fidèle compagnon, Sir Reginald Taft. J'en ai été traumatisée. Ayant eu une vie tragique, je suis une personne extrêmement sensible et j'ai besoin de davantage de bienveillance et de considération que la plupart des gens. De plus… »

La lettre s'arrêtait brusquement. Mme Klimowski avait visiblement prévu de la terminer plus tard. London n'avait aucune peine à l'imaginer poursuivre inlassablement ses diverses récriminations sur ceci ou cela. Voilà qui ne manqua pas de lui rappeler à quel point cette désagréable personne ne lui manquait pas. Mais elle n'était pas la seule à penser cela sur le *Nachtmusik*, elle le savait bien.

Le comportement si désagréable de cette femme aurait-il suffi pour donner à quelqu'un envie de la tuer ?

Elle constata que la porte du placard était entrouverte et qu'il était plein à craquer de vêtements hors de prix, de chaussures et de fourrures. Mme Klimowski aurait pu passer des mois à bord du *Nachtmusik* sans porter deux jours de suite la même tenue.

London se dirigea vers la commode et ouvrit l'un des tiroirs, elle recula brusquement devant les pierres précieuses, l'or et l'argent qu'il renfermait.

Il y avait des colliers, des bracelets, des broches, une tiare et d'élégants accessoires pour cheveux. Des bagues et des boucles d'oreilles étaient disposées sur des présentoirs garnis de feutrine noire. D'autres bijoux avaient été comme négligemment jetés à l'intérieur.

London eut le vertige devant la valeur de ce trésor. Mme Klimowski avait dû être extrêmement riche. Un individu mal intentionné aurait très bien la tuer pour avoir sa part.

Et cependant, rien n'avait été dérobé à Mme Klimowski juste après son décès. Personne ne s'était emparé du gros pendentif en rubis et diamants qu'elle avait arboré. London continuait néanmoins de trouver étrange que celui-ci ait fini par se trouver dans son sac suite à la découverte de son corps. Il y avait aussi tous ces objets précieux, en vrac dans l'un des tiroirs de la commode de sa cabine.

London s'aventura dans la salle de bain. Elle resta bouche bée en voyant que le plan de toilette était presque entièrement recouvert de boîtes de médicaments sur ordonnance. Elle eut peine à en croire ses yeux.

A quoi pouvait bien servir tout ça ? s'interrogea-t-elle.

Mme Klimowski était une femme menue. A quoi pouvait bien lui servir cette tonne de médicaments ?

London fut également surprise en constatant la manière dont ceux-ci étaient parfaitement alignés : rangée par rangée, comme à l'armée. Trois flacons ressortaient plus particulièrement : placés à l'avant des autres, comme à la tête d'une bataille imaginaire.

Sir Reginald commença alors à s'agiter dans ses bras, l'obligeant à se pencher pour le poser doucement par terre. Elle le suivit hors de la salle de bain et jusque dans la chambre. Il trotta tout droit vers une sorte de coussin plat et rectangulaire où il fit ses besoins. Lorsque le petit chien en redescendit, l'objet émit un bourdonnement et la partie souillée disparut dans un tuyau disposé à une extrémité du cadre en plastique. Un nouveau coussin tout propre et de forme similaire apparut, provenant de l'autre bout de l'appareil.

Des toilettes pour chien, comprit London. Sir Reginald était visiblement habitué à les utiliser.

London n'avait jamais vu un truc de ce genre auparavant, de même qu'elle n'avait jamais songé aux charmants détails dont il fallait se préoccuper lorsqu'on avait un chien dans sa cabine. Elle fut heureuse de constater que le système de roulement était intelligemment conçu et ne laissait aucune odeur.

« Voilà une bonne chose de faite » dit-elle au chien. « A présent, que dirais-tu de boire et manger un peu ? »

Elle trouva des gamelles à cette intention juste à côté, ainsi que de la nourriture dans un tiroir. Le chien commença d'abord par boire à grandes lampées, aussi lui rajouta-t-elle de l'eau quand il eut fini. Il put ensuite manger en abondance.

« Je ferai venir quelqu'un pour vérifier comment tu vas » dit-elle à Sir Reginald.

Elle se rappela que Cyrus Bannister avait décrit Mme Klimowski comme une femme aux 'exigences élevées'. Avec une tristesse teintée d'ironie, London se dit que Sir Reginald ne serait probablement pas aussi pointilleux que sa maîtresse. Il semblait bien que l'animal allait être plutôt facile à s'occuper.

En attendant, j'ai du travail à faire.

Mais lorsqu'elle se dirigea vers la porte pour s'en aller, elle entendit un gémissement. Elle se retourna et vit la petite boule de poils qui la regardait tristement.

Pour la première fois depuis la mort de Mme Klimowski, London eut vraiment envie de pleurer.

Elle se demanda combien de temps cette petite bête allait devoir rester seule.

Peut-être n'avait-il pas apprécié d'être trimballé partout dans le sac de Mme Klimowski mais il y était au moins habitué. Ainsi qu'à *elle*.

« Je suis désolée » dit-elle. « Il faut vraiment que j'y aille. »

Le chien gémit à nouveau.

« D'accord, c'est moi qui reviendrai te voir » promit London. « Je reviens le plus vite possible. »

Sir Reginald gémit encore.

« Je vais m'assurer qu'on s'occupe bien de toi » dit London.

Les petites oreilles de l'animal s'abaissèrent mais il cessa ses gémissements.

London fut tentée de le prendre dans ses bras pour l'emmener avec elle. Mais elle devait retourner travailler et l'animal serait une trop grande source de distraction pour elle ou les personnes qu'elle croiserait.

Avec une pénible détermination, London referma la porte derrière elle.

Mme Klimowski avait sûrement pris des dispositions pour qu'une personne se charge de son chien s'il lui arrivait quoi que ce soit.

Je vais juste devoir remplacer cette personne jusqu'à ce qu'on apprenne son identité, songea-t-elle tout en se dépêchant pour continuer de gérer l'événement tragique de cette journée.

Elle allait devoir trouver la meilleure manière de faire part de cette terrible nouvelle aux passagers.

CHAPITRE DIX-SEPT

Alors qu'elle distribuait un document imprimé à chaque passager qu'elle rencontrait, London, très mal à l'aise, s'aperçut que certains d'entre eux lui jetaient des coups d'œil bizarres. Pensaient-ils qu'elle avait une quelconque responsabilité dans le décès de Mme Klimowski ?

Dans tous les cas, London avait trouvé la manière la plus appropriée d'annoncer la nouvelle, grâce à une note imprimée pleine de dignité. Elle avait elle-même rédigé une courte déclaration qui commençait ainsi :

Chers Voyageurs d'Epoch World Cruise Lines,
Toute l'équipe du Nachtmusik a le profond regret de vous informer du décès inattendu de Mme Lillis Klimowski, survenu un peu plus tôt aujourd'hui.

London n'avait pas eu grand-chose d'autre à ajouter à ce stade, si ce n'est le fait d'assurer aux passagers qu'ils seraient informés de tout élément nouveau dès que possible. Le document s'achevait par sa signature :

London Rose, Chargée d'animation.

Ayant sauvegardé le message sur une clé USB, elle l'apporta à l'accueil et pria la réceptionniste d'en imprimer plusieurs exemplaires à l'en-tête du *Nachtmusik* puis de les distribuer dans les boîtes aux lettres des passagers ou de les remettre directement aux membres de l'équipage.

Elle savait fort bien qu'il était préférable d'annoncer soi-même ce genre de nouvelles en face-à-face chaque fois que c'était possible. Mais puisque Emil aussi bien qu'Amy menaient la visite guidée à travers Györ et que d'autres passagers étaient également de sortie en ville, elle se contenta de distribuer la note d'information à toute personne qu'elle rencontrait en plus de répondre à leurs questions.

Mais certains la regardaient d'un air soupçonneux.

Voilà qui ne devrait pas me surprendre, se dit-elle.

Elle avait été la seule personne présente lorsque la pauvre femme avait été retrouvée. Elle avait aussi été la première à parler à la police. Il était inévitable que certains passagers se demandent si elle n'avait pas fait preuve de négligence.

Elle préféra oublier ces pensées déplaisantes et reporta son attention sur les activités déjà planifiées, à savoir des leçons de natation, des jeux de palets, de curling, de bridge ainsi que la projection d'un film dans le salon Amadeus.

Quand London arriva au salon juste avant que le film ne commence, elle trouva Elsie stupéfaite par la nouvelle.

« La pauvre femme ! » s'exclama Elsie. « Mais, et toi ? Tu as dû avoir un de ces chocs. Tu es sûre que tu devrais continuer de travailler pour le moment ? Tu ferais peut-être mieux de te reposer le reste de la journée. Il y a sûrement quelqu'un dans l'équipe… »

« Tout le monde est déjà à pied d'œuvre » dit London. « Et j'ai besoin de faire pareil. C'est le meilleur remède pour me calmer les nerfs. »

« Il me semble que je peux comprendre ça » dit Elsie. « Mais préviens-moi si je peux faire quoi que ce soit. »

London la remercia puis retourna à ses occupations. Des images de la femme décédée ne cessait de lui revenir à l'esprit, et elle fut bien contente de se tenir occupée.

Pendant ce temps, les passagers rentrant à bord après leurs aventures à terre apprenaient la nouvelle, soit en lisant la note d'information, soit directement par London. Lorsqu'Emil et Amy finirent enfin par revenir avec le groupe, London fut soulagée d'apprendre qu'il leur avait déjà annoncé la nouvelle. A en juger par l'attitude de chacun, il devait s'en être chargé avec beaucoup de finesse et de tact.

Après avoir demandé à London comment elle se sentait, il passa à une autre question urgente.

« Et le chien ? » demanda-t-il.

« Je ne sais pas » dit London. « Peut-être se trouvera-t-il quelqu'un aux Etats-Unis pour bien vouloir de lui. Dans ce cas, nous pourrons trouver un moyen de le lui envoyer. En attendant… est-ce que vous accepteriez de vous occuper de lui ? »

Emil ne parut pas très enthousiaste à cette idée.

« Je crains que non » dit-il, comme sur la défensive. « Je ne m'entends pas très bien avec les animaux, surtout les chiens. En fait je me disais qu'on pourrait lui faire une sorte de niche, peut-être dans la cale. »

London fut quelque peu surprise par la brusquerie de ses paroles.

« Je préférerais trouver une solution qui soit un peu plus… agréable pour le chien » dit London. « Prévenez-moi s'il vous vient une idée »

« D'accord » dit Emil tout en se dirigeant d'un air un peu compassé dans sa cabine.

London passa la fin de la journée à s'assurer que les passagers apprennent la nouvelle tout en ayant de quoi s'occuper. Elle toucha à peine à son dîner, pourtant délicieux, puis passa à la série des activités du soir. Elle remarqua bien que certains passagers lui jetaient encore des coups d'œil furtifs mais elle se sentait à présent trop fatiguée pour s'en préoccuper. La fin de la soirée se déroula sans heurts, bien que quelque peu morose. Bon nombre de passagers avaient, semble-t-il, décidé de se coucher tôt.

London demanda finalement à Amy de vérifier le bon déroulement des activités jusqu'à la fin de la soirée. Elle savait qu'elle avait besoin de se reposer, mais lorsqu'elle se rendit à sa cabine, elle se souvint de la promesse qu'elle avait faite au chien.

« C'est moi qui reviendrai te voir »

Elle soupira et se dirigea vers la cabine de Mme Klimowski. Dès qu'elle approcha de la porte, elle entendit le chien aboyer comme s'il avait compris qu'elle était arrivée.

Lorsqu'elle ouvrit la porte pour entrer, Sir Reginald se précipita à ses pieds, tournant tout autour d'elle en aboyant jusqu'à ce qu'elle le prenne dans ses bras. Elle se sentit de nouveau prise de pitié pour l'animal.

« Je suis désolée de devoir te laisser seul » lui dit-elle. « Mais je n'aurais pas d'autre choix jusqu'à ce que… »

Elle s'interrompit pour se demander…

Jusqu'à ce que quoi ?

Jusqu'à ce que quelqu'un d'autre décide de s'occuper de lui ?

Tout en gratouillant les oreilles de Sir Reginald, London réalisa qu'elle ne s'était pas du tout préoccupée de ses propres émotions vis-à-vis du décès de Mme Klimowski. Elle avait uniquement conscience d'éprouver un sentiment de culpabilité de plus en plus grandissant. Elle essaya de se persuader qu'elle n'aurait rien pu faire pour éviter ce qui était arrivé à la pauvre femme.

Et malgré tout…

Elle se rappela ce moment au restaurant quand Mme Klimowski, furieuse, s'était levée de sa chaise et avait annoncé qu'elle retournait au bateau. Elle se souvint également de sa proposition de la raccompagner.

« Non ! » avait aboyé Mme Klimowski.

Elle s'en était alors prise à tous les autres convives encore attablés.

« *J'ai développé un instinct capable de m'indiquer les personnes en qui je peux avoir confiance. Et ce n'est le cas d'aucun de vous. Je le sens au plus profond de moi-même.* »

London ressentit alors une vague de pitié en songeant aux derniers mots qu'elle avait entendus de la part de Mme Klimowski :

« *Je pars d'ici de la même manière que j'ai toujours vécu : seule !* »

London ne pouvait que difficilement imaginer à quel point cela avait dû être affreux pour la pauvre femme de mourir en croyant qu'elle ne pouvait faire confiance à aucune des personnes qui l'entouraient. Elle ne put s'empêcher de penser qu'elle aurait dû quitter le restaurant en même temps que Mme Klimowski, même si elle n'avait guère apprécié sa compagnie.

J'aurais peut-être pu faire quelque chose.

Peut-être aurais-je pu...

Mais était-ce réellement le cas ? Si Mme Klimowski était bel et bien morte de causes naturelles, aurait-il été possible de faire quoi que ce soit pour la sauver ?

Mais si la femme avait bel et bien été agressée par un quelconque individu, comme London ne pouvait s'empêcher de le soupçonner ?

Elle n'avait aucune idée de ce qu'elle aurait pu faire alors.

Elle était malgré tout sûre d'une chose. Elle allait devoir s'occuper du chien de Mme Klimowski jusqu'à ce qu'on lui ait trouvé un nouveau foyer.

C'est moi qui dois me charger de lui.

Elle appela un steward pour qu'il l'aide à transporter les toilettes pour chien portative ainsi que les gamelles et la nourriture du pont Allegro jusqu'à sa propre cabine. Puis elle examina les laisses et les colliers de luxe posés sur la table. Elle en sélectionna une paire plutôt sobre d'allure, une qui n'était pas constellée de pierres précieuses et la passa au cou du chien.

Sir Reginald Taft, ravi, agita aussitôt la queue.

London le fit sortir de la suite pour le conduire à l'ascenseur et jusque dans sa propre cabine, où le steward avait déjà déposé les affaires du chien. Lorsqu'elle lui ôta sa laisse, Sir Reginald se mit à bondir partout, découvrant avec enthousiasme son nouvel environnement. Il alla jeter un œil à ses gamelles d'eau et de nourriture ainsi qu'à ses toilettes puis leva la tête vers London comme pour lui signifier son approbation.

London commençait à ressentir une extrême fatigue peser sur elle après le drame éprouvant de la journée. Elle avait envie de prendre une douche et bien dormir avant d'affronter la journée du lendemain, quoi qu'il puisse s'y passer. Alors qu'elle se rendait à la salle de bain, elle entendit un bruit caractéristique. Elle regarda tout autour d'elle et vit que Sir Reginald avait sauté sur le lit pour s'y pelotonner bien confortablement.

« Ah non, pas question ! » s'exclama-t-elle.

Elle prit un coussin sur l'une des chaises et le posa par terre. Puis elle prit doucement le chien dans ses bras pour l'y installer.

Sir Reginald, mécontent, émit un léger grognement.

London agita un doigt vers lui.

« Je ne veux pas de ce genre d'attitude » dit-elle. « Si nous devons être colocataires, même pour pas longtemps, alors tu dois te conduire comme il faut. »

Sir Reginald cessa de grogner. London crut presque le voir hocher la tête pour approuver.

Elle prit une bonne douche, enfila son pyjama puis sortit de la salle de bain pour s'apercevoir que Sir Reginald s'était de nouveau couché sur le lit.

Elle souleva une nouvelle fois l'animal dans ses bras, qui était tout mou et à moitié endormi, et le déposa par terre sur le coussin. Le bruit qu'il émit ressembla cette fois-ci davantage à un soupir.

London s'allongea alors sur son lit et commença à somnoler. A peine quelques instants plus tard, elle fut éveillée par un faible ronflement. Elle ouvrit les yeux et vit Sir Reginald étendu sur le lit à un ou deux mètres d'elle, profondément endormi. Ce fut au tour de London, désormais résignée, de soupirer. Il était visiblement impossible de faire comprendre au chien l'endroit où il devait passer la nuit.

Eh bien, heureusement que le lit est grand, se dit-elle.

Avec un peu de chance, elle ne lui roulerait pas dessus ni ne l'écraserait.

Tandis qu'elle s'assoupissait de nouveau, elle recommença à se demander ce qui avait bien pu arriver à Mme Klimowski. Des pensées contradictoires lui agitèrent l'esprit.

Elle est morte de causes naturelles, pas à cause d'un acte criminel.

Pourquoi ne cessait-elle de mettre en doute cette explication du décès de Mme Klimowski ?

Un détail apparemment insignifiant ne cessait de la perturber – le fait qu'on ait retrouvé le pendentif de Mme Klimowski dans son sac et non autour de son cou.

Après avoir passé son temps à l'exhiber aussi fièrement, pourquoi l'aurait-elle brusquement enlevé ?

Etait-ce par respect pour le lieu sacré où elle se trouvait ?

Ou bien…

L'a-t-elle enlevé tout d'abord ?

Un voleur tentant sa chance s'était-il emparé du pendentif, peut-être lorsque la femme était inconsciente ou morte ?

Et si c'était le cas, pourquoi ne l'avait-il pas pris avec lui ?

Pourquoi le mettre dans son sac ?

London se souvint que l'église était presque entièrement vide lorsqu'elle y était arrivée.

Elle n'avait vu personne à part Mme Klimowski.

Qui d'autre était donc présent lors de son décès ?

Le chien, peut-être ?

London se pencha vers l'animal pour le caresser légèrement.

« Si seulement tu pouvais parler » murmura-t-elle.

Le chien émit ce qui ressemblait à un soupir d'acquiescement.

Peut-être trouvera-t-il un moyen de communiquer avec moi, songea-t-elle en s'endormant.

CHAPITRE DIX-HUIT

Tôt le lendemain matin, London et Elsie se trouvaient aux prises avec le montage d'une table de roulette quand le téléphone de London bipa, annonçant l'arrivée d'un message.

Le Capitaine Hays demande que vous veniez le voir dans son bureau.

Elsie lut le message et murmura, « Tu penses que c'est pour quoi ? ». Avec un soupir, elle laissa tomber le lourd pied de la table au milieu des autres pièces de bois aux formes bizarres qui s'y trouvaient déjà éparpillées.

London posa son tournevis pour réfléchir à la question.

« Peut-être que l'Alezredes Borsos est ici » dit-elle. « Il a dit hier vouloir me parler ce matin. Peut-être qu'il vient pour tout expliquer. »

« Expliquer ? »

« Le médecin légiste a dit que Mme Klimowski était morte de causes naturelles. J'avoue avoir mes doutes à ce sujet – et ça m'inquiète. Mais avec un peu de chance, peut-être que cela a été confirmé une bonne fois pour toute. Et si c'est le cas, alors nous pourrons partir pour Vienne dès aujourd'hui. »

Le visage d'Elsie s'éclaira. « Mieux vaut tard que jamais, je suppose » dit-elle. « Les passagers commencent à s'impatienter. On dirait des bœufs en train de s'agiter. »

London ne pouvait lui donner tort. Tout le monde à bord était mécontent que la croisière ait dû s'interrompre. Certains faisaient même de ce retard une affaire personnelle. La plupart était bouleversé par le décès d'une passagère, même si aucun ne pouvait prétendre avoir bien connu Mme Klimowski.

London et Elsie avaient par conséquent décidé d'installer une table de roulette restée inutilisée jusque-là. Transformer le salon Amadeus en casino improvisé pourrait au moins offrir une nouvelle distraction aux passagers. Malheureusement, la roulette était toute neuve et devait encore être assemblée.

« Je suis désolée de ne pas pouvoir t'aider à terminer » dit London en faisant un geste vers le tas sur le sol.

Elsie rit. « J'aurais visiblement mieux fait de demander l'aide d'un steward dès le début. Je vais en appeler un maintenant. Allez, vas-y. Le capitaine t'attend. »

Tandis que London se dépêchait le long du couloir jusque dans le bureau du capitaine, une suite se trouvant au pont inférieur, ses propres paroles résonnèrent dans sa tête :

« *Avec un peu de chance...* »

Elle espérait évidemment que le médecin légiste avait pu déterminer qu'il n'y avait eu aucun 'jeu criminel', pour reprendre l'expression de l'Alezredes, dans la mort de Mme Klimowski. Mais son inquiétude grandit lorsqu'elle aperçut plusieurs policiers dans la coursive.

Pourquoi seraient-ils là s'il n'y avait pas de problème ? se dit-elle.

Elle frappa à la porte du bureau du capitaine. Le Capitaine Hays alla ouvrir et la fit entrer dans une suite de taille modeste, similaire à sa propre cabine, même s'il s'y trouvait en plus un coin salon en guise de bureau. La sobriété de la décoration montrait que l'aimable capitaine n'avait pas pour habitude de faire preuve d'ostentation.

Pour le moment, il paraissait plutôt nerveux.

L'Alezredes Borsos en personne se tenait fermement campé au centre de la pièce. Son menton et son torse bombé renforçaient de façon inquiétante son maintien militaire. Il paraissait beaucoup plus grand et intimidant que la veille dans la basilique.

« Bonjour, Mademoiselle Rose » dit-il, s'exprimant dans un anglais compassé. « J'aurais préféré vous revoir en de meilleures circonstances. »

London le regarda, attendant qu'il explique ce qu'il voulait dire par-là. Il la fixa à son tour avec un sourire étrangement narquois, comme s'il était au courant d'une chose qu'elle ignorait.

Le capitaine balbutia, « London, je... je crains que le médecin légiste n'ait établi la preuve que le décès de Mme Klimowski soit dû à... eh bien... »

« Une acte criminel » dit l'Alezredes, en appuyant avec emphase sur le second mot.

Il parut fier de lui d'avoir enfin appris l'expression correcte. Peut-être le capitaine l'avait-il lui-même prononcée peu avant l'arrivée de London.

La jeune femme sentit son cœur bondir dans sa poitrine. Elle ne pouvait pas dire que cette nouvelle la surprenait outre mesure. Mais voir ses pires soupçons confirmés était tout de même affreux.

« Je... je suis vraiment désolée de l'apprendre » dit-elle.

Ce qui était bien entendu un euphémisme. London commença à

éprouver une panique grandissante tandis qu'elle se demandait quel genre d'ennuis en découlerait.

Pendant ce temps, Borsos regardait London sans rien dire.

« Puis-je vous demander la cause de sa mort ? » dit London.

Les lèvres de Borsos s'étirèrent en un mince sourire.

« *Hamarosan megtudjuk asszonyom* » répondit-il.

Avec son hongrois relativement médiocre, il fallut une ou deux secondes à London avant de comprendre ce qu'il venait de dire.

« *En temps voulu, mademoiselle.* »

London ne comprit pas.

« Que voulez-vous dire, 'en temps voulu' ? » demanda-t-elle. « Si vous savez que Mme Klimowski a été, eh bien, assassinée, vous devez bien avoir une idée du modus operandi. Oui ou non ? »

Le sourire de Borsos s'élargit encore imperceptiblement.

« *Hamarosan megtudjuk* » répéta-t-il.

London plissa les yeux devant lui, essayant de comprendre ce qui se passait.

J'ai comme l'impression qu'il se moque de moi, se dit-elle.

Ce qui semblait particulièrement injuste étant donné qu'elle n'avait pas la moindre idée du jeu dont il était question.

A moins que...

London réprima un hoquet d'inquiétude.

Serais-je soupçonnée du meurtre ?

L'Alezredes Borsos soutint un long moment le regard de London, comme s'il essayait de lire dans ses pensées. Embarrassée d'être observée de la sorte, elle tourna la tête vers le Capitaine Hays qui fit de son mieux pour lui adresser un sourire rassurant.

« Je suis certain que si nous coopérons avec l'Alezredes, nous éclaircirons toute cette histoire » lui dit-il. « Répondez simplement à ses questions de votre mieux. »

London acquiesça en silence.

Borsos commença alors à marcher en rond tout autour d'elle, la rendant encore plus mal à l'aise.

« C'est vous qui avez découvert le corps de Mme Klimowski, c'est bien ça ? » demanda-t-il d'un ton bourru.

London dut réprimer l'envie de lui répliquer, *Je vous l'ai déjà dit hier.*

Mais elle n'osa pas prendre le risque de le mettre en colère.

« C'est exact » répondit-elle à la place.

« Quand avez-vous vu Mme Klimowski pour la dernière fois avant de la retrouver dans l'église ? » demanda Borsos.

« Comme je vous l'ai dit hier, elle faisait partie d'un groupe que j'ai emmené déjeuner au Magyar Öröm. Mais je dois malheureusement dire qu'elle est partie bien avant d'avoir pu manger quoi que ce soit. »

« Et pourquoi cela ? » interrogea Borsos.

London hésita. Elle savait qu'elle ferait bien de peser soigneusement ses réponses.

« Je ne le sais pas exactement » dit-elle. « Elle s'est fâchée parce qu'un musicien de rue est arrivé, un violoniste. Il s'en est suivi une assez vive altercation avec un autre passager. »

Borsos pencha la tête comme s'il ne comprenait pas tout à fait.

« Que voulez-vous dire par, 'une assez vive altercation' ? »

« Eh bien, une sorte de dispute » dit London pour clarifier l'expression.

« Une dispute sérieuse ? »

London repensa à la manière dont Cyrus Bannister avait sèchement pris la défense du musicien.

« *Vous devriez faire preuve de plus de respect.* »

« Pas vraiment » dit London. « Il s'agissait juste d'un désaccord concernant leurs goûts musicaux. Un truc idiot. Mais je crains que Mme Klimowski n'ait réagi de façon exagérée. »

« Exagérée ? » demanda Borsos.

« Elle s'en est brusquement prise à nous tous. C'est pour ça qu'elle est partie ensuite. »

« Ah. » Borsos ferma les yeux, paraissant méditer ces paroles un bref instant. Puis il les rouvrit et s'exclama, « Mais vous aviez dit qu'elle avait mangé quelque chose pendant qu'elle était avec vous. »

« Je crois que c'est ce qu'elle a fait » balbutia London. « Nous avons tous eu un potage en entrée, elle est partie avant le plat principal. Et elle a bu un peu d'eau pour prendre un médicament. »

Borsos ferma de nouveau les yeux. Il se gratta pensivement le menton.

« Quels étaient vos sentiments envers Mme Klimowski ? » demanda-t-il.

London ravala sa salive avec difficulté.

« Je… eh bien, je la connaissais à peine, Monsieur » dit-elle.

« Mais *qu'éprouviez-vous* personnellement à son sujet ? » demanda Borsos.

London savait qu'elle devait se montrer parfaitement honnête.

« Je ne peux pas dire que je l'appréciais beaucoup, Monsieur » dit-elle.

« Non ? »

« Mais j'ai néanmoins ressenti de la pitié à son égard. Elle paraissait tellement seule et elle ne cessait de dire qu'elle avait eu une vie tragique. Mais elle avait un caractère très désagréable. Il était difficile de s'entendre avec elle et… »

« Et ? » demanda Borsos.

« Eh bien, à ma connaissance, personne ne l'appréciait beaucoup à bord du *Nachtmusik*. »

« Ah » dit Borsos, comme si ce qu'elle venait de dire était extrêmement important.

Elle ne parvenait pas à voir en quoi ceci dit.

« Souhaitiez-vous du mal à la victime ? » demanda Borsos.

« Evidemment que non » répondit-elle.

« Connaissez-vous quelqu'un à bord pour qui cela aurait pu être le cas ? »

« Je ne vois personne » dit-elle.

Borsos ricana légèrement comme s'il était mieux informé qu'elle.

« Quoiqu'il en soit » dit-il, « j'ai besoin que vous me notiez les noms de toutes les personnes qui étaient présentes au restaurant avec la victime. Mieux encore, faites-moi un croquis où vous indiquerez exactement où chacun était assis. En particulier ceux qui étaient juste à côté d'elle. Et mettez une croix sur la personne avec qui elle a eu cet 'échange dynamique' »

London dut se forcer pour ne pas le corriger.

« Une vive altercation »

Mais cela n'aurait fait qu'aggraver la situation. London prit donc un bloc-notes et dessina un rectangle pour représenter la table. Puis elle réfléchit un instant et dessina de petits cercles représentant les convives. Elle inscrivit un nom à côté de chacun d'eux, ceux de toutes les personnes qui avaient déjeuné au Magyar Öröm. Et elle mit une croix à côté de celui de Cyrus Bannister pour indiquer que c'était lui qui s'était querellé avec Mme Klimowski.

Borsos se tourna vers le capitaine et dit. « En attendant, je dois ordonner au *Nachtmusik* de rester à quai. L'ensemble des passagers, de l'équipage et du personnel doit demeurer à bord. »

Le visage du Capitaine Hays s'empourpra sous l'effet de la colère.

« Attendez un peu, Alezredes Borsos » dit-il. « Si vous soupçonnez quiconque parmi mes employés – ou parmi les passagers d'ailleurs – d'avoir commis un crime, vous feriez mieux de le dire tout de suite. Et si vous essayez d'arrêter qui que ce soit, je n'aurais d'autre choix que de contacter l'ambassade des Etats-Unis à Budapest. Je suis sûr que personne ne voudrait voir ce triste accident prendre des proportions d'envergure internationale. »

« Je ne le souhaite pas non plus » dit Borsos. « Cependant… »

Il se tut un instant puis répéta : *« Hamarosan megtudjuk. »*

London se souvint de ce que cela voulait dire.

« En temps voulu. »

Elle avait le sombre pressentiment qu'elle allait beaucoup entendre ces mots-là avant que cette terrible épreuve ne finisse enfin par s'achever.

Borsos hocha la tête lorsqu'elle lui tendit le croquis qu'elle venait de réaliser.

« Ce sera tout pour le moment » dit-il. « Vous pouvez disposer. »

London quitta le bureau du capitaine en tremblant.

Je fais partie des suspects, réalisa-t-elle.

Tandis qu'elle descendait la coursive pour rejoindre sa propre cabine, deux membres de l'équipage descendirent précipitamment l'escalier en colimaçon du pont supérieur.

« C'est le bazar en haut » annonça l'un d'eux en passant à côté d'elle.

« Qu'est-ce que ces flics espèrent trouver ici de toute façon ? » dit l'autre tandis qu'ils disparaissaient dans les locaux réservés à l'équipage.

On pouvait effectivement entendre des cris provenant du haut de l'escalier. Elle se hâta de gravir les marches jusqu'au pont Romanze où elle aperçut d'autres membres d'équipage en train d'errer ici et là, l'air confus.

Elle se retrouva également nez-à-nez avec Cyrus Bannister qui soit venait de sortir de la Suite Schoenberg, soit s'apprêtait à y retourner.

Il lui demanda abruptement, « Quelqu'un a-t-il la moindre idée de ce qui se passe ? »

London ne trouva rien à répondre.

« Alors vous ne savez rien, *comment* ça se fait ? » poursuivit Cyrus. « Vous êtes bien la chargée d'animation pourtant ? »

Avant que London ne puisse répondre, une voix retentit dans l'interphone.

« Chers passagers d'Epoch World Cruise Lines, c'est votre capitaine qui vous parle. Comme vous le savez déjà, le *Nachtmusik* a été retenu à Györ en raison du décès inattendu d'une passagère.

121

Malheureusement nous allons devoir attendre encore un petit peu. »

Tandis que le capitaine continuait de parler, plusieurs passagers se mirent à murmurer pour exprimer leur mécontentement.

« Le commandant de la Györ Rendörség – la police locale – insiste également pour que tous les passagers restent à bord du *Nachtmusik* jusqu'à nouvel ordre. Je tiens à m'excuser pour ce désagrément et puis vous assurer que nous repartirons dès que possible. »

Les passagers se tournèrent vers London comme si elle allait tout leur expliquer. Elle commença à éviter leurs regards.

Le capitaine ajouta, « En attendant, l'Alezredes Borsos souhaite s'entretenir avec certains passagers, à qui je demande donc de venir dans mon bureau à l'appel de leurs noms. Les premiers sont… Walter et Agnès Shick. »

« Savez-vous ce que tout ceci peut bien vouloir dire ? » demanda Cyrus à London avec agacement.

« Il veut juste nous poser à tous quelques questions » dit London.

Cyrus plissa les yeux vers elle avec suspicion tout en s'éloignant.

London ressentit une pointe de culpabilité. Elle aurait préféré que Borsos n'ait pas insisté pour qu'elle rédige cette liste. Son cœur se serra lorsqu'elle songea au moment difficile que le couple Shick, des gens assez âgés, passerait sous le feu nourri de l'interrogatoire de Borsos.

Elle aurait aussi voulu ne pas avoir à désigner Cyrus comme la personne s'étant querellée avec Mme Klimowski. Elle ne pouvait pas croire que lui ou n'importe laquelle des personnes présentes au restaurant aient quoi que ce soit à voir dans la mort de Mme Klimowski. Elle détestait l'idée de leur attirer le moindre problème.

Mais ce n'est pas comme si j'avais le choix, se dit-elle.

London prit l'ascenseur pour descendre au pont Allegro et aller dans sa cabine. Quand elle ouvrit la porte, elle sursauta légèrement lorsqu'elle fut accueillie avec effusion par la petite boule de poils. Elle avait presque oublié qu'elle devait s'occuper de Sir Reginald Taft.

Elle prit le chien dans ses bras et s'assit sur son lit. Posant Reginald à côté d'elle, elle commença à réfléchir à la situation.

« Que se passe-t-il exactement ? » s'interrogea-t-elle à voix haute.

Le chien émit un grondement sourd, comme si lui-même était curieux de ce qui se passait. Elle regarda Sir Reginald dans les yeux.

« L'Alezredes pense à un crime. Par rapport au décès de Mme Klimowski, j'entends. »

Le chien pencha la tête comme pour réfléchir s'il était d'accord ou non.

« En fait, j'ai moi-même eu cette impression lorsque je l'ai découverte » dit London. « D'une certaine façon, je ne suis jamais arrivée à croire que son décès était dû à une cause naturelle. J'ignore d'où m'est venue cette impression. C'est peut-être parce qu'on a retrouvé son pendentif dans son sac. Mais ça n'a pas de sens, n'est-ce pas ? Pourquoi quelqu'un tuerait pour voler quelque chose et puis repartirait sans rien ? »

London poursuivit tout en continuant de gratouiller Sir Reginald sous le menton. « Borsos n'a pas voulu expliquer *pourquoi* il soupçonne un crime. Il n'a pas non plus voulu révéler *comment* Mme Klimowski a vraisemblablement été tuée. A-t-elle été empoisonnée ? Si oui, pense-t-il que cela s'est produit au restaurant ? Je ne vois pas comment ça aurait été possible. Elle a peut-être mangé un peu de soupe, mais comme nous tous. Elle a pris ses médicaments avec de l'eau mais d'autres en ont bu également. C'est plutôt ridicule de penser qu'elle aurait pu s'empoisonner elle-même. »

London réfléchit un moment.

« Et pourquoi Borsos se montre-t-il si méfiant à l'égard de notre groupe ? N'envisage-t-il pas qu'il pourrait s'agir de quelqu'un vivant près d'ici, à Györ ? Maintenant que j'y pense, cela ne pourrait-il pas être István, le serveur ? N'aurait-il pas pu mettre quelque chose dans la soupe ou le verre d'eau de Mme Klimowski ? Mais peut-être que l'Alezredes a déjà pensé à lui. Pourquoi fait-il preuve d'autant de discrétion, à ton avis ? »

Sir Reginald laissa échapper un faible jappement comme si la réponse était évidente.

« Oui, il s'agit de la procédure à suivre, j'imagine » dit London. « Il va poser tout un tas de questions à certains d'entre nous et il a intérêt à ne pas sous-entendre quel est le genre de réponses qui l'intéressent. Enfin toute cette affaire est fort déplaisante à mon avis. »

Elle crut presque voir Sir Reginald hocher la tête pour acquiescer.

« Et je n'aimerais pas que ça se sache mais… je n'apprécie pas beaucoup l'Alezredes Borsos. En fait je ne l'aime pas du tout. Il me paraît bien trop arrogant et sûr de lui. Mais je ne sais même s'il sait vraiment ce qu'il fait. Tu l'as vu hier. Que penses-tu de lui ? »

Le chien n'eut cette fois aucune réaction.

Evidemment, songea London. *Il n'a aucune idée de ce dont je parle.*

Mais cela faisait quand même du bien d'avoir un être avec qui partager ses pensées.

« *'Hamarosan megtudjuk'*, ne cesse-t-il de répéter. 'En temps voulu'. Comme s'il avait déjà résolu l'affaire et qu'il s'apprête à nous dire qui est le tueur une fois qu'il aura rassemblé suffisamment de preuves et qu'il se sentira disposé à tout nous révéler. »

Avant qu'elle ne puisse réfléchir davantage à cette nouvelle hypothèse, son téléphone sonna. Elle s'alarma en voyant que l'appel provenait de Jeremy Lapham en personne.

Oh non, se dit-elle.

Ça va vraiment aller mal maintenant.

CHAPITRE DIX-NEUF

London n'avait jamais entendu son prononcé sur un ton aussi vexant.

Même à travers le téléphone, le 'Bonjour London Rose' ressembla davantage à un grommellement ennuyé qu'à une salutation.

Le mécontentement du directeur se fit clairement entendre depuis son bureau de New York jusque sur le *Nachtmusik* amarré quelque part en Hongrie.

« Bonjour Monsieur » répondit-elle nerveusement. « Co… Comment allez-vous ? »

« Assez mal, je le crains. Et autant vous prévenir qu'il ne s'agit pas là d'un appel de courtoisie. Le Capitaine Hays m'a contacté hier soir pour me faire part de nouvelles extrêmement préoccupantes. »

London ravala la boule dans sa gorge.

« En effet Monsieur » dit-elle. « Je pense malheureusement savoir ce qu'il a pu vous dire, Monsieur. »

« C'est donc vrai ? L'une de nos clientes est décédée alors qu'elle se trouvait sous votre responsabilité ? »

Les mots *« sous votre responsabilité »* furent comme un coup de poing dans l'estomac de London.

« Je… je suppose qu'on peut le formuler ainsi, Monsieur. »

« Et vous n'auriez rien pu faire pour empêcher cela ? »

« Je crains que non, Monsieur Lapham. »

Elle entendit le directeur pousser un grognement mécontent.

« Eh bien, j'imagine que vous devez dire vrai » dit-il. « Le capitaine semble penser que vous avez prévenu les autorités compétentes. »

Il hésita un peu puis murmura, comme s'il voulait désormais plaider en faveur de London. « Après tout, j'ai cru comprendre que cette pauvre femme était âgée et plutôt fragile. Et il semblerait qu'elle *est bien* décédée de causes naturelles. »

London sentit monter en elle une vague de panique.

Ça va être encore pire, réalisa-t-elle.

Mme Klimowski n'était pas morte de causes naturelles. Sauf que le capitaine n'avait apparemment pas eu l'occasion de reparler à Monsieur Lapham depuis que l'Alezredes avait annoncé cette troublante information.

Et voilà qu'il était à présent au téléphone, attendant ce que London allait dire ensuite. C'était donc à elle de lui annoncer la nouvelle.

« Monsieur Lapham, je suis désolée mais je dois vous dire... »

« Oui ? »

« Monsieur, le capitaine n'a pas eu le temps ce matin de vous annoncer que... »

« Oui, oui, que se passe-t-il ? »

« La police de Györ vient juste de nous apprendre que selon elle, Mme Klimowski n'est pas morte de causes naturelles. Ils pensent que... qu'il s'agit d'un crime. »

Elle entendit le directeur s'exclamer.

« Vous ne voulez pas dire que l'une de nos passagères a été assassinée ? »

« Je crains que si. »

« London, je suis sidéré. Et vous me décevez énormément qui plus est. Laisser cette femme mourir d'elle-même, si je puis dire, d'accord. Mais qu'elle ait pu mourir d'une façon aussi... involontaire, là c'est tout autre chose. »

London trouva que le terme '*Involontaire*' était plutôt bizarre vu les circonstances. Mais elle avait déjà eu l'occasion de s'apercevoir que le directeur était un homme assez étrange.

« Monsieur Lapham, j'ignore ce que vous attendiez de moi... »

« Je ne vous demande pas d'agir en qualité de 'garde du corps' pour nos clients » l'interrompit-t-il. « Mais *je* m'attends par contre à ce que vous leur assuriez un minimum de sécurité. Vous êtes censée bien connaître ces ports étrangers et être capable d'indiquer à nos passagers les lieux sans danger et ceux qui ne le sont pas. Et dans ce cas particulier, vous avez lamentablement échoué dans votre mission. »

Elle aurait voulu plaider sa cause, dire à Monsieur Lapham que ses paroles étaient injustes. Après tout, Mme Klimowski avait décidé d'elle-même de s'en aller. Et elle était morte dans une cathédrale, un bâtiment gardé par un portier.

Mais au fond d'elle-même, elle ne pouvait s'empêcher de se sentir responsable du terrible événement qui s'était produit.

Peut-être a-t-il raison d'être en colère, songea-t-elle.

« Je suis désolée, Monsieur » dit-elle.

« Cette situation est intolérable. Le *Nachtmusik* devrait être à Vienne actuellement. Le capitaine m'a dit hier soir que vous n'étiez pas autorisé à quitter Györ. Est-ce toujours le cas ? »

« Je crains que oui, Monsieur. »

« En plus de la douleur infligée à la famille et aux amis de cette passagère, vous avez certainement conscience que le voyage subit déjà un grave retard. Chaque jour de retard est financièrement désastreux pour Epoch World Cruise Lines. Quand la situation va-t-elle enfin évoluer d'après vous ? »

« Peut-être… lorsque l'affaire sera résolue » dit London.

Mais elle savait qu'il s'agissait uniquement d'une supposition de sa part.

« Eh bien dans ce cas, il faut régler cette affaire dans les plus brefs délais. Vous feriez mieux de vous y mettre immédiatement. »

« Monsieur ? »

« Me suis-je bien fait comprendre ? C'est à vous de découvrir tout ce qu'il est nécessaire de faire pour que le bateau puisse repartir. »

London se sentit tout à coup prise de vertige.

« Monsieur, je ne suis pas sûre que vous ayez bien compris. C'est à la Győr Rendőrség, à la police locale, de se charger de cela. »

« Foutaises. J'ai fait le tour du monde des dizaines de fois. Et si j'ai appris une chose sur la police de n'importe quelle ville de n'importe quel pays présent sur cette planète, c'est qu'elle ne sait pas ce qu'elle fait. Elle ne va jamais au fond des choses, elle est toujours à chercher la solution la plus facile. J'imagine que la police s'imagine actuellement que la victime a été tuée par quelqu'un du *Nachtmusik*. Je suis certain que nous serons d'accord pour dire que tout ça est du grand n'importe quoi. »

London était trop bouleversée pour savoir avec certitude si elle était ou non d'accord avec lui. Même si la police avait raison et que Mme Klimowski avait bien été tuée, ils ne lui avaient donné aucune information à ce sujet.

« London, vous connaissez parfaitement la raison pour laquelle je vous ai embauchée. Vous avez été formée dans cette respectable institution qu'on nomme 'l'école de la vie', vous retombez toujours sur vos pattes comme un chat dans n'importe quelle situation et vous savez fort bien juger du caractère des gens. En plus de ça, vous êtes maligne comme un singe. Alors je voudrais que vous vous métamorphosiez en Alice Détective, si je puis dire. A partir de maintenant, j'attends que vous m'annonciez avoir résolu cette affaire. Mettez-vous au travail sans perdre une minute de plus. Le voyage doit absolument continuer. »

Il raccrocha sans laisser le temps à London de placer le moindre mot, encore moins de protester.

Elle regarda alors Sir Reginald qui avait eu l'air d'écouter attentivement.

« Alice Détective ? » dit-elle.

Ce nom était évidemment familier à London. Elle se rappelait très bien sa mère lui lisant les aventures de cette jeune détective quand elle était petite.

« Ça c'est vraiment trop bizarre, Sir Reginald » dit-elle. « Ma fiche de poste ne précise à aucun endroit que je dois enquêter sur des crimes. Je ne suis pas faite pour jouer à Alice Détective. Hé, je n'avais même pas deviné d'où pouvait venir ce baklava l'autre soir ! »

Le chien la regarda d'un œil presque accusateur.

« Et ne me dis pas que tu es d'accord avec lui » dit London en agitant un doigt.

Sir Reginald émit un faible jappement.

Bien entendu, London savait parfaitement qu'elle ne faisait au fond que se parler à elle-même et non au chien. Elle ne pouvait se sortir de la tête que Monsieur Lapham avait de bonnes raisons d'être déçu d'elle et qu'il avait tout autant le droit de vouloir que ce soit elle qui arrange comme il faut la situation.

Et surtout, elle savait que Monsieur Lapham avait d'excellentes raisons d'être inquiet. Ainsi qu'il l'avait lui-même reconnu lors de leur premier entretien, Epoch World Cruise Lines traversait de grosses difficultés financières. La survie de l'entreprise dépendait pour beaucoup du voyage sur le Danube du *Nachtmusik.*

Même si le travail de détective ne figurait guère dans ses attributions, il était peut-être temps néanmoins de s'y essayer. Après tout, l'avenir d'Epoch World Cruise Lines dépendait de l'élucidation du crime.

Ainsi que l'emploi de London par la même occasion.

Même si l'Alezredes Borsos semblait convaincu que le meurtrier de Mme Klimowski était quelqu'un du *Nachtmusik,* il ne pensait visiblement pas que c'était l'œuvre d'un passager quelconque.

Non, il semblait s'intéresser plus particulièrement aux personnes s'étant trouvées au Magyar Öröm en même temps que Mme Klimowski la veille après-midi – ceux dont London avait inscrit les noms sur la liste qu'elle lui avait rédigée.

Et je suis moi-même en tête de cette liste.

« Je serais peut-être obligée de devenir détective rien que pour prouver mon innocence » dit-elle à Sir Reginald.

Le chien poussa un petit grognement de désapprobation.

« Oui, toi et moi savons bien que je n'ai rien fait. Je voudrais juste que Borsos en ait conscience lui aussi. »

Le capitaine demanda dans l'interphone à Cyrus Bannister de venir dans son bureau.

« Et voilà, maintenant Borsos va interroger Cyrus Bannister » dit London au chien. « Je crains d'avoir donné une bonne raison à Borsos de soupçonner Cyrus à ma place, même si je n'en avais pas l'intention. Enfin, je suis certaine que Cyrus n'hésitera devant rien pour éloigner les soupçons de sa personne et… »

London s'exclama brusquement comme si elle venait de prendre conscience d'une chose.

« Oh Reginald » dit-elle, « je dois *immédiatement* aller vérifier un truc. »

CHAPITRE VINGT

Le chien se mit à tourner anxieusement tout autour de London quand elle bondit hors de son lit.

Baissant les yeux vers lui, elle lui expliqua. « Je pense savoir qui est le prochain suspect de Borsos. Et je voudrais vérifier quelque chose avant lui. »

London esquiva l'animal et se dépêcha d'aller à la porte. Mais lorsqu'elle l'ouvrit pour sortir, Sir Reginald poussa une série d'aboiements bruyants.

« Sir Reginald, arrête ça tout de suite ! » lui dit-elle fermement.

Il aboya de nouveau.

London jeta un rapide coup d'œil le long de la coursive. Elle n'y vit personne mais ne voulait pas attirer l'attention de la police toujours à bord.

Elle referma la porte derrière elle, laissant le chien dans la cabine.

Il ne fit que japper plus fort à l'intérieur.

Il cessa de faire du bruit lorsqu'elle rouvrit la porte et se contenta de rester où il était, la fixant avec une expression qu'elle jugea réprobatrice.

London réprima l'envie de pousser un soupir d'exaspération.

« Sir Reginald, il faut que tu me laisses faire ce que j'ai à faire. »

Le chien jappa encore, mécontent.

« Si je t'emmène avec moi, tu promets de bien te conduire ? » demanda London.

Le chien cligna des yeux silencieusement. London sentit qu'ils venaient de parvenir à un accord. Elle retourna dans la cabine, prit la laisse et le collier qu'elle avait trouvés dans la chambre de Mme Klimowski.

« Ne le prends pas mal » dit-elle tandis qu'elle harnachait le chien avec, « mais je ne peux pas courir le risque que tu t'échappes ».

Elle prit Sir Reginald dans ses bras puis descendit la coursive pour se rendre à l'ascenseur. Elle appuya sur le bouton et les portes s'entrouvrirent. L'endroit où elle voulait aller n'était qu'à quelques pas : la suite de la Famille des Chanteurs Trapp, celle de Gus et Honey Jarrett.

Elle frappa assez fort à la porte et entendit la voix d'Honey à l'intérieur.

« Qui est-ce ? »

« London Rose, la chargée d'animation. »

« Que désirez-vous ? »

Honey paraissait nettement méfiante et mal à l'aise.

« Je souhaite juste vous parler » dit London.

« La police est avec vous ? »

« Non, il n'y a que moi. Ainsi que, euh, le chien. Ecoutez, laissez-moi simplement entrer, voulez-vous ? C'est important. »

La porte s'ouvrit et Honey laissa entrer London et Sir Reginal. London entendit le doux murmure d'une chanson traditionnelle autrichienne. La pièce aux tons pastel était décorée de tableaux représentant les Alpes autrichiennes ainsi que la souriante Famille de Chanteurs Trapp.

Avec sa robe de chambre en soie rose bordée de fausse fourrure et ses chaussons à talons hauts, rose également, Honey se fondait parfaitement dans cet environnement plein de fantaisie.

London parcourut la pièce des yeux.

« Où est Gus ? » demanda-t-elle.

« Il est sorti » dit Honey.

« Que voulez-vous dire ? »

« Qu'il est descendu du bateau. »

« Mais tout le monde est censé demeurer ici. »

Honey haussa les épaules avec une nonchalance affectée.

« Que voulez-vous que je vous dise ? Il est parti très tôt avant d'être au courant. Il a dit qu'il voulait simplement revoir un peu la ville. »

London secoua la tête, dubitative.

« Mentir n'est pas votre point fort, Honey » dit-elle. « Allez, dites-moi simplement où il est. »

Avant qu'Honey ne puisse poursuivre ses mensonges, Sir Reginald commença à gronder sourdement.

« Que se passe-t-il mon vieux ? » demanda London au chien.

L'animal bondit hors de ses bras et se précipita vers la porte fermée de la salle de bain. Il se mit à aboyer avec insistance.

London pointa la porte du doigt en regardant Honey.

« Il est là-dedans, n'est-ce pas ? » dit-elle.

« Non, je vous assure ! »

Mais le comportement du chien ne laissait aucun doute.

London cogna à la porte et entendit Gus répondre d'une voix craintive.

« Allez-vous-en. »

« Gus, écoutez-moi » dit London. « Il y a de fortes chances pour que la police vienne frapper ici dans quelques minutes. Vous feriez mieux de me parler en premier. Je peux peut-être vous aider. »

C'est-à-dire, si ce n'est pas vous le meurtrier, pensa-t-elle.

Un silence tomba. Puis la porte s'ouvrit et Gus sortit, l'air tant bouleversé qu'effrayé. Le chien bondit à nouveau dans les bras de London.

« Pourquoi vous cachiez-vous là-dedans ? » demanda London.

« Je pense que vous savez pourquoi » dit Gus.

London acquiesça. En fait, c'était la raison de sa présence ici.

« Au restaurant, vous avez dit, 'J'espère que la vieille a clamsé' » dit London. « Tout le monde à table vous a entendu le dire. Je suis quasiment certaine que quelqu'un l'aura répété à la police et vous le savez aussi. C'est pour ça que vous avez peur. Et c'est pour ça que je suis ici. »

« Mais je vous jure que je n'ai rien voulu dire de particulier en disant ça ! » s'exclama Gus. « Ecoutez, je ne faisais que fanfaronner. Je l'admets, je suis plutôt vantard et grande gueule. »

Honey laissa échapper un petit ricanement sec.

« Il était temps que tu le reconnaisses » dit-elle.

London mit ses mains sur ses hanches.

« Gus, j'ai besoin que vous me regardiez dans les yeux et que vous me disiez si vous avez tué ou non Mme Klimowski. »

« Pourquoi l'aurais-je tuée ? »

« Ce n'est pas ce que je vous demande. »

Gus la fixa avec des yeux implorants.

« Je ne l'ai pas tuée » dit-il d'une voix stridente. « Je le jure devant Dieu. »

Honey ricana à nouveau.

« Il dit la vérité » dit-elle. « Si vous estimez que *je* mens très mal alors croyez-moi, c'est encore pire de son côté. »

London le regarda attentivement, essayant de déchiffrer son expression. Il paraissait réellement sincère. Elle ne *pensait pas* qu'il mentait. Mais comment pouvait-elle en être sûre ?

Elle se mit à réfléchir, essayant de se faire un avis plus définitif. Elle se rappela la fureur de Gus envers Honey lorsqu'elle avait aidé London après la disparition du chien de Mme Klimowski.

« Tu as vraiment du culot de me faire passer pour un imbécile de cette manière. »

Sur le moment, London l'avait jugé plutôt menaçant.

Mais Honey n'était apparemment pas de cet avis – pas plus l'autre jour qu'à présent.

Mais comment puis-je en être sûre… ?

Elle secoua la tête et murmura doucement.

« Je ne suis pas Alice Détective. »

« Hein ? » dit Gus.

Honey ricana une nouvelle fois.

« C'est la célèbre détective » dit-elle à Gus. « Tu devrais lire un livre de temps en temps. »

Puis elle se tourna vers London. « Qui a dit que vous deviez jouer à Alice Détective ? »

« Mon patron » répondit London.

« Oh » dit Honey. « Et moi qui croyais que vous étiez simplement la chargée d'animation. »

J'aurais préféré, songea London.

Gus s'assit au bord du lit.

« Le capitaine a fait venir ce Cyrus Bannister dans son bureau » dit-il. « C'est lui qui va me dénoncer, pas vrai ? En voilà un type bizarre. En plus, lui et la vieille se sont querellés juste avant qu'elle ne s'en aille. Si jamais l'un de nous a tué cette femme, je parie que c'est lui qui a fait le coup. »

Honey leva les yeux au ciel.

« Ils ne faisaient que se disputer à propos de musique » dit-elle. « Ce n'est guère une raison pour tuer qui que ce soit. »

« On ne sait jamais » dit Gus. « Ce type pouvait très bien être une bombe à retardement, prêt à exploser sous le moindre prétexte. »

London se gratta pensivement le menton. Se pouvait-il que Gus ait raison ? Elle s'était sentie mal à l'aise avec Cyrus dès sa première rencontre avec lui. Et il était certain qu'il n'appréciait guère Mme Klimowski – surtout à cause de la façon dont elle traitait son chien. Sans compter qu'il était assis à côté d'elle au restaurant. Aurait-il pu verser quelque chose dans sa soupe ou son verre d'eau ?

C'est possible, se dit-elle. *Mais pourquoi ? A cause de la musique ?*

Elle secoua la tête et murmura à voix haute.

« Ça n'a pas de sens. Rien de tout ceci n'en a. »

London fut tirée de ses pensées par un coup sonore frappé à la porte.

La police ! réalisa-t-elle.

CHAPITRE VINGT-ET-UN

Un second coup, plus fort, fut frappé à la porte, suivi d'une voix brusque et autoritaire.

« *Ez a rendoség. Nyissa ki az ajtót.* »

« Hein ? » s'exclama Honey.

« Ils veulent entrer » lui expliqua calmement London.

Presque aussitôt, l'un des policiers répéta le même ordre en anglais.

« C'est la police. Ouvrez la porte. »

Gus devint pâle et silencieux, tremblant de peur. Mais Honey paraissait aussi sereine que possible.

« Que voulez-vous ? » répondit-elle.

« L'Alezredes Borsos souhaite parler à Monsieur Gus Jarrett. Nous sommes ici pour l'emmener au bureau du capitaine pour un interrogatoire. »

Gus bondit hors du lit et fit quelques pas en direction de la salle de bain mais Honey leva une main pour l'arrêter.

« Non, non, chéri » dit-elle. « Tu ne peux plus te cacher maintenant. On va avoir des problèmes si tu essaies. Il faut juste que tu ailles dans le bureau du capitaine et que tu expliques aux gentils policiers que tu n'es pas un tueur assoiffé de sang. Ne t'inquiètes pas, je suis sûre que tu en es capable. Qui te prendrait pour un tueur, de toute façon ? »

Ouvrant la porte, elle dit, « Entrez messieurs. »

London dut se retenir pour ne pas glousser de rire devant l'air ahuri des policiers quand ils se retrouvèrent face à Honey Jarrett, toute vêtue de rose avec ses cheveux roux flamboyants. L'un d'eux regarda alors London, tâchant visiblement de dissimuler son embarras.

Un policier finit par dépasser Honey pour demander à son mari. « Etes-vous Gus Jarrett ? »

« Euh, hum » murmura Gus de façon à peine audible.

« Il veut dire oui » dit Honey. « Mais vraiment, messieurs, vous perdez votre temps avec lui. Gus est la créature la plus inoffensive qui soit sur Terre – ainsi que l'une des plus ennuyeuses. Il ne ferait jamais de mal à une vieille dame – même si je suppose que vous pensez exactement le contraire. Mais vous vous trompez entièrement. Votre patron s'en rendra compte dès qu'il aura posé les yeux sur lui. Enfin, soyez aussi gentils que possible avec lui. Il ne vous causera aucun problème. »

134

Les policiers commencèrent à faire sortir Gus dans la coursive. Avant que la porte ne se referme derrière eux, Honey les interpella.

« Et ne vous avisez pas de le torturer ! Ça me mettrait vraiment très en colère et vous n'apprécieriez pas ça. Vous m'entendez ? »

« Oui, Madame » répondit le policier qui connaissait l'anglais.

Ils partirent et Honey referma la porte.

« Toute cette histoire est complètement folle » dit Honey à London. « Vous feriez peut-être mieux de reprendre votre rôle d'Alice Détective et de découvrir *qui* a tué Mme Klimowski. »

London posa le chien par terre et s'assit sur le lit.

« Si seulement je savais par où commencer » dit-elle.

« Eh bien, vous n'avez aucun soupçon ? » demanda Honey en s'asseyant à côté d'elle.

London réfléchit longuement.

« Je n'arrive pas à croire qu'il puisse s'agir de quelqu'un du bateau » dit-elle.

« Peut-être parce que vous ne voulez *pas* y croire » dit Honey.

Elle a raison, songea London en soupirant.

Après tout, si une personne sur le bateau était le meurtrier ou la meurtrière, l'échec de London à protéger Mme Klimowski devenait encore plus grave.

Elle et Honey restèrent silencieuses un instant.

Se penchant pour gratouiller la tête du chien, Honey murmura, « Il est si mignon. »

London dit. « Vous savez, si quelqu'un sait qui a tué Mme Klimowski, c'est... »

Elle s'interrompit.

« Quel adorable petit chien » dit Honey.

« C'est vrai » dit London. « Il était dans l'église quand elle est morte. »

« Si seulement il pouvait parler » dit Honey.

London acquiesça puis quitta la cabine pour retourner dans la sienne. Sir Reginald paraissant un peu fatigué, elle le posa sur le lit où il ne tarda pas à s'endormir.

Qu'est-ce que je fais maintenant ? se demanda-t-elle de nouveau.

Elle songea qu'elle ferait bien d'explorer le bateau à la recherche d'indices. Elle laissa Sir Reginald dormir dans la cabine et prit l'ascenseur pour remonter au pont Menuetto. En sortant, elle vit plusieurs passagers attroupés dans le hall de réception bavarder en petits groupes. Ils semblaient plutôt agités.

Une femme l'aperçut et s'exclama. « Oh regardez ! La chargée d'animation ! »

« Peut-être qu'elle va pouvoir nous expliquer ce qui se passe ! » dit l'un des hommes présents.

Un petit groupe de passagers s'empressèrent vers elle, l'air inquiet.

« Pouvez-vous nous dire ce qui arrive ? » implora une femme.

« Il y a des policiers à bord » dit un homme, le mari de cette dernière, se souvint London.

Un autre passager intervint. « Pourquoi devons-nous rester sur le bateau ? »

« Sommes-nous prisonniers ? » dit l'un.

Une autre personne , « Ce sont de vrais policiers ? Ou des terroristes déguisés ? »

Un autre passager poussa un cri.

« Mon Dieu ! Est-ce que nous sommes retenus en otage ? »

London ressentit un pincement d'inquiétude.

Il faut que j'empêche cette rumeur de se répandre.

S'efforçant de paraître aussi calme que possible, elle leur dit. « Je peux vous garantir à tous que ces hommes en uniforme sont *réellement* de la police et qu'ils ne font que leur travail. Nous ne sommes absolument pas pris en otage. La police est ici à cause du décès inattendu de Mme Klimowski. »

« Un décès inattendu ! » répliqua l'un des passagers. « Vous voulez dire un meurtre ! »

Un murmure agité et approbateur s'entendit dans le groupe.

London réprima l'envie de soupirer.

Il n'était plus possible d'esquiver le sujet en usant de termes lénifiants tels que 'décès inattendu'.

Le groupe rassemblé autour de London ne faisait que grossir.

« Effectivement, la police soupçonne qu'il y a eu meurtre » dit London. « Et mieux nous coopérerons avec eux, plus tôt ils pourront résoudre l'enquête. »

Une autre femme s'exclama.

« Vous voulez dire qu'il y a un tueur parmi nous ? » dit-elle.

« Ici sur le bateau ? » demanda quelqu'un d'autre.

« Un tueur en série peut-être ? » ajouta l'un.

« L'un de nous risque d'être la prochaine victime ! » s'écria une autre personne.

London savait qu'elle devait mettre un terme à cette rumeur avant qu'elle ne devienne incontrôlable.

« Il n'y a aucun tueur en série » dit-elle. « Et personne ne court aucun danger à bord du *Nachtmusik*. Pas alors que tous ces policiers sont ici. »

D'autres passagers l'avaient rejointe, bloquant le chemin jusqu'à la coursive. Elle essaya de jauger leurs réactions. Certains au moins parurent rassurés par ses explications.

Mais London sentit un frisson d'angoisse s'insinuer en elle.

Comment savoir si je dis la vérité ? songea-t-elle.

Comment savoir que personne n'est en danger ?

Comment pouvait-elle être absolument sûre qu'il n'y avait aucun tueur en série à bord, prêt à ôter la vie à nouveau ?

Elle en savait au fond très peu elle-même mais avait néanmoins pour mission de convaincre et rassurer toutes ces personnes. Pour cela, elle devait faire preuve de bien plus d'assurance qu'elle n'en possédait véritablement.

Elle ravala péniblement sa salive. Elle ne s'était pas attendue à devoir bluffer au cours de son travail. Mais elle n'avait plus vraiment le choix à présent.

« J'aimerais pouvoir vous en dire davantage » dit-elle. « Mais tout ira bien, à condition que chacun reste calme et coopère. Maintenant, voulez-vous faire en sorte qu'aucun passager ne répande de rumeurs de ce genre ? Si vous entendez des théories farfelues, essayez de les corriger. Vous savez tout ce qu'il y a à savoir pour le moment. Tâchez de faire en sorte que tout le monde soit mis au courant. »

London fut légèrement surprise en voyant plusieurs personnes hocher la tête en guise d'acquiescement. Elle semblait avoir réussi à les apaiser pour de bon. Calmer le jeu de cette manière faisait évidemment partie de son travail même s'il lui arrivait parfois d'oublier à quel point elle s'y révélait douée.

Les passagers commencèrent à partir chacun de leur côté et London resta sur place à les observer de près, se demandant quelles pouvaient bien être leurs pensées.

Une hypothèse effrayante lui vint à l'esprit.

Et si l'un d'eux est vraiment le tueur ?

Elle frémit comme si elle venait brusquement de réaliser quelque chose.

Peut-être se disent-ils la même chose les uns des autres.

Et qu'ils se posent aussi la question à mon sujet.

Elle songea également qu'elle ne pouvait au fond pas être certaine de la non culpabilité de Gus.

Et si c'était Honey ?

Ou les deux ensemble ?

Ils avaient eu l'air si innocent dans leur cabine. Mais peut-être étaient-ils d'excellents comédiens – ainsi que des personnes épouvantables.

Elle inspira lentement afin de pouvoir mieux réfléchir. Ce n'était pas le moment de devenir paranoïaque.

Walter Shick arriva tout d'un coup au pas de charge depuis le hall de réception.

« Que quelqu'un vienne, vite ! » s'exclama-t-il. « C'est ma femme ! Elle… elle n'est pas bien ! »

Puis il retourna pour se précipiter hors du salon.

London, bouche bée, se leva et courut à sa suite.

Il était arrivé quelque chose à Agnès Shick. Mais quoi ?

Le meurtrier vient-il encore de frapper ? se demanda London.

Un assassin était-il bien à bord du *Nachtmusik* en fin de compte ?

CHAPITRE VINGT-DEUX

Sortant à toute vitesse du salon pour rejoindre Walter Shick, London prit son téléphone pour appeler Bryce Yeaton, le secouriste à bord. Mais ses doigts tremblaient trop fort pour composer le numéro.

Puis elle aperçut Bryce sortir de l'ascenseur, un sac noir à la main.

« Oh, je suis si contente de vous voir » dit-elle. « Il est arrivé quelque chose à… »

« Oui, je sais » l'interrompit Bryce. « Agnès Shick ne va pas bien. Walter vient de m'appeler, j'arrive juste de l'infirmerie. »

London et Bryce suivirent Walter dans la coursive jusqu'à l'une des plus petites suites – la Johan Strauss II – la sienne avec Agnès.

Lorsqu'ils furent tous à l'intérieur, London vit que la cabine était légèrement plus petite que celle occupée par Mme Klimowski mais elle la jugea également plus gaie. Conçue comme un hommage à Johan Strauss II – le célèbre 'roi de la valse' du dix-neuvième siècle – elle contenait des images du compositeur à tous les âges de sa vie, des partitions musicales et d'extravagants tableaux représentant des bals somptueux aux participants vêtus de façon exquise.

Agnès Shick, en sueur, était assise au bord du lit et avait du mal à respirer. Son mari s'assit à côté d'elle et lui caressa doucement les cheveux d'une main.

« Brian… Brian… le docteur est arrivé ? » haleta-t-elle.

« Oui, il est ici. »

London fut abasourdie.

Pourquoi Agnès appelait son mari, Walter, en utilisant le prénom 'Brian' ?

« Oh Brian, Brian » répéta Agnès.

Walter jeta un bref coup d'œil anxieux à London puis se tourna de nouveau vers sa femme.

« Calme-toi, ma chérie » murmura-t-il d'un ton apaisant. « C'est Walter. Je suis là pour toi. Ainsi que le médecin. London est là aussi. »

Puis il se tourna vers Bryce et London et leur dit. « Agnès et moi sommes revenus dans notre cabine il y a quelques minutes après avoir été interrogés par cet affreux chef de la police. Son malaise vient juste de commencer. »

Agnès regarda nerveusement autour d'elle tandis que Bryce s'accroupissait à ses côtés.

« Dites-moi comment vous vous sentez » lui dit-il d'une voix douce.

« J'ai mal » dit-elle.

« Où ça ? »

« A la poitrine. Et je… j'arrive à peine à respirer. »

London se demanda si Agnès n'était pas en train d'avoir une crise cardiaque.

Elle se demanda également si Mme Klimowski n'avait pas souffert des mêmes symptômes peu avant sa mort ? Agnès Shick avait-elle également été empoisonnée ?

Bryce prit son stéthoscope et un tensiomètre et vérifia rapidement le rythme cardiaque et la pression sanguine d'Agnès.

« Ce genre de malaise lui est-il déjà arrivé ? » demanda-t-il à Walter.

« Oui, mais pas depuis des années. »

« Combien de temps cela dure-t-il en général ? »

« Oh, pas plus de quelques minutes habituellement. Et c'était il y a longtemps. Mais là ça semblait pire et je… eh bien, j'ai vraiment pris peur. »

« Je peux comprendre pourquoi » dit Bryce. « Mais ne vous inquiétez pas, tout ira bien. »

London fut frappée de son ton à la fois tranquille, autoritaire et rassurant, teinté d'accent australien.

Pour la première fois, elle réalisa que cet homme avait quelque chose de vraiment imposant.

En plus, il est pas mal physiquement.

Comme si London avait besoin de raisons supplémentaires pour se sentir attirée par lui, il se tourna vers elle en souriant, la fixant de ses beaux yeux bleu clair.

« London, pouvez-nous nous chercher un verre d'eau ? » demanda-t-il.

London acquiesça et alla à la salle de bain. Tandis qu'elle tournait le robinet et versait de l'eau dans un verre, elle essaya de chasser son soudain intérêt pour Bryce. Le moment semblait plutôt mal choisi.

Pour qui je me prends là ? Une adolescente ?

Elle se dit qu'elle ferait mieux de se *concentrer* sur ce qui se passait.

Il fallait qu'elle garde la tête froide afin de gérer au mieux la situation. Ce qui se déroulait en ce moment était pour le moins étrange.

Agnès n'avait semble-t-il pas été empoisonnée. Mais quelque chose devait avoir déclenché son attaque de panique. Etait-ce simplement le stress d'avoir été interrogée par l'Alezredes ? Et pourquoi s'était-elle trompée en prononçant le nom de son mari ?

Agnès a appelé Walter, 'Brian'.

Pourquoi ?

Son attaque de panique avait-elle entraîné chez elle une espèce de confusion mentale ?

Ou y avait-il une autre raison ?

Elle revint dans la pièce avec le verre d'eau. Bryce, assis sur le lit à côté d'Agnès, parlait à Walter.

« C'est la cabine Strauss, c'est ça ? On joue de la belle musique dans ces cabines, je crois. Une ou deux valses pourraient nous être bien utiles en ce moment, pas vrai ? »

Walter sourit légèrement en guise d'acquiescement. Il se leva du lit pour appuyer sur un interrupteur et presque aussitôt, une mélodie familière commença à résonner.

C'était « Le Beau Danube Bleu », la valse de Johan Strauss II. Elle commençait lentement et doucement puis s'accélérait, devenait plus enjouée. Avec son rythme constant, régulier, idéal pour danser : 1-2-3, 1-2-3, 1-2-3, elle était à la fois agréable, joyeuse et apaisante. Très vite, Agnès et son mari semblèrent nettement plus à l'aise.

Le séduisant secouriste et chef cuisinier avait fait preuve de bon sens en recommandant cette musique.

Entre temps, Bryce avait sorti un petit flacon de médicaments de son sac.

Il s'adressa à Agnès qui avait toujours un peu de mal à respirer même si elle semblait déjà aller beaucoup mieux.

« Vous faites une attaque de panique » dit-il. « Je sais que c'est un peu effrayant mais vous ne courez aucun danger, croyez-moi. Ça va vite passer, comme toutes les précédentes attaques que vous avez eues. Avez-vous une idée de ce qui a pu la déclencher ? »

Agnès ferma les yeux très fort.

« C'est la police » dit-elle. « Tous ces policiers partout et... »

Walter l'interrompit avec douceur mais fermeté.

« Et qu'on soit obligés de rester sur le bateau également, je pense » dit-il à Bryce.

« C'est compréhensible » dit Bryce. « Ça énerve les passagers, je n'en doute pas. Agnès, êtes-vous allergique à un médicament quelconque ? »

« Non. »

« Prenez-vous des médicaments sous prescription ? »

« Un ou deux » dit-elle. « Je ne me rappelle plus leurs noms. »

Walter dit. « Elle prend de l'amlodipine pour sa tension et du pravastatin pour son taux de cholestérol. C'est tout. Sa santé est excellente. »

Bryce ouvrit le flacon de médicaments pour y prendre un comprimé.

« J'aimerais que vous en preniez un » dit-il.

« Qu'est-ce que c'est ? » demanda Agnès.

« Oh, c'est un tranquillisant léger communément prescrit, il se peut fort bien que vous en ayez déjà pris pour une raison ou une autre. Il est commercialisé sous plusieurs noms mais en termes cliniques, il appartient à la catégorie des benzodiazépines. »

Agnès avala le comprimé avec un peu d'eau.

« Voilà, c'est bien » dit Bryce en lui tapotant la main. « Je parie que vous vous sentez déjà mieux. »

« Oui, c'est vrai » répondit Agnès.

London ne put s'empêcher de sourire. Il était bien sûr impossible que le comprimé ait déjà fait effet. Mais le comportement apaisant de Bryce et même sa suggestion d'écouter de la musique produisaient déjà des résultats positifs.

« Vous allez vous sentir mieux d'ici peu de temps » dit Bryce à Agnès. Tendant le flacon de médicaments à Walter, il ajouta. « Je laisse quatre comprimés supplémentaires à votre mari afin que vous puissiez les prendre si besoin est. Je ne pense pas que vous aurez besoin de tous les prendre d'ici la fin du voyage mais si c'est le cas et qu'il vous en faut plus, venez me voir à l'infirmerie ou téléphonez-moi. »

Walter et Agnès remercièrent Bryce puis London et lui quittèrent la cabine.

« Tout cela n'a rien d'inattendu » dit Bryce à London d'une voix rassurante. « Le décès de Mme Klimowski a évidemment bouleversé tout le monde. Moi aussi, pour dire la vérité. Et maintenant nous sommes tous confinés sur le bateau, qui en plus grouille de policiers. Nos nerfs sont à cran. Mais ça va s'arranger je vous assure. Maintenant si vous voulez bien m'excusez, je ferais mieux de retourner à l'infirmerie. Je ne serais pas surpris si d'autres cas similaires se présentaient d'ici peu de temps. »

Bryce reprit l'ascenseur et London se sentit de nouveau envahie d'une immense fatigue. Elle sursauta avec nervosité lorsque les portes de l'ascenseur s'ouvrirent et que deux officiers de police en sortirent.

Que faudrait-il de plus, se demanda-t-elle, *pour que j'aie à mon tour une attaque de panique ?*

Elle se dépêcha d'entrer dans l'ascenseur avant que les portes ne se referment et descendit au pont Allegro. Peut-être pourrait-elle avoir quelques moments de calme et de tranquillité une fois dans sa cabine

Quand London ouvrit la porte, elle trouva Sir Reginald sur le lit. Il lui lança un regard curieux, comme impatient de savoir où elle avait été et ce qu'elle avait fait. Elle s'assit sur le lit et caressa ses poils soyeux.

« C'est une longue histoire » dit-elle. « Ça ne ferait que t'ennuyer. »

Sir Reginald poussa ce qui ressemblait à un grognement désapprobateur.

London soupira.

Voilà que je recommence à parler au chien.

Mais cela l'aiderait peut-être à remettre ses pensées en ordre, fort confuses pour l'instant.

« C'est la folie à bord » lui dit-elle. « Tout le monde est sur les nerfs. Et Mme Shick vient juste d'avoir une attaque de panique, la pauvre. Par chance, Bryce est venu s'occuper d'elle tout de suite. C'est vraiment un excellent secouriste. »

Sir Reginald poussa un petit grognement narquois.

« D'accord, il est aussi beau garçon. Alors oui, tu peux m'accuser d'avoir un peu le béguin pour lui. Je ne suis qu'humaine après tout. »

Continuant à caresser le chien, elle repensa à tout ce qui s'était passé.

« Mais je ne sais pas, Sir Reginald » dit-elle. « Je ne peux m'empêcher de trouver bizarre l'attaque de panique d'Agnès. Et le fait qu'elle ait appelé son mari Brian alors qu'il s'appelle Walter. Que signifie tout ça d'après toi ? »

Sir Reginald couina de façon évasive.

« Walter a paru soucieux quand elle l'a appelé comme ça. Et aussi au moment où elle a expliqué que tous ces policiers sur le bateau la rendaient nerveuse. Pourquoi cela l'inquiète-t-il autant ? J'ai l'impression que... eh bien, qu'ils cachent peut-être quelque chose. »

London secoua la tête.

« Mais c'est complètement fou. Qu'ai-je dans la tête ? Qu'ils ont quelque chose à voir dans la mort de Mme Klimowski ? C'est juste ridicule. Walter et Agnès sont deux des passagers les plus adorables du *Nachtmusik*. Ils ne feraient pas de mal à une mouche... »

Elle s'arrêta puis poursuivit. « Je ne le pense pas du moins. Mais que sais-je d'eux, au fond ? Ils étaient à la table de Mme Klimowski hier. Et s'ils étaient différents de ce qu'ils paraissent être ? »

Sir Reginald la regardait comme captivé par ses propos.

« Et Gus ? » dit-elle. « Il était à la même table. Ainsi qu'Honey. Et également… »

London se tut.

Puis elle gratta la tête du chien.

« Je vais être obligée de reprendre mon rôle d'Alice Détective » dit-elle. « Faire de mon mieux pour résoudre moi-même cette affaire. »

Elle pencha la tête et regarda le chien dans les yeux.

« Que s'est-il passé, tu as tout vu, n'est-ce pas ? » dit-elle.

Sir Reginald poussa un faible couinement. London soupira.

« Comme l'a dit Honey tout à l'heure, si seulement tu pouvais parler. »

Une idée commença à se faire jour en elle tandis qu'elle était assise à examiner le chien.

« Peut-être es-tu *capable* de parler, à ta façon. »

Son téléphone sonna avant qu'elle ne puisse réfléchir davantage à son idée. Elle vit que l'appel provenait d'Elsie Sloan.

« London ! » s'exclama cette dernière quand elle décrocha. « Tu peux me dire ce qui se passe ? »

« Simplement que la police de Györ soupçonne Mme Klimowski d'avoir été assassinée par quelqu'un du bateau. »

« Oh ! Quelle hypothèse absurde ! »

London aurait bien voulu pouvoir trouver cela aussi idiot.

« On m'a brièvement interrogée dans le bureau du capitaine » dit-elle. « Maintenant c'est au tour de certains passagers. Apparemment ils questionnent tous ceux qui ont déjeuné avec elle hier. »

« Que peut-on faire ? »

Avant que London ne puisse ouvrir la bouche pour répondre, Elsie ajouta. « Et ne me dis pas qu'on peut se contenter de les laisser faire leur travail. Il y a un mystère à résoudre. »

« Je sais » dit London. « Et je tiens à m'en occuper. Monsieur Lapham le souhaite également. »

« Mon Dieu, Monsieur Lapham ! Tu reçois tes ordres de très haut, dis donc. Alors que comptes-tu faire ? »

Le plan auquel London venait de penser peu avant le coup de fil d'Elsie commença à se développer dans sa tête.

« Elsie, j'ai besoin de quitter le bateau sans que les policiers ni l'Alezredes ne s'en aperçoivent. Tu sais comment je pourrais faire ça ? »

Elsie poussa un petit cri d'enthousiasme.

« Si je le sais ! » dit-elle. « Je suis sur le pont Menuetto en ce moment. Je viens juste de voir l'un des policiers surveiller la passerelle. Je n'aurais aucun mal à distraire son attention et... »

« Elsie, attends. Je ne veux pas t'attirer des problèmes. »

« Depuis quand me suis-je jamais préoccupée de cela ? »

London ne put s'empêcher d'admirer le cran d'Elsie.

Chose dont j'ai bien besoin en ce moment.

De cran.

« Où es-tu, là ? » demanda Elsie.

« Dans ma cabine. »

« D'accord, alors viens sur le pont Menuetto puis dans le hall de réception. On va tout de suite se mettre au boulot. »

Elsie raccrocha sans s'expliquer davantage. London descendit de son lit, mit la laisse au chien et le prit dans ses bras.

Elle espérait pouvoir deviner en chemin ce qu'Elsie avait en tête.

Je devrais peut-être faire preuve d'un peu d'improvisation, songea-t-elle.

London sortit de sa cabine et prit l'ascenseur jusqu'au pont Menuetto. Quand elle en sortit, elle ne vit personne dans le hall de réception.

Je dois simplement ne pas me faire voir.

Et que j'aie un peu de chance aussi.

Elle entendit alors deux voix, une féminine et une masculine. Celle de la femme appartenait assurément à Elsie.

Elle se glissa derrière le bureau à l'accueil puis jeta un œil par-dessus. Très vite, elle aperçut Elsie et l'un des policiers en uniforme se tenir à l'autre bout de la passerelle. Elle distingua également, en partie au moins, ce qu'Elsie était en train de lui baragouiner.

London eut l'impression d'entendre un sabir anglo-hongrois, du genre dont un touriste perdu dans une ville étrangère et ne connaissant rien à la langue locale en dehors de quelques mots trouvé dans un guide de conversation pourrait se servir.

London sourit de la malice d'Elsie.

Elle ignorait le vrai niveau de hongrois de son amie mais était certaine que celle-ci exagérait beaucoup ses lacunes. Et sa tactique fonctionnait parfaitement. Le policier, visiblement charmé par les efforts déployés par cette grande et jolie femme blonde pour communiquer avec lui, affichait un grand sourire. De toute évidence, il ne connaissait pas du tout l'anglais.

Mais il paraissait néanmoins déterminé à faire son travail.

145

« Vous voulez quitter le bateau ? » dit-il en hongrois. « Parce que vous n'en avez pas le droit. »

« Je comprends » répondit Elsie en anglais avec un haussement d'épaule. « Si seulement je savais mieux m'exprimer en hongrois. »

Elle poursuivit avec un assemblage de mots anglais et hongrois, s'exprimant de façon totalement incohérente.

« Y a quelque chose... qui se passe... Sais pas... Des événements... Quoi ou où... Je devrais être... Nous... Vous... Je ne sais pas... C'est si effrayant... Je n'ai jamais eu aussi peur... »

Le policier l'interrompit gentiment en hongrois.

« Vous avez peur à cause du meurtre ? Inutile. Vous êtes en sécurité à bord. Mais vous le seriez encore plus dans votre cabine. »

« Hein ? »

« Là où vous, eh bien, habitez sur le bateau. Votre cabine. »

« Oh. Que voulez-vous dire en parlant de... ma cabine ? »

« Que vous feriez mieux d'y retourner. »

« Oh. »

Mais elle ne bougea pas d'un pouce.

Le policier fit un grand geste, essayant de se faire mieux comprendre tout en continuant de parler en hongrois.

« Où... est... votre... cabine ? »

Elsie le regarda comme si elle ne comprenait pas pourquoi il posait cette question.

« Elle n'est... pas ici » parvint-elle à dire dans la même langue.

« Sur un autre pont alors ? »

Le policier mima une échelle avec ses mains.

Elsie écarquilla les yeux.

« Oh je vois » dit-elle en anglais.

Puis elle répéta « Je vois » en hongrois.

Faisant un geste vers le bas, le policier dit. « Le pont où vous logez est en bas ? »

« Oui, en bas » dit Elsie en hongrois.

« A quel niveau ? Où en bas exactement ? »

« En bas. »

Le policier rit de bon cœur, plutôt amusé de la situation et visiblement plus que conquis par Elsie.

« Venez » dit-il. « Allons là où vous feriez mieux de vous trouver. »

Il entreprit aussitôt d'accompagner Elsie à l'ascenseur. Elle venait de détourner son attention, exactement comme elle l'avait promis. London comprit qu'elle devait saisir cette opportunité sans perdre une minute. Elle passa en trombe la porte du hall de réception sans même un coup d'œil en arrière, descendit la passerelle et emprunta la petite embarcation pour rejoindre la berge.

Elle déposa alors le petit chien par terre et le tint par sa laisse.

« D'accord Sir Reginald » dit-elle. « En route. »

Comme s'il comprenait, le chien se mit à trotter en avant et London le suivit.

CHAPITRE VINGT-TROIS

Suivant Sir Reginald Taft à travers les rues sinueuses de la Vieille Ville de Györ, London commença à penser à quel point sa quête était absurde. Le chien, faisant visiblement preuve de beaucoup d'enthousiasme, tirait si fort sur sa laisse qu'elle dut se mettre à courir pour se maintenir à son rythme.

Elle ne s'attendait certes pas à ce qu'il la conduise tout droit au meurtrier – surtout si c'était quelqu'un du *Nachtmusik*.

Mais peut-être pourrait-il la conduire jusqu'à…

Quelque chose, pensa-t-elle. *Un indice que lui seul sait où trouver.*

Le problème est qu'ils ne semblaient se diriger nulle part en particulier. Ils passèrent tout d'abord devant la statue de Saint-Michel combattant le dragon, puis devant celle de la Vierge Marie sur une colonne entourée des quatre Apôtres.

« Sais-tu vraiment où nous allons ? » demanda-t-elle à Sir Reginald alors qu'ils s'approchaient de la place de la Porte de Vienne avec son église carmélite baroque.

Puis elle se réprimanda intérieurement.

Quelle question idiote.

Comment aurait-elle pu s'attendre à ce que le chien comprenne la tâche qu'elle lui avait assignée ? Sir Réginald Taft n'était qu'un petit Yorkshire Terrier, pas un limier spécialement entraîné pour aider la police. Il devait sans doute penser qu'ils refaisaient simplement un petit tour dans la ville de Györ, rien de plus.

Mais le chien trottait résolument en avant et elle continua de le suivre.

Au moment où ils atteignirent la statue du *Batelier*, London était fatiguée et découragée. Elle s'assit sur le mur bas en marbre qui entourait la sculpture pour reprendre son souffle et rassembler ses pensées. Le chien s'assit à ses pieds.

Que crois-tu donc être en train de faire ? se demanda-t-elle.

Comme en réponse, les mots de Monsieur Lapham lui revinrent à l'esprit.

« A partir de maintenant, j'attends que vous m'annonciez que vous avez résolu cette affaire. »

Beaucoup de temps déjà s'était écoulé depuis cet appel téléphonique. Elle imaginait sans peine Monsieur Lapham assis près du combiné, attendant qu'elle l'appelle pour lui dire qu'elle avait élucidé le mystère et s'impatientant de plus en plus à chaque seconde. Il avait clairement laissé entendre que c'était à elle de s'occuper de tout.

Qui plus est, Monsieur Lapham ne faisait que peu confiance à la police.

Je suppose que c'est donc à moi d'agir, songea-t-elle.

Elle regarda Sir Reginald qui s'était relevé et faisait les cent pas en agitant la queue comme s'il voulait qu'ils reprennent leur chemin.

« Où m'emmènes-tu ? » demanda London.

Le chien poussa un faible jappement.

« Je parie que tu ne m'emmène nulle part en particulier » grommela London. « Tu me mènes en bateau, c'est tout. Je ferais aussi bien de revenir sur le *Nachtmusik* et essayer de me glisser à bord sans m'attirer de nouveaux problèmes. Quelle mauvaise idée de vouloir sortir. »

Puis elle aperçut plusieurs silhouettes en uniforme de l'autre côté de la place.

Une idée risquée qui plus est.

Deux policiers marchaient non loin de là. Elle n'avait pas pensé jusqu'à présent que se mettre en quête de la police serait peut-être une bonne solution.

Mais si ça se trouve, c'est la police elle-même qui est à ma recherche.

Borsos s'était peut-être rendu compte qu'elle n'était plus à bord du *Nachtmusik.* Si c'était le cas, il était possible qu'il ait lancé un avis de recherche à destination de la police locale pour qu'ils la surveillent. Dans ce cas, elle serait certainement une cible facile à repérer avec son uniforme d'Epoch World Cruise Lines, ce pantalon bleu foncé si caractéristique accompagné de la veste et du chemisier.

Je suis vraiment trop repérable, songea-t-elle.

Elle prit Sir Reginald dans ses bras et marcha d'un pas rapide vers la plus proche rue adjacente. Tandis qu'elle tournait au coin, elle jeta un coup d'œil en arrière et vit que les deux officiers de police ne semblaient pas encore l'avoir remarquée. Sir Reginald lui échappa des bras à cet instant et atterrit par terre en poussant un aboiement sonore.

London se retourna vers le chien pour se trouver nez-à-nez avec une autre personne vêtue de l'uniforme d'Epoch World. La femme recula de quelques pas et elles restèrent à se fixer l'une l'autre, abasourdies.

« Que faites-vous ici ? » balbutièrent quasiment en même temps London et Amy Blassingame.

London se souvint qu'elle était la supérieure hiérarchique d'Amy.

« Commencez la première » demanda-t-elle.

Amy poussa un soupir plaintif.

« D'accord, si vous voulez tout savoir, je suis en chemin pour rencontrer quelqu'un. J'ai eu peur quand le chien m'a aboyé dessus, rien de plus»

« Pour rencontrer quelqu'un ? » s'exclama London. « Pourquoi vous... »

« Pourquoi j'ai filé en douce du bateau ? » répliqua Amy. « Oui, pourquoi ? J'imagine qu'on pourrait toutes deux se faire arrêter aujourd'hui. »

Frappée du ridicule de la situation, London émit un petit rire.

Amy sourit d'un air légèrement narquois en guise de réponse et pointa du doigt un homme assis seul à une table dans un café tout proche.

« Voilà ma raison. » dit-elle.

London le reconnut immédiatement. C'était l'homme avec qui Amy avait flirté la veille au matin à l'extrémité de la passerelle.

« Qui est-ce ? » demanda-t-elle.

« Il s'appelle Sandor Füst. »

« Il s'agit donc d'un... rencard ? »

« Eh bien, oui, je suppose qu'on peut dire ça. J'ai fait sa connaissance hier matin quand vous vous apprêtiez à sortir pour la visite guidée. Il m'a dit que si jamais je parvenais à m'échapper pour le retrouver, il serait ici aujourd'hui. Je lui ai dit que nous ne serions alors plus là mais bien entendu, je ne pouvais pas prévoir qu'il y aurait un meurtre et que nous serions retenus ici. Mais il avait dit qu'il serait là de toute façon, juste au cas où. »

Amy haussa les épaules et poursuivit. « Mais quand la police est montée à bord tout à l'heure puis que le capitaine a dit que nous n'avions plus le droit de sortir... »

Amy leva les yeux au ciel comme une adolescente.

« Oh London, j'ai cru devenir folle en sachant que Sandor était dehors à attendre que... je le... rejoigne en quelque sorte. Je suis allée dans le hall de réception voir si je pouvais trouver un moyen pour m'éclipser du bateau et puis... »

Elle se tut mais London comprit ce qu'elle voulait dire.

« Vous avez vu ce qu'Elsie et moi étions en train de faire » compléta-t-elle.

« C'est ça. J'ai vu comment Elsie détournait l'attention de ce policier puis la manière dont vous vous êtes échappée. Elsie paraissait bien s'amuser avec lui. Il est resté longtemps distrait après votre départ, ainsi j'ai eu tout le temps de… »

Amy haussa les épaules.

« Disons que j'ai saisi l'occasion. Je sais, ça ne me ressemble pas de me montrer aussi spontanée et insouciante. Mais voilà, c'est comme ça. London, je suis tellement heureuse de m'être jetée à l'eau ! Sandor et moi ne nous connaissons pas du tout, je ne parle pas le hongrois et lui ne connait pas l'anglais. Mais c'en est d'autant plus excitant. Nous avons instantanément ressenti une forte connexion entre nous, dès l'instant de notre rencontre sur la berge. Ne trouvez-vous pas ça romantique ? »

London ne put nier que cela avait tout l'air d'une belle aventure. Elle n'aurait pas cru Amy capable de se montrer aussi téméraire. Celle-ci non plus d'ailleurs. La soi-disant 'chipie' se révélait étonnamment audacieuse.

« Alors maintenant, si ça ne vous dérange pas… » dit Amy, s'avançant vers l'homme qui continuait de lui faire signe.

London l'arrêta.

« Attendez une minute, Amy » dit-elle. « Ce n'est pas une bonne idée. »

Amy ricana.

« Oh, vous pouvez parler. Que faites-*vous* à terre au fait ? »

« J'essaie de trouver qui a tué Mme Klimowski. »

« N'est-ce pas le travail de la police ? »

London réprima un soupir agacé.

« Théoriquement » dit-elle.

« Que voulez-vous dire par théoriquement ? »

« Le chef de la police, l'Alezredes Borsos m'a interrogée tout à l'heure dans le bureau du capitaine. Et je ne suis pas certaine de savoir ce qu'il est en train de faire. Pour ne rien arranger, il se conduit comme s'il *me* soupçonnait. »

« Vous ? »

« En effet. Encore autre chose. J'ai reçu un appel téléphonique de Monsieur Lapham pour me dire que je devais moi-même résoudre l'enquête. »

Amy écarquilla les yeux.

« C'est ce qu'il vous a *ordonné* ? »

London acquiesça.

« Je suppose que vous feriez mieux de vous remettre au travail alors » dit Amy.

« Et vous de retourner sur le bateau » ajouta London.

« Mais London, *pourquoi* ? Allez vivre votre petite aventure à votre guise. Mais pourquoi ne pas me laisser avoir la mienne également ? »

London avait bien une dizaine de raisons à lui opposer, incluant le fait que tout lien entre employés et autochtones allait probablement à l'encontre du règlement d'Epoch World Cruise Lines. Elle avait cependant une raison bien plus sérieuse de s'inquiéter.

« Amy, écoutez-moi. Vous avez vu comment ça se passe sur le bateau. C'est le chaos. Personne ne comprend ce qu'il en est. C'est déjà très risqué que je sois dehors. Si la police s'aperçoit également que vous n'êtes plus là, ça ne fera qu'empirer les choses. Ils pourraient même *vous* soupçonner. »

« Oh mon Dieu ! » s'exclama Amy.

London comprit à son expression que tout le plaisir de son idylle romantique venait de s'évanouir.

« Vous feriez mieux de rentrer » dit London.

« D'accord » dit Amy. « Mais que vais-je dire au policier qui garde la passerelle ? Comment lui expliquer ce que je faisais dehors ? »

London réfléchit un instant. Elle faillit conseiller à Amy de dire au garde qu'il aurait des ennuis si Borsos s'apercevait qu'il l'avait laissée quitter le bateau et qu'en conséquence, il ferait mieux de la laisser remonter tranquillement à bord. Mais elle se choqua elle-même d'envisager, même hypothétiquement, de faire usage d'une manœuvre aussi minable.

« Pourquoi pas la vérité ? » dit-elle. « Que vous aviez un rencard ? »

« Etant donné que je n'ai aucune excuse *valable* » dit Amy en penchant la tête, « je suppose que dire la vérité conviendra tout aussi bien. Ça n'aggravera rien en tout cas. Mais... que dois-je dire si on m'interroge à votre sujet ? »

London aurait volontiers suggéré à Amy de mentir, de dire qu'elle ne l'avait pas vue. Sauf que ce n'était pas la chose à faire – encore moins quand elle-même était désespérément en quête de la vérité.

« Dites juste la vérité » dit-elle. « Que je suis sortie pour mener l'enquête de mon côté. Borsos ne va pas apprécier mais... eh bien, ça m'est plutôt égal pour tout dire. Il me faut juste un peu de temps pour vérifier deux ou trois choses. »

« Très bien » dit Amy, l'air à la fois déçue et effrayée. Elle montra l'homme assis au café et ajouta. « Vous pensez que je peux aller dire à Sandor que je suis obligée de partir ? »

London hésita quelque peu. Elle venait de se rendre compte qu'elle perdait un temps précieux à discuter avec Amy. Elle devait sur le champ se remettre à la tâche qu'elle s'était engagée à accomplir.

« Vous *promettez* de faire vite ? » demanda London.

Amy acquiesça.

« Et *aussi* de ne pas changer d'avis et de retourner au bateau ? » ajouta London.

Amy acquiesça de nouveau.

« Très bien alors. On se revoit plus tard. »

« Faites attention à vous, London » dit Amy tout en se dirigeant vers le café.

« C'est promis » dit London.

Toujours immobile, Reginald tira sur sa laisse comme s'il voulait rester avec Amy.

« Allez viens » dit London en l'entraînant. « Poursuivons les recherches. »

Prêt à reprendre la piste, Reginald se précipita en avant. London s'empressa à sa suite.

Sir Reginald tourna à un coin de rue, London toujours derrière lui. Ils étaient à présent tout près du restaurant Magyar Öröm, dans les rues qu'ils connaissaient déjà. London se demanda si Mme Klimowski était passée par là juste avant d'être tuée ? Son cerveau commença à bouillonner tandis qu'elle essayait de comprendre ce qui était arrivé.

Au coin d'une rue un peu plus loin, une vue familière attira son regard. C'était l'étal du marchand qu'elle avait vu la veille – celui qui avait tant captivé Sir Reginald.

Il semblait de nouveau s'y intéresser. En fait, il tira même sur sa laisse pour s'en approcher.

L'étal était fermé l'après-midi de la veille mais une femme âgée y vendait à présent des fleurs.

London écarquilla les yeux lorsqu'une chose au milieu des bouquets attira son attention.

Voilà peut-être l'indice que je cherchais.

CHAPITRE VINGT-QUATRE

Là, sur le comptoir devant la marchande, parmi une profusion de lys, de violettes, de tulipes et d'autres variétés de fleur.

Un bouquet de grosses fleurs jaunes dans un vase haut.

Des tournesols, réalisa London. *Petits, mais des tournesols quand même.*

Exactement comme celui qu'elle avait vu la veille dans un endroit des plus improbables.

Comme Sir Reginald tirait énergiquement sur sa laisse, London le prit dans ses bras et s'avança en direction de la femme corpulente aux cheveux blancs qui tenait l'étal de fleurs. Parvenus à son niveau, Sir Reginald poussa un aboiement amical et la femme s'exclama joyeusement en le reconnaissant.

« Oh te revoilà *toi* ! » dit-elle au chien en hongrois. « Ça fait plaisir de te voir ! »

Puis elle regarda London avec curiosité.

« Mais je ne vous reconnais pas » dit la femme.

Elle continua néanmoins de bavarder en hongrois, un peu trop vite pour que London puisse complètement la suivre. Mais elle dit en substance qu'une autre personne était venue ici la veille avec ce même chien.

« C'était une femme qui semblait très malheureuse » dit la femme, parlant plus lentement afin que London puisse mieux la comprendre. Elle était visiblement habituée à s'adresser aux touristes et savait comment communiquer avec eux. « Elle était en pleurs quand elle est arrivée ici. Je lui ai offert un tournesol pour la réconforter. »

London sentit sa gorge se nouer.

Mme Klimowski semblait si bouleversée lorsqu'elle avait quitté le Magyar Öröm que London n'aurait pas dû être surprise outre mesure.

Et malgré tout, cela rendait la mort de Mme Klimowski encore plus triste.

La marchande prit un tournesol qu'elle offrit à London.

« J'adore les tournesols à cette époque de l'année » dit-elle. « Plus tard, en été, on peut en voir des champs entiers à la campagne. Des gros, pas comme ces petits qui sont produits en serres. Nos graines de tournesol viennent de chez un gros exportateur hongrois. »

Elle hocha fièrement la tête et ajouta. « La femme n'a pas cessé de pleurer mais elle m'a parue reconnaissante pour la fleur. Elle m'a laissé caresser son chien. »

La marchande gratouilla Sir Reginald sous le menton.

« S'il vous plaît pouvez-vous me dire… qu'est-il arrivé d'autre quand elle était là ? » demanda London.

La femme parut quelque peu déroutée par la question.

« Eh bien, elle m'a un peu parlé mais c'était en anglais et je connais très peu cette langue. Cependant je me souviens qu'elle m'a dit quelque chose comme… »

La femme s'arrêta, essayant de retrouver les mots exacts en anglais.

« 'J'ai besoin de spiritualité…' Quelque chose avec spiritualité… Je ne me rappelle plus… »

« Un réconfort spirituel ? » suggéra London, ayant en mémoire ce qu'avait dit Mme Klimowski peu avant leur visite de la Basilique Saint-Etienne à Budapest.

« Oui, c'est ça. Je crois qu'elle a utilisé le mot 'réconfort'. Elle a dit que sa vie avait été 'tragique'. »

De nouveau, London ressentit une pointe de tristesse en entendant le refrain familier de Mme Klimowski.

« Que s'est-il passé ensuite ? » demanda-t-elle.

« Elle est partie. »

« A-t-elle dit où elle allait ? »

« Non. »

Une théorie commença à se faire jour dans l'esprit de London. Elle n'avait pas besoin que la marchande de fleurs lui dise où Mme Klimowski s'était ensuite rendue. London savait parfaitement où elle était allée pour trouver du 'réconfort spirituel'. La veille, le gardien à la porte de la basilique portait exactement le même genre de tournesol à sa boutonnière : une décoration plutôt bizarre et trop grosse à porter sur un uniforme.

Ce n'est pas une coïncidence, se dit-elle.

C'est impossible.

Avant que London ne puisse poser d'autres questions à la marchande, Sir Reginald la mit en garde en poussant un faible grognement.

London jeta un coup d'œil alentour. Plus bas dans la rue, elle vit un groupe de quatre policiers consulter l'écran d'un téléphone portable. L'un d'eux le montra du doigt et fit de même en direction de London.

Alarmée, le cœur de la jeune femme battait la chamade.

Elle avait eu raison de s'inquiéter et penser que Borsos était capable de lancer un avis de recherche contre elle. Les données sur le portable pouvaient fort bien comporter une photographie d'elle, ou au moins son uniforme. Et sans surprise, ces policiers venaient tout juste de la repérer.

Si seulement j'avais eu le temps d'enfiler une autre tenue, songea-t-elle.

Mais impossible de revenir en arrière. Elle devait agir vite. Elle prit son portefeuille et en sortit environ quatre-cents forints qu'elle disposa sur le comptoir.

« Tenez » dit-elle.

« C'est pour quoi ? » demanda la marchande avec étonnement.

« Pour la fleur » dit London. « Et votre aide. Et pour avoir fait preuve d'autant de gentillesse. »

« Mais c'est trop ! » dit la femme.

« Je vous en prie, prenez-les. Je dois y aller maintenant. »

London comprit qu'elle n'avait pas une seconde à perdre. Les quatre policiers s'avançaient désormais vers elle d'un pas vif. Elle regarda anxieusement autour d'elle pour trouver une issue et aperçut une ruelle étroite.

Tenant Sir Reginald dans ses bras ainsi que le tournesol, elle s'y précipita.

C'est inutile, se dit-elle en se mettant à courir.

Les policiers l'avaient sûrement aperçue filer dans cette allée. Ils allaient la rattraper en quelques secondes. Mais elle devait tout de même essayer de les semer. Elle descendit un petit escalier à l'arrière d'un bâtiment et se cacha derrière, désormais hors de vue.

Elle entendit bientôt des bruits de pas et les policiers s'exprimer en hongrois. Puis le son de leurs pas et de leurs voix déclinèrent au moment où ils poursuivirent dans l'allée. Elle risqua un bref coup d'œil par-dessus l'escalier et vit qu'ils étaient partis. Elle retourna prudemment dans la ruelle.

« Tout va bien – pour l'instant » dit-elle à Sir Reginald.

Le chien grogna faiblement comme en désaccord.

« Ils vont revenir – je le sais » reconnut-elle. « Puis il y a en aura d'autres. Nous ne pouvons pas passer toute la journée à fuir tous les officiers de police de Győr. Nous serions vite rattrapés, si seulement on pouvait arriver à la basilique avant eux... »

Elle courut jusqu'au bout de l'allée et regarda au coin pour voir si d'autres policiers étaient en vue. Puis elle réfléchit à un moyen de rejoindre à la basilique en empruntant un chemin détourné.

Si seulement je pouvais arriver là-bas à temps, se dit-elle.

Que Mme Klimowski n'ait en fin de compte pas été tuée par une personne du *Nachtmusik* paraissait soudainement envisageable. Et si London continuait d'avoir de la chance, elle se retrouverait peut-être bientôt face à l'assassin.

CHAPITRE VINGT-CINQ

Alors qu'elle débouchait de l'allée pour émerger dans une rue transversale, London entendit le hululement d'une sirène de voiture de police à proximité.

Les policiers qui l'avaient aperçue n'avaient pas perdu de temps à appeler des renforts.

Tenant toujours Sir Reginald dans ses bras, elle s'efforça de se remémorer le plan de la ville qu'elle avait étudié pour préparer la visite guidée. Elle avait passé du temps à examiner la carte, à retenir autant de noms de rues et de monuments que possible. Rien n'était plus embarrassant que se perdre en pleine visite guidée, et les rues sinueuses et labyrinthiques de Györ pouvaient représenter un vrai défi, même en des circonstances normales.

Sauf qu'il ne s'agit pas de circonstances normales, songea-t-elle.

Elle était traquée et devait se dépêcher si elle voulait échapper à la police. Etait-elle capable de filer jusqu'à la basilique sans se perdre ni se faire repérer ?

Elle connaissait le chemin en partant de l'étal de fleurs à l'autre extrémité de l'allée mais n'osa pas repartir par-là pour l'instant.

Pour commencer, il fallait qu'elle sache exactement où elle se trouvait. Elle alla voir un poteau indicateur à l'autre bout de la rue.

Comme elle l'avait espéré, la rue s'appelait *Hó Köz*. Ça voulait dire qu'elle n'était pas encore perdue. Elle emprunta cette rue jusqu'à une rue piétonne bordant l'une des nombreuses places publiques de la ville. Si elle poursuivait dans cette ruelle, elle savait qu'elle se dirigerait au moins vers la bonne direction.

Mais je dois faire vite, se dit-elle.

Elle fila parmi les passants, avec l'impression pénible d'être facilement repérable dans son uniforme d'Epoch World Cruise Lines, sans compter le chien dans ses bras. Puis elle aperçut un policier droit devant elle. Il parlait à quelqu'un et ne l'avait pas encore vue. Malgré cela, elle n'eut pas envie de passer précipitamment devant lui. A la place, elle bifurqua dans une rue du nom de *Káposztás köz*. Visualisant la carte dans sa tête, elle analysa qu'elle se trouvait sans doute plus ou moins dans la bonne direction.

Ou pas ?

Les grands bâtiments anciens aux murs enduits et aux toits de tuiles semblaient s'incliner et l'entourer de façon presque narquoise, l'empêchant de pouvoir se repérer. La vue se dégagea un peu lorsqu'elle parvint dans une autre allée le long d'une autre place. Elle était toujours à peu près sûre d'être sur la bonne voie.

Mais elle n'alla pas bien loin, deux policiers firent soudain irruption. Ils étaient en pleine discussion et avançaient droit sur elle. Ils remarqueraient sa présence d'unes seconde à l'autre.

Où pouvait-elle se cacher ?

London se précipita à l'intérieur d'un petit café animé donnant sur la rue. Elle se tint au milieu des tables bondées, consciente d'être à peine moins visible à travers la fenêtre que dans la rue.

Elle jeta un coup d'œil et vit que les deux policiers qu'elle tentait d'éviter s'étaient arrêtés juste devant le café afin de poursuivre leur discussion. Ils observaient également la rue de haut en bas – assurément à sa recherche. S'il prenait l'idée à l'un d'eux de tourner la tête de son côté, elle serait repérée à coup sûr.

De nombreux clients étaient assis aux tables du café et elle fut soulagée de constater qu'ils ne lui prêtaient aucune attention. Elle s'effondra sur une chaise vacante.

London se retrouva en face d'un gros homme barbu qui parut surpris de la voir. Mais il afficha ensuite un large sourire.

S'exprimant dans le meilleur hongrois possible, elle dit. « Est-ce que ça vous ennuie si je m'assoie ici un moment ? »

La lorgnant par-dessus la table, l'homme répondit. « Vous pouvez même vous y asseoir encore plus longtemps que ça, ma petite. Vous êtes aussi jolie que votre fleur – davantage même, à mon avis. »

Il faisait bien sûr référence au tournesol que London tenait toujours dans sa main.

« Faites donc, je vous prie » ajouta-t-il. « Je ne suis pas pressé… et j'espère que vous non plus. »

London déglutit péniblement en s'asseyant. Elle posa Sir Reginald sur ses genoux. Par chance, elle tournait le dos à la fenêtre du café et n'était donc pas particulièrement repérable de l'extérieur. Le miroir derrière le comptoir lui permettait d'observer la fenêtre de là où elle était. Mais elle se demanda combien de temps elle allait rester coincée ici, assise en compagnie de ce monsieur dragueur et peu séduisant.

Elle se força à sourire et essaya de trouver quelque chose à dire mais rien ne lui vint à l'esprit pour expliquer son comportement.

« Américaine ? » demanda l'homme.

London acquiesça.

« Ah » dit l'homme en anglais. « Alors je peux peut-être mettre en pratique mes connaissances. Discuter, c'est la meilleure façon pour apprendre. »

London se retint de lui dire poliment que cela lui ferait très plaisir. Elle ne voulait pas avoir l'air de l'encourager.

« Je m'appelle Taavi Muszca » lui dit-il. Puis il ajouta en riant, « Je crois que le nom 'Taavi' signifie 'adoré' dans votre langue. »

London s'obligea à rire légèrement mais sans que cela ne paraisse très naturel.

Muszca regarda le badge qu'elle avait à sa veste.

« Et je vois que vous vous appelez London Rose. Ravi de faire votre connaissance, London Rose. »

« Moi de même… Taavi Muszca » répondit London, mal à l'aise.

Hochant la tête vers Sir Reginald, l'homme poursuivit. « Normalement les chiens ne sont pas admis ici. Mais ça n'a pas d'importance. Je suis le propriétaire de ce café. C'est moi qui fixe les règles. Faites comme il vous plaira. »

Voilà qu'il essaie de m'impressionner maintenant, songea-t-elle.

Sans succès, bien sûr. Il ne faisait que rendre London plus nerveuse, mal à l'aise et impatiente de s'en aller. Mais lorsqu'elle regarda dans la glace derrière le bar, elle vit que les deux policiers semblaient s'être arrêtés devant le café. Toujours à sa recherche, ils regardaient attentivement dans chaque direction mais pas vers la fenêtre, sans paraître décidés à se rendre autre part pour le moment.

« Peut-être aimeriez-vous boire quelque chose, London Rose » dit Muszca sur un ton plutôt rigide et pédant. « Je bois un simple *fekete kàvé* – un 'café noir' en anglais. Je vous recommande quelque chose de plus savoureux, de plus traditionnellement hongrois. Peut-être voudriez-vous une tasse de *bécsi kàvé* – un café servi avec de la glace, du chocolat et de la crème fouettée. »

Ça avait l'air délicieux. Mais pour le moment, London ne se souciait que d'une chose : partir d'ici et retourner à la basilique.

« Je vais commander pour vous – c'est la maison qui régale bien entendu » dit l'homme.

Il fit claquer ses gros doigts pour faire venir un serveur.

« Attendez » dit London pour l'arrêter.

« Comment ? » dit Muszca.

Quoi comment ? songea London.

Elle allait devoir improviser pour se sortir de cette situation. Sauf qu'elle ne voyait pas comment. Elle voyait toujours les policiers dans le miroir.

« Ce café comporte une cuisine ? » finit-elle par demander.

« Évidemment » dit Muszca. « Nous servons à manger ici tout au long de la journée. Avez-vous pris un petit-déjeuner ? Nous avons arrêté d'en servir il y a peu mais je suis sûr de pouvoir convaincre mes cuisiniers de faire une exception pour une si charmante jeune femme. »

London se sentit un peu barbouillée. Mais un plan commençait à prendre forme dans sa tête.

« Nous sommes connus pour nos *rántotta*, nos œufs brouillés » ajouta Muszca. « Ils sont préparés avec du bacon, du poivre et des saucisses appelées *kolbász*. »

« Oui, ça doit être délicieux mais… »

« Mais quoi ? »

« Ça me plairait énormément de voir comment c'est préparé. Votre cuisine doit être superbe. »

Muszca sourit avec fierté, sa vanité visiblement piquée.

« Mais je vous en prie, London Rose » dit-il. « Je vais préparer les *rántotta* moi-même. »

Il se leva de sa chaise et aida galamment London à se lever de la sienne. Puis il lui offrit son bras, qu'elle accepta avec réticence. Le chien poussa un grognement mécontent tandis qu'elle le changeait de côté pour le tenir au creux de son autre bras. Elle était soulagée que Sir Reginald se montre si patient et qu'il ne se fasse pas remarquer en aboyant trop fort pour exprimer sa contrariété.

Tandis que Muszca la conduisait à travers le café, London remarqua que les serveurs la lorgnaient du regard en hochant la tête d'un air approbateur. Ils semblaient habitués à voir leur patron se conduire ainsi avec les femmes.

Elle commençait réellement à avoir hâte d'en avoir fini au moment où il lui fit franchir la porte à double battant. La cuisine était petite mais bien équipée, avec des fours, des cuisinières, des plans de travail en inox. Plusieurs hommes habillés tout en blanc et portant des toques s'activaient à la tâche. Il faisait chaud, l'atmosphère embaumait d'odeurs délicieuses. Sir Reginald tourna la tête, reniflant avec intérêt.

Du calme, Sir Reginald, se dit-elle.

Elle serait vraiment dans la mouise s'il lui échappait des bras juste à ce moment.

« Une invitée d'honneur ? » demanda l'un des cuisiniers à Muszca en faisant un clin d'œil.

« Effectivement » répondit Muszca en hongrois. « Une jeune Américaine, elle ne connait ni notre pays ni notre cuisine – ni d'ailleurs

161

notre langue. Elle s'appelle London Rose. Elle aimerait voir comment je prépare un plat de *rántotta*. »

Derrière son dos, elle entendit deux des cuisiniers rire d'un air entendu.

« *Fogadok, hogy* » murmura l'un.

London savait ce que cela signifiait : « Tu m'étonnes qu'elle en a envie. »

Elle grinça des dents puis entendit l'autre répondre : *« Nagyon forró »*

Elle savait aussi ce que cela voulait dire : « Vraiment canon. »

Muszca fronça les sourcils devant le comportement indiscret de ses employés car il s'était visiblement aperçu, à son expression offensée, qu'elle comprenait leur langue.

Il commença à lui parler en anglais. « Ne faites pas attention à ces garçons mal élevés... »

Mais London n'écouta pas ses propos. Elle venait de repérer ce qu'elle espérait trouver. Plus loin au niveau de la zone de préparation des plats, à côté d'une trancheuse électrique, se trouvait une porte qui paraissait conduire à l'extérieur.

La porte donnait peut-être sur les toilettes, un bureau ou... ?

Elle n'hésita qu'une fraction de seconde puis se dégagea du bras de Muszca. Serrant fermement le petit chien contre elle, elle se précipita vers la porte, l'ouvrit grand et détala.

Tandis que la lourde porte se refermait derrière elle, London fut soulagée en constatant qu'elle était bien dehors, dans une autre ruelle, sans aucun policier en vue. Et même si elle ne savait pas exactement où cette allée pouvait bien mener, elle voyait à peu près où se situait la basilique à partir de là.

Elle se mit à courir tout en parlant à Sir Reginald.

« Tu t'es très bien conduit tout à l'heure. Je commence à penser que toi et moi formons une bonne équipe. »

Elle entendit la porte du café s'ouvrir à la volée derrière elle, suivie de Muszca criant après elle en hongrois. Elle ne put distinguer ce qu'il disait à cette distance, mais il paraissait plus dérouté et blessé que vraiment en colère.

Pas de bol, songea-t-elle.

Elle continua sans reprendre son souffle jusqu'au bout de l'allée, qui débouchait sur une rue plus large indiquant *Káptalandomb*. Elle savait qu'il s'agissait du nom du quartier et non de la rue. Malgré tout, elle crut se rappeler d'après la carte que cette rue menait exactement dans la bonne direction.

Elle regarda des deux côtés, n'apercevant toujours aucun policier. Elle quitta prudemment la ruelle et fut soulagée de voir un bâtiment bien connu devant elle : le clocher central de la cathédrale Notre-Dame de l'Assomption.

Cette dernière se trouvait néanmoins encore à un pâté de maison et London avait l'impression d'être plus visible et vulnérable que jamais. Elle doutait fortement de parvenir à arriver là-bas sans être repérée par la police. Mais peut-être que cela n'aurait pas d'importance si elle parvenait à accomplir à temps ce qu'elle espérait faire.

En se rapprochant de la cathédrale, elle fut contente de voir que le même gardien bien habillé et un peu bedonnant se trouvait toujours posté à l'entrée. Il ne portait plus de fleur mais elle se rappelait très bien celle arborée la veille.

Elle savait désormais qui lui avait offert ce tournesol. Il avait forcément remarqué cette dame riche venue à la basilique. Il avait offert un verre d'eau ou autre chose à Mme Klimowski puis avait tenté de s'emparer du collier. Il avait été interrompu pour une raison quelconque et avait dû abandonner le bijou.

London se précipita vers lui et il la regarda avec curiosité.

Elle ralentit en arrivant à son niveau.

A présent qu'elle se trouvait face à lui, elle ne savait plus quoi dire.

Comment aborde-t-on un assassin ?

CHAPITRE VINGT-SIX

La sirène d'une voiture de police toute proche rappela à London qu'elle ne disposait que de très peu de temps. Sir Reginald toujours calé sous son bras, elle s'arrêta juste devant le gardien.

« Je voudrais vous parler » lui dit-elle en hongrois.

Il lui sourit d'un air accueillant.

« Je serais heureux de vous aider de quelque manière que ce soit » répondit-il.

Un bruit de pas résonna sur le pavé derrière London, lui annonçant que la police l'avait rattrapée.

Elle était sur le point d'être arrêtée.

D'ici quelques instants, elle serait emmenée de force loin d'ici, peut-être en prison.

Le gardien parut intrigué en regardant derrière London. Il la scruta ensuite plus attentivement.

« Oh je vous reconnais » dit-il. « Vous êtes venue hier. Vous êtes celle qui… »

« En effet, c'est moi qui suis venue et vous ai annoncé le décès de la vieille dame. »

« Ça a été si affreux » dit-il en secouant la tête. « Et depuis j'ai entendu dire qu'elle avait été tuée. Mais… que veulent donc ces policiers ? »

London ne pouvait plus continuer de faire semblant de les ignorer. Elle regarda tout autour d'elle et vit un demi-cercle de policiers près d'elle et du gardien. Pire encore, l'Alezredes Borsos en personne émergea alors d'une voiture de police qui venait juste de se garer.

« Je vous en prie, ne m'arrêtez pas encore » implora London aux policiers. « S'il vous plaît, laissez-moi parler à cet homme. Juste un instant. C'est tout ce dont j'ai besoin. »

Les policiers en uniforme tournèrent leur regard vers Borsos.

« Très bien, laissez-lui un instant » leur dit-il en hochant la tête, apparemment disposé à satisfaire la requête de London. De plus, il semblait plutôt amusé du pétrin où elle s'était fourrée et impatient de voir la suite.

Sait-il quelque chose que j'ignore ? se demanda-t-elle.

London regarda fixement le gardien.

« Qu'avez-vous fait à cette femme ? » interrogea-t-elle. « Et pourquoi ? Aviez-vous l'intention de voler le collier ? Vous avez été interrompu ? Que s'est-il passé ? »

« Je ne comprends pas » balbutia-t-il. « J'ai déjà dit tout ce que je sais à l'Alezredes. »

« J'aimerais que vous *me* le répétiez » dit London.

Elle posa Sir Reginald par terre en le tenant par sa laisse. Le petit chien resta là, regardant les policiers tout autour d'un air menaçant.

London tendit le tournesol au gardien.

« Vous en portiez un à votre boutonnière hier » dit-elle. « D'où venait-il ? »

« C'est cette dame qui me l'avait donné » dit-il. « Lorsqu'elle est entrée dans la basilique. J'ai dit à l'Alezredes… »

« Elle vous l'a donné, c'est tout ? » l'interrompit London. « Que vous a-t-elle dit ? »

« Qu'elle avait besoin de 'réconfort spirituel' il me semble. Elle a dit qu'elle était triste et qu'une personne lui avait donné cette fleur par gentillesse, qu'à présent l'offrir à son tour à quelqu'un d'autre la faisait se sentir mieux. Puis elle est entrée à l'intérieur. »

« Et vous ne l'y avez pas suivie ? Vous ne lui avez rien donné… quelque chose à manger ou à boire ? »

« Je ne suis pas entré à l'intérieur » dit fermement le gardien. « Je reste toujours à mon poste. »

« Vous ne l'avez pas empoisonnée ? »

L'homme écarquilla les yeux, alarmé.

« Bien sûr que non ! Je ne ferais jamais de mal à personne. »

Les certitudes de London s'ébranlèrent tandis qu'elle commençait à voir en quoi son hypothèse posait problème. Si le portier avait tué Mme Klimowski, il n'aurait probablement pas gardé sa fleur. Celle-ci signifiait simplement qu'elle lui avait parlé, rien de plus.

Et néanmoins, cet homme doit savoir quelque chose.

« *Qui* était avec elle dans ce cas ? » demanda-t-elle.

« Elle est venue seule » dit le gardien. « Mais il y avait un groupe pour une visite guidée au même moment. Exactement comme maintenant. »

London vit alors un groupe de dix ou douze touristes en train de suivre leur guide à l'intérieur de la cathédrale.

Le gardien continua. « Le groupe est parti et je me suis dit qu'elle était restée seule pour prier, ainsi que le font certaines personnes. C'est à ce moment-là que vous êtes arrivée et… »

Il se tut de nouveau.

London se creusa la cervelle autant qu'elle put.

Elle remarqua également que Sir Reginald se tenait tranquillement assis, qu'il regardait les policiers mais ne prêtait aucune attention au gardien.

Si le gardien était l'assassin de Mme Klimowski, le chien montrerait sûrement des signes d'agitation, songea-t-elle.

Elle faillit presque s'esclaffer devant ses attentes irréalistes.

Ce n'est qu'un chien, se rappela-t-elle.

L'Alezredes Borsos s'avança et s'adressa à London dans son anglais hésitant.

« Etes-vous satisfaite ? » lui demanda-t-il. « Je n'étais pas certain que vous me croiriez, alors j'ai préféré vous laisser lui poser directement des questions. »

L'Alezredes paraissait plein d'arrogance à présent, visiblement content de l'avoir laissée se ridiculiser.

« Cet homme dit la vérité » ajouta-t-il. « Nous avons demandé à des témoins qui confirment qu'il est resté à son poste tout le temps que la dame était à l'intérieur. Il n'est jamais entré lui-même. Des touristes sont entrés et ressortis. Ceux que nous avons pu retrouver et qui ont été interrogés ont dit qu'ils n'ont pas prêté attention à la femme, encore moins à une personne pouvant se trouver avec elle. Rien d'étonnant à cela. Des gens viennent tous les jours s'asseoir dans ce sanctuaire pour y prier. »

London ravala péniblement sa salive.

Il paraissait désormais de plus en plus probable qu'elle avait commis une énorme erreur.

« A présent » lui dit Borsos, « voulez-vous bien m'accompagner jusqu'à la voiture ? Je préférerais ne pas avoir à... eh bien, me montrer insistant, comme on dit dans votre langue. »

London comprit qu'elle n'avait plus le choix. Si elle ne coopérait pas, on lui passerait sans doute les menottes juste là, devant la cathédrale Notre-Dame de l'Assomption. Est-ce qu'une personne du bateau viendrait pour la libérer sous caution ou son cas causerait-il un incident diplomatique ?

Il est plus probable que je croupirais en prison et qu'on m'oubliera, songea-t-elle en soupirant.

Tenant toujours Sir Reginald en laisse, elle suivit Borsos jusqu'à la voiture. Tous deux s'assirent à l'arrière tandis que le chien bondit au milieu.

« Je me doutais depuis le début que vous aviez quitté le bateau » dit l'Alezredes avec un sourire légèrement sarcastique. « C'est vrai ce

166

qu'on dit à propos des Américains – que vous aimez la liberté plus que tout. »

London comprit qu'il disait cela pour plaisanter. En d'autres circonstances, elle aurait même trouvé ça drôle. Mais ce n'était pas le cas actuellement.

Borsos se caressa le menton d'un air pensif.

« Je trouve cela profondément intéressant, » dit-il, « que vous preniez autant de peine pour trouver un responsable à accuser. »

« Un responsable à accuser ? » répéta London, stupéfaite. « Ce n'est pas ça que je cherche. J'essaie de trouver qui a tué Mme Klimowski. »

« C'est votre version, du moins » dit Borsos d'une voix mielleuse, l'air méfiant.

London commença à se sentir irritée.

« D'accord, j'ai commis une erreur » dit-elle. « Mais ce n'est pas entièrement de ma faute. Si vous n'étiez pas si… si *cachottier* sur tout, tout ceci ne serait jamais arrivé. Je n'avais aucune idée que vous aviez eu confirmation de l'alibi du gardien. En fait, vous ne m'avez quasiment rien dit. Je ne sais même pas comment Mme Klimowski a été tuée. »

« C'est votre point de vue » répéta Borsos.

London se tut. Elle n'avait pas songé à cela au moment où elle avait voulu échapper à la perspective d'une vie terne et ennuyeuse. Elle eut presque l'impression d'entendre une voix au loin la réprimander.

Il faut planifier. Tout doit être organisé.

Elle avait rejeté l'offre de fusion de Ian et voilà qu'elle se trouvait dans un pays étranger, sous la surveillance de la police. Ian avait donc raison ?

Puis London s'aperçut que la voiture reprenait la direction du *Nachtmusik.*

« Vous n'allez pas m'arrêter, si je comprends bien » dit-elle.

« Pas encore » dit Borsos.

« Si vous me soupçonnez, dites-le moi tout de suite. »

Borsos rit d'un air narquois.

« *Hamarosan megtudjuk asszonyom* » dit-il.

London fut exaspérée d'entendre ces mots de nouveau : « En temps voulu ».

« Depuis que vous êtes partie » dit Borsos, « l'enquête a connu de nouveaux développements. »

« C'est-à-dire ? »

« Le Capitaine Hays a finalement pu s'entretenir avec l'avocat de la victime à New York. Elle n'avait apparemment aucune famille, pas d'héritiers. Mais c'était quelqu'un d'assez riche. Sa fortune va sans doute être - comment dit-on en anglais ? – 'bonne à s'emparer. »

London ne put s'empêcher de le corriger.

« 'Bonne à saisir', vous voulez dire. »

« C'est ça. »

« Qu'est-ce que vous sous-entendez ? Que j'essaie de m'emparer de la fortune de Mme Klimowski ? »

Borsos rit de nouveau.

« Vous avez déjà mis la main sur son chien » dit-il.

London n'en croyait pas ses oreilles.

« Qu'est-ce que le chien a à voir dans tout ça ? » demanda-t-elle.

« J'ai suggéré hier de remettre cet animal au chenil » dit-il. « Vous avez préféré le garder avec vous. »

« Je n'ai pas *choisi* de le garder ! » s'exclama London. « C'est juste que je prends soin de lui jusqu'à… »

« Oui, je me souviens de ce que vous avez dit. Jusqu'à ce qu'une personne de sa famille dise où l'envoyer. Sauf que nous savons désormais qu'elle n'avait probablement aucune famille. Je trouve tout cela des plus curieux. »

London était tout bonnement sidérée.

« Je m'occupe de ce chien uniquement pour rendre service » dit-elle. « Je n'ai aucune *envie* d'avoir un chien. Et je n'ai que faire de son argent. »

« Encore une fois, c'est votre version » répéta Borsos. « *Hamarosan megtudjuk.* »

London n'ajouta plus un mot tandis que la voiture de police se garait à l'extrémité de la passerelle du *Nachtmusik*.

Je suis toujours soupçonnée de meurtre, se rappela-t-elle.

Ou du moins je fais partie des suspects.

London comprit qu'il lui fallait absolument trouver un plan digne de ce nom.

CHAPITRE VINGT-SEPT

Épuisée par la fatigue et le découragement, London sentit son corps lui peser lourdement en sortant de la voiture. Même Sir Reginald paraissait tout morose dans ses bras, comme s'il partageait son désespoir.

Et ce n'est guère étonnant, songea-t-elle.

Sa course folle et effrénée dans toute la Vieille Ville de Györ n'avait servi à rien.

A rien du tout.

Elle n'était parvenue qu'à accuser un innocent de meurtre avant de se faire embarquer de force par la police. Non seulement elle s'était ridiculisée mais elle avait peut-être contribué à retarder les recherches de la police pour retrouver le meurtrier.

Qu'étais-je censée faire d'autre ? se demanda-t-elle.

Sa réticence à jouer les détectives avait à présent complètement disparu. Résoudre l'enquête l'obsédait de plus en plus à chaque minute.

Elle regarda l'Alezredes Borsos qui était lui-même sorti de la voiture pour l'escorter jusqu'au bateau.

« Je suppose que nous sommes toujours obligés de rester à bord » lui dit-elle.

« Effectivement » répondit-il. « Je ne me soucie pas vraiment de ceux qui pourraient monter à bord – tant qu'ils y restent ensuite. »

Il lui jeta un regard perçant et ajouta, « Mes hommes se montreront plus vigilants désormais en ce qui concerne la surveillance à bord. »

London préféra ne rien répondre. Elle vit que quatre policiers corpulents montaient à présent la garde au bout de la passerelle. Ni Elsie, ni Amy ni elle-même ne parviendraient à détourner leur attention ainsi qu'elles y étaient parvenues précédemment.

« Vous me trouverez dans le bureau du capitaine » lui dit Borsos tandis qu'ils traversaient le hall de réception pour prendre l'ascenseur. « Quant à vous, eh bien, reprenez simplement votre travail. Mais je veux que vous alliez vous présenter toutes les heures au capitaine… »

Il regarda sa montre et ajouta. « C'est-à-dire dans une heure à partir de maintenant. Si vous ne le faites pas, nous viendrons vous voir et vous devrez rendre compte de vos déplacements. Et je vous en prie, ne recommencez pas à jouer les Miss Marple, hein. »

Miss Marple ? se demanda London tandis que Borsos et elle prenaient l'ascenseur pour monter au pont Allegro.

Cela lui revint alors.

Ah oui. La vieille fille détective dans les romans d'Agatha Christie.

Elle ne fut pas tellement flattée par cette référence. Ceci dit, elle n'avait pas non plus apprécié celle avec Alice Détective. Après l'erreur qu'elle venait de commettre, elle ne méritait en aucun cas d'être comparée à un détective, quel qu'il soit.

C'est comme avec le baklava – mais en pire.

Borsos et elle sortirent de l'ascenseur. Il s'éloigna pour rejoindre le bureau du capitaine et elle se dirigea vers sa cabine. Elle s'aperçut que son bras était engourdi à force de porter Sir Reginald. Elle le posa par terre pour le tenir par sa laisse et il la suivit, bien que fort lentement.

« Tu es fatigué toi aussi, n'est-ce pas ? » lui dit-elle. « Eh bien, je te comprends. »

Ils se rendirent dans sa cabine et Sir Reginald se rendit près du lit en levant la tête d'un air mélancolique. La pauvre bête semblait trop épuisée pour bondir sur son lieu préféré où dormir. London s'aperçut qu'elle n'avait plus envie de batailler pour l'empêcher de monter dessus.

« Tu mérites de bien te reposer » dit-elle.

Elle le souleva et le posa sur le lit, où il s'endormit instantanément.

London poussa un soupir envieux. Elle aurait voulu pouvoir faire de même. Mais même si c'était ce qu'elle souhaitait, elle était trop énervée pour dormir. Elle désirait également vérifier autre chose avant.

Elle prit l'ascenseur pour redescendre sur le pont Menuetto.

Elle fut soulagée de constater qu'elle se trouvait seule dans la coursive, du moins pour le moment. La chance était avec elle. Elle se dirigea tout droit vers son but, la grande suite 'Beethoven', là où était descendue Mme Klimowski.

Arrivée devant la porte d'entrée, une nouvelle inquiétude se fit jour en elle. Faisant partie du personnel qualifié, elle détenait son propre passe. En temps normal, elle aurait parfaitement eu le droit d'aller et venir partout sur le bateau, y compris dans les cabines. Sauf que la situation n'avait désormais plus rien de normal. Et le fait qu'il n'y ait en ce moment aucun passager ne signifiait pas que personne n'était en train de la regarder.

Les caméras de surveillance, se rappela-t-elle, veillant à ne pas lever la tête vers elles.

N'importe quelle personne se trouvant devant les caméras de surveillance dans la station de contrôle était peut-être en train de l'observer en cet instant même. Mais peut-être n'était-ce pas le cas. Ou du moins pas tout le monde. Ou pas tout le temps. London ne pouvait être sûre de rien.

Il faut que je prenne le risque, se dit-elle. Elle glissa son badge dans la fente, ouvrit la porte et entra à l'intérieur.

C'était la première fois depuis la veille qu'elle retournait dans la cabine de Mme Klimowski, quand elle avait emmené Sir Reginald dans sa propre cabine. Elle prit une grande inspiration et fit le tour de la magnifique suite des yeux.

Que chercher ? Par où commencer ?

London eut brusquement la sensation d'être observée et se sentit frémir. Elle tressaillit avant d'éclater de rire lorsqu'elle aperçut devant elle le visage de Ludwig von Beethoven en personne, avec ses sourcils froncés et son air de ferme désapprobation.

London fronça les sourcils en retour devant le portrait au-dessus du lit.

« Ne me juge pas mal, Ludwig » murmura-t-elle. « Si je suis ici, c'est pour une bonne raison. »

Elle comptait examiner la suite de plus près, n'ayant pu le faire la veille. La pièce bien rangée était à présent en désordre. La police était visiblement déjà passée par là. London supposa qu'ils avaient dû prendre quelques photos mais qu'ils n'avaient pas dû emporter grand-chose, peut-être même rien du tout.

Le tiroir avec les bijoux était resté ouvert. Elle se souvint de ce que Borsos lui avait dit pendant le trajet de retour au bateau.

« Elle n'avait apparemment aucune famille, pas d'héritiers. »

Ce qui signifiait donc que toute sa fortune était, ainsi que l'avait formulé l'Alezredes Borsos, 'bonne à s'emparer.'

Sauf que personne ne semblait en vouloir.

Tandis que London se remémorait les événements des derniers jours, une pensée troublante s'insinua en elle.

Je dois faire erreur quelque part, songea-t-elle. *Un truc m'échappe.*

Il devait probablement s'agir d'un élément que même un détective amateur un tant soit peu compétent ne manquerait pas de remarquer.

Si tel était le cas, alors la police ne réussissait pas mieux qu'elle. L'Alezredes Borsos ne lui avait guère paru être un enquêteur de choc. London rit en se rappelant la façon dont il avait insinué qu'elle voulait s'emparer de la fortune de Mme Klimowski.

« Vous avez déjà mis la main sur son chien », avait-il dit.

« Ridicule ! » murmura-t-elle.

Elle se saisit d'un collier particulièrement somptueux, constellé de

171

diamants. Elle ressentit une vague de tristesse tout en l'examinant. Elle se demanda si de pareils objets avaient rendu Mme Klimowski plus heureuse ? L'avaient-elle réconforté de la 'vie tragique' qu'elle affirmait avoir eue ?

Tenant le collier, London fit les cent pas dans la pièce. Pour la première fois, elle remarqua qu'il ne s'y trouvait aucune photo de famille, d'amis, d'aucune personne chère. Elle était certaine que même si elle fouillait soigneusement partout, elle ne trouverait rien de ce genre nulle part.

Elle était vraiment seule au monde, songea London.

Regardant une nouvelle fois le collier qu'elle tenait à la main, elle se dit que la solitude de Mme Klimowski n'avait rien de surprenant. Elle se conduisait de façon si désagréable qu'il était impossible de s'entendre avec elle ni de l'apprécier, ni peut-être même de l'aimer. Malgré tout, l'existence en apparence si vide de cette femme frappa London comme quelque chose d'affreusement triste.

Elle sursauta brusquement en entendant un bruit tout proche. Elle comprit que cela venait de la porte.

On utilisait son badge pour entrer.

Oh non, se dit London. *La police.*

Voilà qui n'aurait évidemment pas dû la surprendre. Elle savait qu'elle prenait un risque en venant ici. Et être vue avec ce collier à la main n'allait rien faire pour la dédouaner.

Avant qu'elle puisse tenter d'y remédier, la porte s'ouvrit et une silhouette entra.

CHAPITRE VINGT-HUIT

« Amy ! » s'exclama London, stupéfaite. « Que faites-vous ici ? »

Amy pointa un doigt accusateur vers le collier que London tenait à la main.

« Oh mon Dieu ! » cria Amy. « Je savais que vous mijotiez quelque chose. Vous êtes en train de le voler, c'est ça ? »

Inquiète, elle s'écarta de London.

« C'est peut-être vous l'assassin ! »

« Ne soyez pas bête » répliqua London, essayant de garder son calme.

« Alors comment expliquez-vous… *tout ça* ? »

« Je vous l'ai déjà dit tout à l'heure quand nous étions dans la Vieille Ville. J'essaie de résoudre l'enquête. De trouver qui a tué Mme Klimowski. »

« Pourquoi devrais-je vous croire ? » demanda Amy.

London leva les yeux au ciel et rangea le collier dans le tiroir.

« Amy, me prenez-vous réellement pour l'assassin ? Avec la police à bord et alors que nous sommes tous soupçonnés, ce serait plutôt stupide de ma part de voler quoi que ce soit en ce moment. Et vous, à propos ? J'ai au moins une raison pour me trouver ici, je cherche des indices. *Vous,* que faites-vous là ? »

Amy croisa les bras.

« Eh bien, si vous voulez tout savoir, je suis venue voir ce que vous faisiez. Je vous ai vue sortir de l'ascenseur, tourner au coin et vous faufiler en douce jusqu'ici. »

« Je ne me suis pas glissée en douce » répliqua London. « Enfin, pas vraiment. De toute façon, pourquoi n'avez-vous pas frappé si vous vouliez juste vérifier ce que je faisais ? »

« Parce que je voulais vous prendre sur le fait… quoi que vous fassiez … » dit lentement Amy. Elle ajouta ensuite. « En fait, j'ai même eu un peu peur. J'ai fait les cent pas le long de la passerelle pendant quelques minutes avant d'oser ouvrir la porte. »

« Eh bien, vous ne vous êtes pas montrée très discrète » dit London. « Mais vous ne croyez pas réellement que je suis l'assassin, n'est-ce pas ? »

Amy haussa les épaules.

« Je suppose que non » dit-elle.

« Quel soulagement. Maintenant que vous êtes ici, vous allez peut-être pouvoir m'aider à chercher des indices. »

London lui montra le tiroir rempli de bijoux.

« Elle avait là des tas d'objets précieux auxquels, semble-t-il, personne n'a touché, à l'exception peut-être de la police » expliqua-t-elle. « Je *pense* du moins que personne n'y a touché. Il est possible, j'imagine, que quelqu'un ait volé certaines petites choses. Mais rien ne paraît coller dans tout ça. Pourquoi s'embêter à tuer quelqu'un et laisser autant d'objets précieux derrière soi ? »

« Alors quel *était* le mobile ? » demanda Amy.

« Je voudrais bien le savoir » dit London en faisant un geste vers les bijoux. « En tout cas, la réponse ne se trouve pas dans ce tiroir. »

« Alors où devons-nous chercher ? »

« Je vais essayer la salle de bain » dit London. « Mais vous feriez mieux de retourner travailler. »

Amy ignora sa suggestion et suivit London dans l'autre pièce. Amy resta bouche bée devant la quantité de médicaments.

« Elle devait être en très mauvaise santé » dit-elle.

London n'avait aucun doute là-dessus. Elle se demanda néanmoins si tous ces médicaments l'avaient réellement soulagée. Etait-il possible qu'ils aient au contraire aggravé son état ?

Tout à coup, elle remarqua qu'il y avait quelque chose de changé dans les flacons. Comme la veille, ils étaient soigneusement disposés par rangées. Mais alors que trois d'entre eux se trouvaient à ce moment devant les autres, aujourd'hui ils n'étaient plus que deux. Celui du milieu avait disparu.

Elle prit les deux flacons pour les examiner de plus près.

« C'est de la prednisone » dit-elle.

« Et ? »

« On dirait que la police a emporté le flacon du milieu. Vue la manière dont sont disposés les autres médicaments, il devait s'agir de prednisone. La police a dû juger que c'était important et l'a emmené pour analyse. »

« C'est prescrit pour quoi ? » demanda Amy.

London lut l'étiquette d'un des flacons.

« Il est écrit que c'est « recommandé en cas de stress, fatigue, anxiété, crise d'angoisse, dépression, nervosité, léthargie, insomnie, manque d'appétit ou boulimie. »

Amy s'esclaffa.

« Eh bien, ça sert à peu près pour tout, n'est-ce pas ? » dit-elle.

« Beaucoup trop, selon moi » dit London. « Il y a vraiment quelque

174

chose qui cloche là-dedans. Je suppose que la police est du même avis. »

« Qui lui a prescrit ça ? »

Lisant toujours l'étiquette, London répondit. « Le docteur Emory Bowen, médecin à Port Mather, Long Island. C'est de là que Mme Klimowski était originaire. Il semblerait que la majorité, si ce n'est l'ensemble de ces médicaments lui ont été prescrits par lui. »

London examina le flacon plus attentivement.

« On devrait peut-être demander à Bryce ce qu'il en pense » dit-elle. « Il doit sûrement s'y connaître un minimum grâce à sa formation médicale. »

« On pourrait peut-être lui téléphoner » dit Amy.

London changea alors d'avis.

« Non, il ne vaut mieux pas » dit-elle. « Vous et moi allons nous attirer de gros problèmes si l'on nous surprend à jouer les détectives. Et ça ne serait pas juste d'entraîner Bryce là-dedans lui aussi. »

Amy claqua des doigts.

« Hé, je sais ! » dit-elle. « Je connais un pharmacien à qui on pourrait demander ! »

« Un pharmacien ? »

« Bien sûr, Sandor. Vous savez… vous vous rappelez… »

Elle se tut timidement.

London se souvint alors de l'homme assis au café.

« L'homme avec qui vous aviez ce rendez-vous aujourd'hui » dit-elle.

« Exactement. Je vous ai déjà dit que nous ne connaissons pas très bien nos langues respectives. Mais il a réussi à m'expliquer quel métier il exerce. Il est pharmacie. Il possède sa propre officine ici, à Györ. »

Elle prit son téléphone portable et ajouta, « J'ai son numéro. Je pourrais l'appeler. Peut-être qu'il pourra au moins nous dire quelque chose au sujet de ce médicament. Qu'en dites-vous ? »

« Eh bien, je suppose que ça ne coûte rien de lui téléphoner » dit London avec un haussement d'épaule. « S'il nous aide, il ne *lui* arrivera rien en tout cas. »

Amy poussa un petit cri de ravissement.

« D'accord, je l'appelle immédiatement alors ! » s'exclama-t-elle.

Elle prit le flacon de médicaments des mains de London et se précipita hors de la salle de bain pour rejoindre la pièce principale.

Se saisissant du flacon restant de prednisone, London réprima un soupir consterné. Elle venait de réaliser qu'Amy avait cherché n'importe quelle excuse possible pour téléphoner à son petit ami potentiel. Car il ne s'agissait réellement que de cela, d'une excuse. Cela ne servirait vraisemblablement à rien.

Eh bien, je suppose que tout dépend toujours de moi dans ce cas, songea-t-elle.

Elle examina un autre flacon en se remémorant la fois où Mme Klimowski avait avalé des comprimés avec un verre d'eau au Magyar Öröm. Elle avait fait la même chose au Duna Étterem, le restaurant à Budapest. Avait-elle pris le même médicament en ces deux occasions ?

C'était probable. Mme Klimowski s'était à chaque fois montrée plutôt agitée et l'ordonnance indiquait que ce médicament était à prendre, entre autres, en cas d'anxiété. Se pouvait-il que ce médicament en particulier ait provoqué son décès ?

La police devait sûrement avoir la réponse à cette question, même s'ils préféraient garder cette information pour eux. Après tout, le médecin légiste avait pratiqué une autopsie complète, il devait certainement avoir trouvé quelles substances se trouvaient dans son organisme. Mais pour une raison ou une autre, la police et lui avaient décrété que Mme Klimowski avait été assassinée, pas qu'elle était morte accidentellement d'une overdose due à un médicament lui ayant été prescrit.

Mais pourquoi ? s'interrogea London.

Probablement parce qu'ils savaient qu'elle était décédée pour une autre raison.

London fut interrompue dans ses réflexions par la voix d'Amy bavardant au téléphone dans la pièce d'à côté et qui répétait les mêmes mots encore et encore.

« … De la prednisone en grande quantité… prednisone j'ai dit… prednisone… Nous ne savons pas quoi… J'ai dit, nous ne savons… Tu peux répéter ?... Où veux-tu en venir ?... Je ne comprends pas… »

London secoua la tête en silence, agacée. Elle se rappela alors une chose qu'Amy avait dite lorsqu'elles étaient tombées l'une sur l'autre en ville.

« *Sandor et moi ne nous connaissons pas du tout, je ne parle pas le hongrois et lui ne connait pas l'anglais.* »

Visiblement, le fossé linguistique entre Amy et Sandor paraissait plutôt infranchissable au téléphone.

Elle perd son temps, c'est tout, songea-t-elle.

Mais cela lui faisait au moins une occupation, ce qui laissait à London le temps de réfléchir à la situation. Malgré son attitude cachottière, elle était persuadée que l'Alezredes Borsos devait en tout cas être convaincu d'une chose. Mme Klimowski avait été tuée par une personne présente en même temps qu'elle au Magyar Öröm. En fait, une de celles dont London avait inscrit le nom sur la liste des personnes assises à la même table au restaurant.

Si tel était bien le cas, quand et comment le meurtrier avait-il frappé ?

Elle poussa un soupir de désespoir. Elle regrettait de ne pas avoir été plus attentive à ce moment-là, de ne pas avoir mieux observé ce qui déroulait à table. Mais c'était trop tard désormais.

Puis une idée la frappa brusquement, comme venue de nulle part.

Peut-être que ce n'est pas trop tard, réalisa-t-elle.

Peut-être que je peux encore découvrir ce qui s'est passé.

Peut-être que je vais enfin pouvoir comprendre…

Amy entra précipitamment dans la salle de bain avant qu'elle ait eu le temps de réfléchir plus avant.

« Bonne nouvelle ! » dit-elle avec enthousiasme, essoufflée. Elle remit le flacon sur la tablette. « Je crois que Sandor a une explication pour tout ! »

Abasourdie, London demanda, « Quoi donc ? »

« Eh bien, nous avons eu du mal à nous comprendre au téléphone mais il semble avoir compris le mot 'prednisone'. Le terme est, semble-t-il, très similaire en hongrois. Il s'est montré inquiet à ce sujet. Il a dit qu'il pourrait expliquer pourquoi de vive voix. »

« Vous savez que nous n'avons pas le droit de quitter le bateau pour le moment » lui rappela London. « Vous ne pouvez pas vous éclipser à nouveau pour aller le retrouver. »

Amy eut l'air déçu. « Je crois qu'il avait l'intention de m'emmener boire un verre et dîner » gémit-elle.

London eut envie de répondre, *« Dommage, mais je pense que ça ne va pas être possible. »*

Il semblait de plus en plus évident qu'Amy avait davantage envie de sortir avec Sandor que de résoudre l'enquête. Elle se rappela alors des paroles de l'Alezredes.

« En fait, Borsos m'a dit tout à l'heure que peu lui importe ceux qui montent à bord du *Nachtmusik*. Il veut juste que personne n'en descende ensuite. »

Amy écarquilla les yeux, pleine d'excitation.

« Vous voulez dire que les policiers laisseraient Sandor monter à bord ? »

« Je pense que oui. »

« Alors nous pourrions dîner ici. Le bateau ne partira pas avant tard ce soir, au mieux. Je vais le rappeler et l'inviter ici. »

« Donc le problème est résolu » dit London. « En attendant, il y a une chose dont je dois m'occuper sans attendre. Quant à vous, il faut que vous alliez aider les passagers, veiller à ce qu'ils soient bien installés pour notre traversée jusqu'à la prochaine escale. »

« Ça n'a pas l'air très amusant. Qu'est-ce que vous allez faire ? »

« Nous ne sommes pas là pour nous amuser » répliqua London. « Les passagers continuent d'errer et de s'agiter sur le pont comme de la volaille affolée. » Consciente de devoir rappeler une nouvelle fois à Amy qui était la patronne, elle ajouta, « Maintenant j'ai besoin que vous fassiez preuve de sérieux dans votre travail. »

Amy croisa les bras avec une mine renfrognée.

« Juste au moment où je pensais qu'on commençait à bien s'entendre. J'aurais dû me méfier. »

London soupira tandis qu'Amy quittait la cabine de mauvaise humeur pour retourner dans la coursive.

Elle recommence à faire sa chipie, songea-t-elle.

Au moment de sortir, Amy s'exclama, « Je vais faire mon travail mais je téléphone *quand même* à Sandor."

Lorsque la porte se fut refermée derrière elle, London eut brusquement l'impression de pouvoir un peu mieux respirer. Elle allait pouvoir réfléchir pour de bon et tenter de se rappeler à quoi elle pensait un peu plus tôt, quand Amy était au téléphone.

Ah oui, se rappela-t-elle.

Je vais peut-être enfin découvrir ce qui est arrivé à Mme Klimowski.

Elle mit le flacon de prednisone dans sa poche puis sortit rapidement de la cabine pour sa prochaine destination.

178

CHAPITRE VINGT-NEUF

London se hâta dans le hall de réception pour se rendre jusqu'au salon. La bibliothèque du bateau était nichée entre les deux et elle s'y précipita. Avec soulagement, elle vit que la personne qu'elle espérait y trouver était bien là, confortablement assise à une grande table.

« London, quelle bonne surprise ! » dit Emil en levant les yeux de son livre qui portait un titre en allemand. « Je commençais à me sentir un peu seul ici, avec rien d'autre que des livres pour me tenir compagnie. Bienvenue dans la pièce la moins fréquentée du *Nachtmusik*. »

Jusqu'à présent, London n'avait fait que jeter brièvement un coup d'œil à la bibliothèque. Les murs étaient couverts d'étagères remplies de livres de toutes sortes, des livres de poche de romans à succès, des guides de voyage, des dictionnaires de langue, des ouvrages d'Histoire ou traitant de nombreux sujets différents. Quelques tablettes électroniques devaient sûrement donner accès à une sélection d'ebooks encore plus importante. Un ordinateur à grand écran autour duquel étaient groupées quelques chaises pliantes indiquait que la pièce pouvait également servir de salle de conférence de temps à autre.

Emil était assis près d'une rangée comportant uniquement des livres reliés, certains paraissant très anciens. Il lui fit voir celui qu'il lisait.

« Comme vous pouvez le voir » dit-il, « je comble mes lacunes en Histoire autrichienne pour préparer notre arrivée à Vienne. »

Il ajouta avec un léger rire, « C'est-à-dire, si nous arrivons jusque là-bas. Quelles sont nos chances, d'après vous ? La police compte nous garder ici jusqu'à ce qu'ils aient résolu le meurtre de Mme Klimowski, c'est bien ça ? »

« Effectivement » dit London qui alla s'asseoir à côté de lui. « Mais je ne sais pas s'ils progressent beaucoup. »

« Ce qui signifie que le voyage entier risque d'être annulé. »

« C'est pour ça que je suis ici. »

Emil eut l'air surpris et London s'expliqua.

« Vous aviez pris des photos, non ? Du groupe et des endroits que nous avons visités, je veux dire. »

Emil acquiesça.

« Et vous en avez pris lorsque nous étions au restaurant à Budapest, de même qu'à Györ, j'ai raison ? »

« C'est ce que j'ai fait, oui » dit Emil. « Pourquoi ? »

« Je me demandais s'il me serait possible de les voir. »

Emil lui lança un regard dubitatif et interrogateur.

« Puis-je savoir pourquoi ? » demanda-t-il.

London ravala lourdement sa salive. Jusqu'à quel point désirait-elle mettre Emil au courant de ce qu'elle était en train de faire ? Elle n'avait pas voulu questionner Bryce au sujet des médicaments de Mme Klimowski, de peur de l'impliquer dans son enquête clandestine. Elle ne voulait pas non plus attirer de problèmes à Emil.

« Juste par curiosité » dit-elle.

Emil fronça les sourcils. Son expression maussade rappela à London les quelques fois précédentes où il lui avait paru hautain, condescendant ou irritable.

« Vous ne m'avez pas tout dit, pas vrai ? » dit Emil.

London haussa les épaules, essayant de décider ce qu'elle devait révéler.

Il se pencha vers elle.

« Je n'ai pu éviter de remarquer quelque chose il y a peu » dit-il. « Quand le capitaine a fait venir plusieurs passagers dans son bureau afin qu'ils soient interrogés par la police, ceux qu'il a appelé avaient tous été au restaurant en même temps que Mme Klimowski. J'étais moi-même l'une de ces personnes. »

Ses sourcils se froncèrent encore plus.

« Devrais-je m'en inquiéter, London ? »

London se sentit un peu pétrifiée et mal à l'aise. Il est vrai qu'Emil avait chaque fois été aux deux restaurants. Mais n'était-ce pas aussi le cas pour M et Mme Shick, Honey et Gus Jarrett, Cyrus Bannister – et bien entendu London elle-même.

Soupçonnait-elle sérieusement Emil ?

Elle n'avait envie de soupçonner personne, et encore moins cet homme qu'elle appréciait, vers lequel elle se sentait même légèrement attirée.

Mais comment puis-je être sûre ?

Elle décida qu'elle devait au moins lui dire partiellement la vérité.

« L'Alezredes n'a pas voulu me dire grand chose » dit-elle. « Pas même la cause exacte du décès de Mme Klimowski. Mais il *semble* effectivement soupçonner notre groupe. Après tout, nous nous trouvions tout près d'elle peu avant sa mort. Nous avions la possibilité de… eh bien, de l'empoisonner peut-être. »

« Ça n'a aucun sen » dit Emil en penchant la tête de côté.

« En fait, je suis apparemment en tête de la liste des suspects de

Borsos. Car non seulement j'étais au restaurant mais c'est aussi moi qui ai trouvé le corps. Mais je vous prie de me croire, ce n'est pas moi l'assassin. »

Les lèvres d'Emil esquissèrent un mince sourire.

« J'espère bien que non » dit-il.

Il se renversa en arrière sur sa chaise en rassemblant ses dix doigts.

« Si je comprends bien, vous menez votre propre petite enquête » dit-il. « Ce qui ne plaît pas tout à fait à l'Alezredes. »

C'est le cas de le dire, songea London.

Il poursuivit, « Et bien entendu, vous voulez savoir exactement ce qui s'est passé quand nous étions tous ensemble – pas juste ici à Györ, au Magyar Öröm, mais aussi au Duna Étterem à Budapest. Et il se trouve que j'ai justement une sorte de témoignage visuel, si je puis dire. »

« C'est bien ça » dit London.

Emil la fixa d'un regard perçant pendant un moment. London ne parvint pas à déchiffrer son expression.

« Eh bien » finit-il par dire, « je suppose qu'il est plus raisonnable que je vous aide. Après tout, vous devez avoir à cœur de vous disculper. Et c'est pareil en ce qui me concerne. Alors mettons-nous au travail, d'accord ? J'ai transféré les photos sur mon ordinateur, on pourra les regarder sur un écran plus large. »

London se sentit respirer un peu mieux tandis qu'Emil déplaçait l'écran de l'ordinateur afin qu'ils puissent le regarder tous les deux.

Il afficha une photo montrant le spacieux restaurant Duna Étterem éclairé aux chandelles, avec son plafond bas et voûté. De toutes les personnes venues manger là, celles qui préoccupaient le plus London étaient celles s'étant trouvées en bout de table, tout près de Mme Klimowski : les Jarrett, les Schick, Cyrus Bannister, Emil et elle.

La première photo avait capturé un moment plutôt tendu avant que le groupe ne passe commande.

Emil montra le cliché en disant, « Là, on peut voir Mme Klimowski assise avec son affreux petit chien dans sa sacoche. Et debout à côté d'elle, le serveur… je ne me rappelle plus de son nom. »

« János » dit London.

« C'est ça, János. Il lui a dit que les chiens n'étaient pas admis dans le restaurant. Elle s'est entêtée à ce sujet. Elle a tenu bon, si l'on peut dire. »

London se souvenait parfaitement de ce moment.

« *Il me suit partout. S'il doit partir, moi aussi.* » avait dit Mme

Klimowski.

La situation avait paru insoluble pendant quelques secondes.

Emil montra une autre photo où figurait un homme avec une moustache en brosse et d'épais cheveux ondulés.

« C'est quand ce type est intervenu » dit Emil.

« Il s'appelait Vilmos Kallay » dit London. « Le *Professeur* Vilmos Kallay. Un homme fort sympathique. »

« En effet, j'ai un peu bavardé avec lui » dit Emil. « Il a persuadé János de permettre au chien de Mme Klimowski de rester avec nous à la table. Il nous a également recommandé d'aller manger au Magyar Öröm lorsque nous serions à Györ. »

Emil haussa les épaules et ajouta. « Il n'y a sans doute plus grand chose d'autre à voir sur les photos restantes de Budapest. Je n'y connais pas grand chose en toxicologie mais je trouve difficile de croire que Mme Klimowski aurait été empoisonnée environ vingt-quatre heures avant de mourir. Même si une telle chose est certainement possible, quiconque voulant la tuer aurait sûrement préféré une méthode plus rapide. »

« Je suis d'accord » dit London. « Et même si Mme Klimowski avait échangé quelques propos peu amènes avec János le serveur, il n'avait aucune raison sérieuse de la tuer, ou du moins aucune dont nous ayons connaissance. Surtout qu'elle est au final décédée dans une autre ville. »

« Dans ce cas, passons aux photos que j'ai prises hier à Györ » dit Emil. « Elles sont sûrement plus pertinentes. »

Il montra une photo du même groupe lorsqu'ils étaient tous ensemble sur la terrasse ensoleillée donnant sur la rue du restaurant Magyar Öröm. London observa avec attention où chacun était assis. Elle-même s'était trouvée directement à la gauche de Mme Klimowski. Elle ressentit un léger frisson en découvrant qui avait été à sa droite.

Cyrus Bannister.

Mme Klimowski n'avait visiblement guère inspiré de sentiments chaleureux chez aucun des passagers du *Nachtmusik* mais le mystérieux Cyrus Bannister semblait l'avoir particulièrement prise en grippe dès l'instant où ils s'étaient rencontrés.

« Montrez-moi la photo suivante » dit London à Emil.

Celle-ci lui rappela un vif souvenir. On y voyait le violoniste ambulant en train de jouer de son instrument dans la rue juste au-delà de la terrasse. Elle se rappela la façon dont Mme Klimowski s'était plainte avec tant d'acrimonie de cette musique discordante.

Elle pointa un doigt vers Cyrus Bannister.

« Lui et Mme Klimowski se sont un peu querellés au sujet de ce musicien » dit-elle.

« Un peu querellés ? Est-ce là un motif de meurtre ? »

« J'imagine que non » dit London en soupirant. « Faites voir la photo suivante. »

On y voyait de nouveau le groupe, c'était juste après la dispute entre Mme Klimowski et Cyrus Bannister, lorsqu'elle avait avalé ses médicaments avec un verre d'eau. Mais un élément inattendu attira l'attention de London.

Elle ressentit un frisson d'excitation.

Elle fixa de nouveau l'image sur l'écran.

C'est ça ! C'est ça que j'essayais de me rappeler.

CHAPITRE TRENTE

L'élément que London regardait sur l'écran était plat, petit et vivement coloré. Du fait qu'il se trouvait dans le creux de la main de Mme Klimowski, seule une partie en était visible. Mais celle-ci brillait avec son décor élaboré.

C'est pour ça que j'avais l'impression qu'il manquait quelque chose, comprit-elle.

Remarquant l'agitation de London, Emil la regarda par-dessus ses lunettes cerclées de noir.

« Vous avez vu quelque chose en particulier ? » demanda-t-il.

« Oui, oui, il me semble » dit London tout excitée.

Elle pointa du doigt la photo sur l'écran.

« C'est la boîte à médicaments qu'elle avait au restaurant » dit London. « Mais ce n'est certainement pas celle que j'ai vue dans son sac après son décès. Cette dernière était un truc bon marché en plastique. »

« Intéressant » dit Emil. « Je ne crois pas avoir fait attention à sa boîte à médicaments. Evidemment, je faisais de mon mieux pour l'éviter au cours des dîners. »

« Je l'ai aperçue plusieurs fois sans même vraiment m'en rendre compte » dit London. Elle montra le pendentif en rubis accroché de façon si ostentatoire au cou de Mme Klimowski et ajouta. « J'étais beaucoup plus inquiète au sujet de ce collier, ainsi qu'à tous ses autres bijoux. Elle semblait bien décidée à les porter et je craignais que ça n'attire les voleurs. »

« Et vous dites qu'elle avait une boîte différente dans son sac ? Il est possible qu'elle en ait eu plusieurs, non ? »

« Bien entendu. Mais je n'en ai vu aucune dans sa cabine. Il y avait juste des flacons de médicaments. »

Emil lui jeta un regard perçant. « Dans sa cabine ? » interrogea-t-il.

London se sentit rougir.

« Eh bien, c'était à moi d'aller vérifier sa chambre. Pour voir si autre chose manquait. Je n'ai pas pensé aux boîtes à médicaments sur le moment, mais je suis sûre qu'il n'y avait rien de ce genre. »

« Il faut qu'on examine ça de plus près » dit Emil.

Il zooma sur la photo. Le bord de la boîte était orné d'un motif floral ciselé dans de l'or. Le dessus semblait être un portrait en émail mais la plus grande partie n'en était pas visible.

« Ce n'est pas une boîte à médicaments ordinaire » dit Emil.

« Qu'est-ce que c'est alors ? » demanda London.

« Je préfère ne pas faire d'hypothèse pour l'instant » dit-il.

London eut un frémissement d'impatience.

Et pourquoi donc ? s'interrogea-t-elle.

Elle avait le sentiment qu'ils étaient sur le point de résoudre un problème extrêmement compliqué. Elle ne comprenait pas pourquoi Emil ne voulait pas se montrer plus explicite.

« Je pense qu'il faudrait faire quelques recherches » dit Emil. « Vous pouvez avoir accès au registre des passagers ? J'aimerais en savoir un peu plus sur Mme Klimowski. »

Emil s'écarta et London avança rapidement sa chaise devant l'ordinateur.

« Je me rappelle qu'elle avait un nom assez long » dit-elle.

Elle fit aussitôt apparaître le registre des passagers. Le nom complet de Mme Klimowski se distinguait effectivement des autres. London le lut à voix haute.

« Lillis Petrovna Ostrovsky Klimowski » dit-elle. « On en a plein la bouche, pas vrai ? C'est le style de nom qu'une femme dans son genre pourrait inventer pour impressionner les autres. Vous pensez que c'est son vrai nom ? »

Emil poussa un petit sifflement d'étonnement.

« Ça se pourrait tout à fait » dit-il. « Et si c'est le cas… »

Il se tut.

« Quoi, si c'est le cas ? » demanda London.

« Petrovna est un patronyme » dit Emil en indiquant l'écran. « Ça signifie que c'est le nom de son père. Donc le 'ovna' veut dire qu'elle est la fille de Peter. Ostrovsky est son nom de famille et si je ne me trompe pas… »

Il s'arrêta de nouveau, à la grande exaspération de London.

« Je peux peut-être trouver quelques informations généalogiques au sujet de Mme Klimowski » dit-il.

Il actionna ses doigts au-dessus du clavier.

« Oui, c'est bien ce que je soupçonnais » dit-il. « Lillis Petrovna Ostrovsky, née à New York en 1930. Elle a épousé Boris Klimowski, un industriel millionnaire en 1954. Mais il est mort deux ans plus tard. A mon avis, elle a dû hériter de lui une assez grosse fortune, ce qui expliquerait pourquoi elle possède autant de fourrures et de bijoux précieux.

Il regarda l'écran plus attentivement comme s'il n'arrivait pas à en croire ses yeux.

« Mais voilà où ça devient intéressant » dit-il. « Son père était le baron Peter Vasilevich Kirsánov en personne. »

London fronça les sourcils.

« Ce nom devrait-il m'évoquer quelque chose ? » demanda-t-elle.

« Sans doute que non » dit Emil. « Mais pour, euh, un historien aussi accroché que moi... »

London sourit.

« Je pense que vous voulez dire, 'acharné' » dit-elle.

« C'est ça, un historien aussi acharné. En tant que telle, voilà une information de première importance. Car voyez-vous, le baron Peter Kirsánov était un authentique aristocrate Russe, l'un des favoris du Tsar Nicholas II. »

L'intérêt de London s'intensifia.

« Le dernier empereur de Russie » dit-elle.

« C'est ça. Le tsar Nicholas et sa famille ont certes été assassinés pendant la Révolution russe de 1917. Mais le baron Kirsánov a fui en Amérique. Il était encore célibataire et également sans le sou puisque les Bolcheviques lui avait confisqué sa fortune. Il s'est installé à New York et s'est marié là-bas. Et il semblerait... »

London écarquilla les yeux.

« Qu'il a eu une fille » dit-elle, terminant sa phrase à sa place. « Lillis Kirsánov. »

« Exactement » dit Emil.

London eut l'impression de réentendre les paroles de Mme Klimowski.

J'ai eu une vie tragique.

London comprenait désormais pourquoi elle ne cessait de revenir sur ce sujet. Fille d'un aristocrate russe en exil, elle était née dans la pauvreté et malgré son riche mariage, son mari était décédé à peine deux ans plus tard, faisant d'elle une femme seule, amère et malheureuse.

London songea que c'était peut-être la raison pour laquelle elle n'avait trouvé ni photo ni aucun souvenir de nature sentimentale parmi les effets personnels de Mme Klimowski.

Elle essayait sans doute de recouvrir son passé sous toutes ces fourrure et ces bijoux.

« Mais quel rapport avec la boîte à médicaments ? » demanda London.

Emil se gratta le menton.

« Je ne crois pas que c'était une boîte à médicaments à l'origine. Je pense que ce devait être une tabatière ancienne. Et il se trouve que j'ai, euh, un intérêt intellectuel tout particulier pour les tabatières anciennes. J'en collectionne moi-même, j'ai étudié leur histoire et je suis toujours à l'affût lorsque certaines se trouvent mises sur le marché.

« Elles ont de la valeur ? »

« Oui, les plus anciennes faites sur mesure peuvent être assez chères. Quelques unes valent, oh, au moins cinq cent dollars, parfois quelques milliers. »

London plissa les yeux d'un air sceptique.

« Je ne suis pas experte en joaillerie » dit-elle. « Mais il me semble que ce pendentif à lui seul doit valoir plus que ça. Sauf que le voleur ne l'a pas pris. »

« Je crois qu'il ne s'agit pas d'un objet ancien ordinaire » dit Emil, passant ses doigts le long du décor sur le bord de la boîte. « Je connais ce motif. On le voit sur des tabatières faites par Ilyich Kuragin vers la fin du dix-neuvième siècle. »

London entrouvrit légèrement la bouche.

« Vous voulez dire de la Maison Kuragin ? » dit-elle. »

« C'est ça. Il en est le fondateur en fait. C'est peut-être Ilyich en personne qui a créé ce motif. »

London connaissait bien ce nom. La Maison Kuragin était connue dans le monde entier pour ses objets décoratifs de grande valeur, en particulier ses étoiles de mer. Peu de gens pouvaient s'offrir des choses aussi précieuses.

Emil se renversa sur sa chaise.

« Si l'on en croit une vieille légende, le tsar Nicholas II a offert un jour un cadeau spécial au baron Kirsánov : une tabatière de chez Kuragin avec le portrait de son père, le tsar Alexandre II sur le couvercle. La boîte est mythique parmi les antiquaires – surtout parce qu'on pense qu'elle a disparu en même temps que le reste de la fortune du baron. Mais il semblerait à présent qu'elle était restée en possession de sa fille. »

London poussa un gros soupir.

« Si c'est le cas » dit-elle, « cette tabatière doit valoir… »

« Oh, des centaines de milliers de dollars » dit Emil. « Elle est presque inestimable. »

Voilà qui est sans doute suffisant pour tuer, songea London.

Elle resta sans voix un instant.

« Refaites voir le groupe » dit London à Emil en faisant un geste vers l'écran de l'ordinateur.

Emil arrêta de zoomer sur la boîte pour se concentrer sur les convives autour de la table. London commença à étudier attentivement leurs visages.

Emil dit. « Intéressant que Mme Klimowski se soit servie de manière aussi prosaïque de cet objet ancien en la transformant en boîte à médicaments. Elle aurait dû mieux en prendre soin. Il est parfaitement possible qu'elle n'ait eu aucune idée de sa vraie valeur. »

« Mais quelqu'un *était* au courant » dit London. « Quelqu'un l'a droguée et a emporté la boîte hier après-midi. »

Elle ajouta avec détermination. « Et je pense savoir comment retrouver la personne qui a fait ça. »

CHAPITRE TRENTE-ET-UN

London s'efforça d'apaiser ses doutes face à ce qu'elle avait entrepris de faire. Elle avait embauché Elsie et Emil pour qu'ils l'aident à déplacer plusieurs tables et chaises dans le salon Amadeus et se demandait tandis que la disposition prenait forme…

Tu te prends pour une vraie détective ?

Son échec à résoudre d'elle-même le mystère du baklava la tourmentait encore. Mais il était trop tard pour reculer.

« Vas-tu enfin me dire ce que tu trafiques ? » demanda Elsie.

« Oui, j'aimerais bien le savoir également » dit Emil.

« Plus tard » dit London tandis qu'Elsie et elle poussaient une table contre une autre.

Elle avait de bonnes raisons de ne pas dévoiler son plan. Tout d'abord, parce qu'il n'était pas encore complètement au point, hormis dans ses grandes lignes. Elle se doutait qu'elle allait devoir affronter de nombreux imprévus et qu'il lui faudrait alors réfléchir de manière rapide et efficace.

Va falloir improviser, se dit-elle.

Elle et ses deux assistants eurent bientôt terminé d'installer les tables et les chaises selon ses instructions, dans un coin du salon à l'écart des autres passagers. Ils avaient même apporté deux ou trois plantes en pot afin de séparer leur côté du reste de la salle.

« Quand les autres doivent-ils arriver ? » demanda Elsie. Elle avait chargé l'un des apprentis barmans de s'occuper des autres clients afin de pouvoir rester avec London.

Celle-ci regarda sa montre. « Dans dix minutes. »

Après qu'Emil et elle eurent identifié la tabatière, elle avait envoyé des SMS à un certain nombre de gens. Hormis eux deux, il s'agissait des personnes ayant eu le plus l'opportunité d'empoisonner Mme Klimowski et de s'emparer de l'objet. Elle leur avait demandé de venir au salon Amadeus à une heure bien précise.

Et ce moment se rapprochait dangereusement.

Pour l'instant, elle ne voulait pas qu'ils sachent pourquoi elle leur avait demandé de venir – même si à voir l'expression renfrognée d'Emil, il était assez évident qu'il avait probablement deviné ce qu'elle avait en tête.

Ce dont il était clairement mécontent.

Elle ne pouvait pas lui en vouloir. Cela lui déplaisait de penser que l'historien lui avait peut-être uniquement apporté son aide avec de viles intentions, cependant elle ne pouvait complètement écarter cette possibilité. Qu'il soit amateur de tabatières était une sacrée coïncidence. Avait-il fait feint la surprise en constatant que Mme Klimowski se servait d'un objet de valeur aussi inestimable pour y mettre ses médicaments ?

Quoi qu'il en soit, elle espérait découvrir bientôt la vérité.

Elle était prête pour l'arrivée des invités maintenant qu'ils en avaient fini avec les meubles.

Elle fut heureuse de voir un premier visage souriant arriver. C'était Bryce Yeaton.

« Je suis à l'heure ? » demanda-t-il.

London lui rendit son sourire. Elle n'arrivait pas vraiment à l'envisager comme suspect mais en tant que chef cuisinier et secouriste, il ne pouvait néanmoins pas être écarté.

« En fait, vous avez même quelques minutes d'avance mais ce n'est pas grave » dit London. « J'espérais que vous pourriez m'aider à répondre à une question d'ordre médical. »

Elle fouilla dans sa poche pour y prendre le flacon de médicaments qu'elle avait pris dans la salle de bain de Mme Klimowski. Mais avant qu'elle puisse demander quoi que ce soit à Bryce, elle entendit deux voix en provenance du hall de réception. Elle soupira en reconnaissant l'une d'elles.

Amy Blassingame entra d'un pas majestueux avec un homme à son bras – celui-là même que London avait déjà vu en sa compagnie en deux autres occasions. Lorsqu'elle vit qui était déjà présent, le sourire d'Amy s'élargit.

« Bonjour tout le monde ! Je voudrais vous présenter Sandor Füst. J'ai fait sa connaissance hier et... »

Amy se pencha vers Elsie et lui chuchota d'un air de conspirateur :

« N'est-il pas *juste*... ? »

Sandor eut l'air plus que confus et embarrassé.

« J'ai pensé que Sandor pourrait nous aider à résoudre l'enquête » dit Amy.

« L'enquête ? » demanda Bryce.

London fut exaspérée. Evidemment, Bryce n'avait aucune idée de ce dont Amy parlait et elle n'avait aucune envie qu'il l'apprenne de cette façon.

« Vous savez, l'enquête pour meurtre – pour savoir qui a tué Mme Klimowski » lui dit Amy. « Sandor est pharmacien. Il maîtrise le sujet sur le bout des doigts, je suis convaincue qu'il élucidera le mystère en un clin d'œil. »

L'air assez gêné, Sandor s'adressa à Amy dans un anglais hésitant.

« Je ne suis, heu, pas sûr, que ce soit une bonne idée que je m'implique là-dedans. Ce ne sont vraiment pas mes... »

« N'importe quoi » l'interrompit Amy. « Tu es exactement la personne dont nous avons besoin en ce moment. »

Se rappelant ce qu'Amy avait dit dans la cabine de Mme Klimowski, London commença à s'interroger.

Peut-être qu'il pourrait nous être utile en fin de compte.

Elle lui parla en hongrois, « Amy dit que vous êtes pharmacien. »

Il baissa la tête timidement.

« Eh bien, je préfère me définir comme peintre. Mais je suis pharmacien durant la journée. On pourrait dire que je *gagne ma vie* comme pharmacien mais que je *vis* réellement pour... »

« Je m'appelle London Rose » l'interrompit-elle avec douceur en hongrois. Elle n'avait pas le temps de l'écouter déblatérer sur son passe-temps.

Il dit avec un hochement de tête. « Amy m'a parlé de vous, enfin elle a essayé. Mon anglais n'est pas très bon et son hongrois est, eh bien... »

London se creusa la tête pour trouver le mot approprié en hongrois.

« Inexistant ? » dit-elle.

« Je le crains en effet » dit Sandor.

L'air désormais contrarié, Amy murmura à London. « Je trouve que ce n'est pas poli de votre part de parler en hongrois. Je n'arrive pas à comprendre un mot de ce que vous dites. »

Ça vaut peut-être mieux, pensa London.

Cela empêchait au moins Amy d'interférer.

Sandor poursuivit, « Amy m'a dit quelque chose d'assez troublant au téléphone, même si je ne suis pas parvenu à comprendre tout ce qu'elle m'expliquait au téléphone. Quelque chose à propos d'un médicament que nous appelons en hongrois, *prednizolon.* »

London lui montra le flacon de médicament.

« Je pense que vous voulez parler de ça. Nous disons prednisone en anglais. »

Bryce s'avança vers eux en entendant le nom du médicament.

« Puis-je voir le flacon ? » demanda-t-il.

London le lui tendit et il lut l'étiquette.

« Bon sang ! » s'écria-t-il. « Cette ordonnance est un scandale ! »

« Pourquoi ça ? »

Bryce regarda le flacon comme s'il n'arrivait pas à en croire ses yeux.

« Eh bien, le prednisone en soi ne pose aucun problème en tant que médicament » dit-il. « Il m'est moi-même parfois arrivé d'en prescrire. C'est utile pour traiter les rhumatismes et les allergies, ainsi que des maladies plus graves comme la leucémie. Mais cette ordonnance... »

Il lut l'étiquette à voix haute.

« Recommandé en cas de stress, fatigue, anxiété, crise d'angoisse, dépression, nervosité, léthargie, insomnie, manque d'appétit ou boulimie. »

Bryce frissonna.

« Une folie pure et simple » dit-il. « La pauvre femme en prenait sûrement constamment, et à chaque fois pour de mauvaises raisons. Si elle agissait ainsi depuis longtemps, je suis persuadé que ses reins devaient être atrophiés, peut-être même avaient-ils cessé de fonctionner. Je suis même un peu étonné qu'elle ne soit pas morte plus tôt. »

London resta bouche bée. Elle savait que des rebondissements l'attendaient sûrement au tournant.

Mais ça...

C'était le genre de surprise qu'elle n'avait pas anticipé.

Elle demanda à Bryce. « Etes-vous en train de dire que c'est son médecin qui l'a assassinée lorsqu'elle était encore à Long Island ? »

« Oh sûrement pas » dit Bryce en ricanant. « Il y a incontestablement des manières plus efficaces pour tuer quelqu'un. Par contre, il est certain qu'il s'agit d'un dangereux charlatan qui a profité de la crédulité d'une femme riche. On devrait immédiatement lui retirer son droit d'exercer. En fait, il mériterait d'être en prison à mon avis. Je me charge d'alerter les autorités à ce sujet. »

« Alors... alors... peut-être qu'elle n'a pas du tout été assassinée » dit London.

« Probablement pas » dit Bryce. « Elle n'en avait plus pour longtemps, c'était inévitable. Malheureusement, il se trouve que ça s'est produit pendant ce voyage. »

London était sous le choc. Elle reprit la parole et s'adressa à Bryce.

« Donc vous êtes *certain* qu'elle n'a pas été empoisonnée ? »

Il haussa les épaules.

« Je ne suis sans doute pas la bonne personne à qui demander ça » dit Bryce en hochant la tête vers Sandor. « Le pharmacien pourra sûrement mieux vous répondre. Mais je ne parle pas hongrois malheureusement. »

Sandor éclairera peut-être ma lanterne, songea-t-elle.

Si seulement je pouvais lui poser les bonnes questions.

Elle commença à parler à Sandor, s'exprimant dans le meilleur hongrois possible.

« Vous connaissez les effets du prednisone, n'est-ce pas ? »

« Oui, bien sûr. »

« Alors supposez qu'un voleur, qui n'était pas du tout au courant des médicaments qu'elle prenait, ait eu l'intention de lui dérober quelque chose, un bijou mettons. Il est possible qu'il ait utilisé un produit pour l'endormir, on appelle ça de la 'soumission chimique' en anglais. Il n'avait peut-être pas l'intention de la tuer. Sa mort n'était peut-être qu'un terrible accident. »

« C'est possible » dit Sandor, l'air soudainement intéressé.

« Combien de temps avant sa mort aurait-elle pu être droguée ? »

« Impossible à dire » dit Sandor. « L'interaction entre le produit sédatif et le *prednizolon* est totalement aléatoire. Peut-être que la drogue lui a été administrée quelques minutes avant sa mort – mais peut-être aussi des heures avant. Je ne pense pas que nous ayons un moyen de le savoir. »

London était découragée. Le mystère s'épaississait, s'étalait sur un laps de temps beaucoup plus vaste.

« Quelle sorte de drogue le voleur aurait-il pu utiliser pour l'endormir ? » demanda London à Sandor.

« Oh, un produit d'usage courant, je suppose » dit Sandor.

London comprit alors qu'elle ne faisait que rassembler certaines pièces du puzzle que l'autopsie avait sûrement déjà révélé, mais dont l'Alezredes Borsos n'avait pas voulu l'informer.

Primo, Mme Klimowski faisait sans doute une trop grande consommation d'un médicament appelé prednisone.

Secondo, qu'il y avait une deuxième substance dans son organisme – peut-être une drogue de type soumission chimique.

Tercio, qu'intentionnellement ou non, le mélange lui avait été fatal.

Sandor ajouta, « J'ai entendu dire que les voleurs ont parfois recours aux benzodiazépines. »

London sursauta. Le nom en hongrois de la drogue qui avait peut-être été utilisée était presque identique à celui qu'elle avait entendu tout récemment.

Et elle ne se rappelait que trop bien qui l'avait prononcé et à qui.

C'était Bryce, lorsqu'il avait donné un comprimé à Agnès Schick.

« ... *en termes cliniques, il appartient à la catégorie des benzodiazépines.* »

London se tourna vers ce dernier. Jusqu'à présent, il n'avait pas semblé capable de suivre leur conversation. Mais ne remarquait-elle pas un changement d'expression révélateur sur son visage depuis que Sandor avait prononcé le mot benzodiazépine ?

Non, impossible, se dit-elle.

Elle ne put malgré tout s'empêcher de frissonner devant cette hypothèse.

Elle se rappela l'agitation qui régnait dans le restaurant Habsbourg au cours de la matinée, quand Bryce et elle s'étaient occupés des convives venus prendre leur petit-déjeuner. Mme Klimowski était présente. Bryce avait alors très bien pu glisser la drogue dans son verre ou sa nourriture. Puisque l'effet n'était pas immédiat, il avait peut-être ensuite quitté le bateau pour la suivre jusqu'à ce que…

Elle le dévisagea un instant, incapable de choisir si elle devait ou non lui faire part de cette sinistre hypothèse.

Mais les autres personnes invitées commencèrent à arriver avant qu'elle puisse se décider.

Walter et Agnès Schick furent les premiers à entrer dans le salon. London ressentit un drôle de soulagement en voyant qu'Agnès était bien vivante, qu'elle paraissait même aller mieux, même après la dose de benzodiazépine que Bryce lui avait administrée.

Honey et Gus Jarrett arrivèrent ensuite, suivis de Cyrus Bannister.

Elle les salua puis leur demanda de prendre place sur les sièges à côté des tables qui avaient été rassemblés spécifiquement.

« Pourriez-vous nous expliquer la raison de tout ceci ? » demanda Cyrus d'un air bougon.

London hésita.

Elle n'avait aucune idée de leurs réactions si elle leur disait la vérité.

Mais à cet instant, une voix grave au fort accent hongrois éclata de façon tonitruante dans l'entrée.

« Je crois que cette jeune dame s'apprête à accuser l'un d'entre vous de meurtre. »

CHAPITRE TRENTE-DEUX

London se retourna et vit l'Alezredes Borsos en personne dans l'embrasure de la porte, bras croisés et sourire aux lèvres. Deux de ses officiers l'accompagnaient. Sur leurs gardes et prêts à intervenir.

« Vous paraissez surprise de me voir, London Rose » dit Borsos. « Ignoriez-vous que j'ai surveillé vos moindres faits et gestes depuis que nous sommes remontés à bord ? Mes hommes sont restés tout le temps devant les écrans de contrôle. »

Il s'avança vers elle avec nonchalance.

« En effet. » continua-t-il. « Je sais que vous êtes allée dans la cabine de la victime en compagnie de cet autre femme. J'aurais immédiatement pu vous faire arrêter mais j'ai pensé qu'il valait mieux vous laisser un peu de plus 'de champ libre', je crois que c'est ainsi que vous dites en anglais. J'étais curieux de voir ce que vous alliez faire ensuite. Je me suis dit que vous alliez peut-être vous trahir. Et maintenant je vous retrouve ici, en compagnie des mêmes individus dont vous m'avez dressé la liste hier. Ceux qui étaient Magyar Öröm au même moment que la victime et d'autres personnes. »

Ne le laisse pas t'intimider, se dit London.

Elle croisa les bras et lui lança un regard noir.

« J'ai découvert quelque chose que vous et vos hommes ignorez » dit-elle.

« Et de quoi s'agit-il ? »

« Quelque chose *a* bien été dérobée à la victime » répliqua-t-elle.

« Quoi donc ? » demanda Borsos, l'air interloqué.

London dut faire un effort pour ne pas rire et dire toute la vérité au sujet de la tabatière. Elle espérait que cette révélation pourrait encore s'avérer un atout majeur au final.

Elle répondit à la place. « Alors quelle impression ça fait lorsqu'on vous cache quelque chose, hein, Alezredes Borsos ? »

Ce dernier fronça les sourcils.

« Je vous préviens… » commença-t-il.

« Oui, enfin bref, je suppose que vous allez être obligé de *me* rayer de la liste des suspects. Après tout, pourquoi réunirais-je ainsi tout le monde si c'est moi qui l'ai tuée ? »

L'Alezredes agita un doigt devant elle avec un petit rire.

« Vous êtes intelligente, London Rose » dit-il. « Je ne devrais pas vous sous-estimer. Mais comme je l'ai dit… »

« Oui, je sais » l'interrompit London. *« Hamarosan megtudjuk* – en temps voulu. »

« C'est bien ça » dit Borsos. « Si ça se trouve, il ne s'agit peut-être que d'un petit stratagème de votre part pour masquer votre culpabilité. »

London ne put s'empêcher d'éclater de rire.

« Oh allons, monsieur » dit-elle, « vous plaisantez. »

« Hamarosan megtudjuk » répéta Borsos en souriant.

London constata que les autres personnes présentes à la table paraissaient plutôt alarmées. Certains semblaient carrément en colère. Même Emil avait l'air fâché contre elle.

« Donc nous sommes ici parce que vous nous soupçonnez de meurtre ? » demanda Gus à London.

« Et vous espérez découvrir qui est le tueur ? » ajouta Honey.

Cyrus Bannister dit en se levant de sa chaise. « Je refuse de participer à cette mascarade. »

« Restez assis, Monsieur Bannister » dit Borsos. « Je suis moi-même curieux de voir ce qui va se passer. London Rose a émis l'hypothèse, et je suis d'accord avec elle, que Mme Klimowski a peut-être été empoisonnée par quelqu'un hier au Magyar Öröm. Une personne présente parmi nous en ce moment même. »

C'est possible, songea London.

Car après avoir appris que la durée d'action de la drogue de type soumission chimique était complètement aléatoire, elle n'était plus sûre de rien. Il s'agissait néanmoins de sa seule et unique stratégie, elle devait aller jusqu'au bout.

« En fait je suis plutôt intrigué » continua Borsos. « Je trouve que Miss London Rose a élaboré un scénario digne de Miss Marple. »

London se hérissa en entendant de nouveau ce nom.

Y a intérêt à ce que personne ne prononce le nom d'Alice Détective, songea-t-elle.

Mais elle comprit que l'arrivée de Borsos rendait sa situation encore plus risquée. Et si elle ne parvenait pas à démasquer l'assassin, qu'il s'agisse d'un homme ou d'une femme ? Que lui arriverait-il alors ? Borsos pourrait sans doute l'arrêter au motif d'avoir, par exemple, fait obstruction à l'enquête. Elle avait besoin de l'aide d'un tiers.

Mais qui pourrait m'aider en ce moment ? se demanda-t-elle.

Puis elle se souvint que *quelqu'un* connaissait peut-être fort bien l'identité du tueur, même s'il n'avait encore rien dit.

Elle prit Elsie à part et lui donna la clé de sa cabine.

Elle murmura, « Descends chez moi et va chercher Sir Reginald. »

« Pourquoi ? »

« Je t'en prie, fais-le, c'est tout. »

L'air un peu surpris, Elsie acquiesça et quitta le salon.

London fit le tour de la table en s'adressant aux personnes déjà assises.

« Comme vous l'avez probablement remarqué, vous occupez les mêmes places qu'hier au Magyar Öröm. »

Cyrus Bannister ricana bruyamment.

« Nous tous, sauf Mme Klimowski » dit-il. « Il semblerait qu'elle n'ait pas pu venir. Quel dommage. »

Tapotant la chaise vide à côté de lui, il ajouta, « Mais je vois que vous lui avez réservé sa place. »

« En effet » dit London.

Elle regarda alors Amy et dit. « Pourriez-vous nous rendre service et remplacer Mme Klimowski, je vous prie ? »

L'air visiblement mal à l'aise, peut-être même un peu effrayée, Amy prit place sur la chaise vide.

London fit le tour du salon des yeux. En plus de Borsos et de son équipe, trois personnes étaient encore debout : Sandor, Bryce et elle-même. Elle vit que Borsos avait sorti ses menottes qu'il manipulait impatiemment, comme s'il s'attendait à procéder à tout moment à une arrestation

J'espère ne pas le décevoir, songea-t-elle.

Elle décida de s'occuper aussitôt de la partie la plus désagréable de l'interrogatoire pour en finir au plus vite. Walter et Agnès Schick avaient été les plus éloignés de Mme Klimowski à la table. Mais même dans ce cas, London savait qu'il n'était pas entièrement impossible que l'un d'eux n'ait pas trouvé le moyen de lui administrer quelque chose.

Lorsqu'elle s'approcha d'eux, elle vit que Borsos faisait également quelques pas en leur direction, ses menottes prêtes à l'emploi.

Un élément chiffonnait London à propos du couple : Agnès avait appelé Walter, 'Brian', l'autre fois dans leur cabine. Il ne pouvait s'agir d'un simple lapsus. Etait-il possible que ces deux aimables personnes âgées ne soient pas ce qu'elles prétendaient être ?

London chercha comment leur poser la question avec tact.

D'une voix douce, elle demanda, « Monsieur et Madame Schick, je souhaiterais savoir… »

Walter Shick leva une main pour l'empêcher de poursuivre.

« Oui, oui, je sais » dit-il dans un murmure. « Vous êtes soucieuse à cause de ce qu'Agnès a dit tout à l'heure. Je vous en prie, ne dites rien devant les autres. Laissez-moi vous expliquer. »

Il sortit un petit carnet de sa poche et y inscrivit quelque chose, dissimulant ce qu'il écrivait avec le creux de sa main gauche. Puis il plia le papier et le tendit à London. Elle le déplia et lut en silence.

Agnès et moi sommes des témoins protégés depuis maintenant trente ans. Il arrive que nous nous trompions et nous appelions par nos vrais noms. Je ne peux vous en expliquer davantage. Mais je vous jure de me croire et surtout, n'en parlez strictement à personne. Nos vies sont peut-être toujours en grand danger.

London ressentit un frisson à la lecture de ces mots. Elle se rappela ce qu'Agnès avait dit à Bryce lorsqu'il lui avait demandé ce qui avait pu provoquer son attaque de panique.

« *C'est la police. Tous ces policiers partout…* »

Naturellement, songea London.

Quelle que soit la raison pour laquelle le couple avait été mis sous protection, il n'y avait rien d'étonnant à ce qu'un meurtre puis la présence de la police soient suffisants pour déclencher des souvenirs terrifiants.

Elle replia la feuille et entendit l'Alezredes faire cliqueter les menottes qu'il tenait à la main. Elle lui jeta un regard sévère et secoua la tête pour dire non. Prenant un air faussement détaché, Borsos recula d'un pas en les tripotant comme s'il s'agissait d'un antistress.

London glissa la feuille de papier dans sa poche et hocha la tête vers Walter pour le rassurer. Il la regarda avec une expression de profonde gratitude.

Elle s'avança ensuite vers Emil qui était assis de l'autre côté de la table, juste en face du couple Schick. Les mots lui manquèrent.

Elle finit par dire, « Emil, je crains de devoir vous demander… »

Il acquiesça avec un léger sourire aux lèvres.

« Oui, je comprends » dit-il. « Vous vous souvenez de mes récriminations contre Mme Klimowski. Si je me rappelle bien, nous étions d'accord pour dire qu'elle avait de 'hautes exigences'. Eh bien, voilà un motif quelque peu dérisoire pour vouloir tuer quelqu'un. Et je ne me fais pas l'effet d'être un vulgaire voleur. Quoique je serais plutôt déçu de vos capacités intellectuelles si vous ne me comptiez pas parmi les suspects. »

London se sentit réellement décontenancée par son ton vaguement cynique.

Borsos s'était rapproché d'Emil et semblait à présent trépigner sur place, ses menottes continuant de cliqueter dans sa main.

Emil poursuivit. « Je ne l'ai pas tuée. Mais je ne m'attends pas à ce que vous me croyiez sur parole. Je vous en prie, continuez votre interrogatoire. 'La vérité finira par éclater', je crois que c'est ce qu'on dit en anglais, n'est-ce pas ? »

London acquiesça en silence.

Puis elle secoua la tête en direction de Borsos – pas tellement pour laisser entendre qu'Emil devait être innocent puisqu'elle n'en était étonnamment pas certaine, mais plutôt pour indiquer que sa culpabilité était tout sauf prouvée.

« Je suppose que c'est à notre tour » dit Gus avec un grognement agacé lorsque London se dirigea vers Honey et lui.

Borsos s'approcha également du couple en agitant ses menottes.

Honey soupira. « Oh London, vous ne croyez tout de même pas… »

Celle-ci ne répondit rien.

Je ne sais que croire, pensa-t-elle intérieurement.

Elle n'avait aucune idée de ce qu'elle pouvait bien demander au couple à l'heure actuelle.

Elle entendit de nouveau le cliquetis des menottes de Borsos.

Puis elle secoua légèrement la tête une seconde fois. L'air déçu, l'Alezredes reprit son air faussement détaché.

Elle se dirigea enfin vers Cyrus Bannister qui était assis à côté d'Amy, lui qui s'était trouvé juste à côté de Mme Klimowski au restaurant.

Borsos suivit une nouvelle fois London, faisant osciller ses menottes juste derrière Bannister.

« Inutile de dire quoi que ce soit » dit Bannister d'un air renfrogné. « Je sais ce que vous allez dire. Que cette femme et moi nous sommes disputés puis qu'elle a préféré partir. Est-ce de ma faute si ses goûts musicaux étaient si exécrables ? Elle n'était pas en mesure de savourer la musique traditionnelle de ce violoniste de rue, c'était pourtant un merveilleux cadeau qu'il nous offrait là. En plus, elle voulait que je le paie pour qu'il arrête de jouer. Et la façon dont elle traitait son chien ! Le culot de cette femme ! Ça m'agace rien que d'y penser. En toute franchise, je ne peux pas dire qu'elle me manque. »

London fut agacée par le ton de sa voix.

Mais c'était là tout ce qu'elle éprouvait, de l'agacement.

Son instinct lui disait que cet homme querelleur n'était pas l'assassin.

Mais comment en être sûre ?

Elle secoua une nouvelle fois la tête en entendant cliqueter les menottes de Borsos. Il recommença à les tripoter maladroitement.

London fut dépitée en s'apercevant qu'elle s'était adressée à toutes les personnes présentes à la table.

Et qu'ai-je donc appris ? s'interrogea-t-elle.

Elle ferma les yeux un instant puis se rappela une chose que son père avait l'habitude de lui dire lorsqu'ils jouaient aux échecs.

« Regarde tout l'échiquier. Mais regarde aussi au-delà. Observe le reste.

Le conseil lui avait semblé déroutant, elle n'avait alors pas réellement compris le rapport avec les échecs.

Mais elle comprenait mieux désormais…

C'est exactement ce que je dois faire maintenant…

Son cerveau se mit en branle tandis qu'elle se remémorait l'ensemble des événements ayant conduit au moment présent, à commencer par le jour où elle était arrivée sur le *Nachtmusik*, lorsqu'elle avait été accueillie par Elsie. Tout lui revint comme si elle rembobinait une vidéo.

Tout l'échiquier.

Aussi au-delà.

Au-delà des personnes présentes à la table.

Je ne dois rien oublier.

C'est alors qu'elle prit brusquement conscience d'une chose.

Elle s'adressa à Sandor Füst en hongrois, désignant du doigt un emplacement au sol.

« S'il vous plaît, je me demandais si vous pourriez nous aider, Monsieur Füst. Un violoniste de rue se tenait juste là. Pourriez-vous prendre sa place, je vous prie ? »

L'air de nouveau perplexe, Sandor prit place à l'endroit indiqué.

C'est alors que quelque chose dans son visage la frappa brusquement : quelque chose concernant son nez.

Toutes les pièces semblèrent soudainement s'imbriquer.

Sans s'arrêter pour réfléchir davantage, elle se tourna vers Amy, tendit une main et dit, « Je crois que vous avez quelque chose d'assez intéressant sur vous en ce moment – une jolie petite boîte. »

Amy la regarda avec une expression étonnée sur le visage.

« Vous voulez parlez de… ça ? » demanda-t-elle.

Elle fouilla dans son sac et en sortit une petite boîte avec un motif floral en or dont le couvercle était orné du portrait en émail d'un aristocrate.

Là voilà, songea London.

Et à présent je connais la vérité.

CHAPITRE TRENTE-TROIS

L'air innocent, Amy s'assit à la table et tendit à London la tabatière volée.

London entendit une nouvelle fois le cliquetis des menottes de Borsos. Et de nouveau, elle se tourna vers lui en secouant la tête.

« Non, Amy n'est pas l'assassin » dit-elle. « Ce n'est pas non plus elle la voleuse. En fait, elle est complètement innocente. Elle n'a aucune idée de ce dont il s'agit. »

Borsos balbutia tandis qu'il continuait de manipuler maladroitement ses menottes.

« Mais… mais… elle a… là, juste dans sa main… »

London s'apprêtait à lui désigner le véritable coupable lorsqu'elle entendit un grognement derrière elle. Elle se retourna et vit qu'Elsie était de retour dans le salon avec Sir Reginald dans ses bras. Aussitôt, celui-ci vint confirmer ses propres doutes en se mettant à grogner en direction de l'homme qui se faisait appeler Sandor Füst.

L'homme regarda le chien d'un air faussement dépité. Lorsqu'il parla, ce ne fut plus en hongrois mais en anglais, avec un accent britannique clair, doucereux et aristocratique.

« *Et tu*, mon cher ami canin ? On dirait que tu m'as démasqué. »

London était stupéfaite. Il semblait s'être métamorphosé en quelqu'un de complètement différent. Il était devenu méconnaissable rien qu'en changeant sa voix, sa posture, l'expression de son visage. Elle reconnut en lui le Professeur Kallay et le violoniste de rue. Le calme et l'assurance émanant de sa personne semblaient également exagérés, presque irréels.

Mais par-dessus tout, sa présence paraissait redoutablement imposante. Même Borsos eut l'air intrigué et intimidé et ne fit aucun geste avec ses menottes.

« Alors vous savez tout ? » demanda l'homme à London.

Elle acquiesça. Elle avait compris en effet. Se remémorant les événements, elle s'était souvenue du Professeur Kallay à Budapest, avec sa moustache en brosse et ses épais cheveux ondulés. Puis l'image du violoniste avec sa longue moustache et sa tenue paysanne lui était revenue en tête. Elle s'était finalement rappelée d'une chose dite peu de temps auparavant…

« Alors qu'est-ce qui m'a trahi ? » demanda l'homme. « Rien dans mon visage, j'espère. »

« Seulement un peu » dit London. « Ça n'aurait pas été suffisant. Mais j'ai remarqué quelque chose de plus essentiel. »

« Eh bien, peut-être me le direz-vous un jour » dit-il avec un sourire canaille. « La route s'arrête là, comme on dit. Mais avant d'être arrêté, j'aimerais dire, juste pour information, que je n'avais *pas* l'intention de tuer cette malheureuse dame. L'homicide ne fait pas le moins du monde partie de ma manière de procéder. Cela n'a été qu'un malheureux accident. Je n'aurais jamais fait de mal à cette femme pour un simple bijou. Tout ce que je voulais, c'était la tabatière. »

London hocha la tête pour acquiescer.

« Donc » dit-elle, « lorsqu'elle était inconsciente et que vous lui avez retiré son pendentif pour le mettre dans son sac, c'était comme si vous apposiez votre signature en quelque sorte. »

L'homme pencha la tête d'un air approbateur.

« C'est bien ça. C'était pour signifier mon mépris à l'égard de ce faste ridicule et trop ostentatoire. J'espérais que quelqu'un remarquerait mon geste. Vous êtes une personne exceptionnelle, London Rose. Mais je ne suis pas un voleur ordinaire, si je puis me permettre. »

Vous n'êtes pas un voleur ordinaire, c'est certain, se dit London.

C'était assurément un as du déguisement – ainsi que de bien d'autres tours et astuces, elle en était persuadée.

L'air abasourdi, Borsos s'avança vers lui avec ses menottes. L'homme s'écarta doucement pour se rapprocher d'Amy. Borsos sembla trop perplexe pour savoir exactement comment réagir.

« Merci de l'avoir gardée pour moi, Amy » dit l'homme en lui prenant la boîte des mains. « Je dois m'excuser de vous avoir dupée un peu plus tôt aujourd'hui. Mais quand j'ai vu les policiers s'approcher de vous au café, j'ai eu peur d'être fouillé. C'est pour ça que j'ai dit que c'était un cadeau à votre intention, afin de ne plus l'avoir sur moi. Je suis monté à bord dans l'intention de la récupérer, rien de plus. Sauf que j'ai, semble-t-il, fait preuve d'un peu trop d'aplomb. »

Borsos demeura véritablement pantois pendant que l'homme glissait la boîte dans sa poche.

« Comment osez-vous, monsieur ! » s'exclama Borsos.

L'homme rit de bon cœur.

« Allons, allons, monsieur. Il me semble que vous réagissez de façon excessive. Nous savons tous deux que je ne vais pas m'en aller d'ici avec mon butin, ainsi que je l'escomptais. Vous allez évidemment m'arrêter. Et j'ai bien l'intention de vous suivre sans faire d'esclandre. »

Mettant ses mains derrière son dos, il ajouta. « Cela fait plusieurs minutes que vous rêvez de vous servir de ces menottes. Profitez-en. »

Borsos le regarda, mal à l'aise, puis s'avança d'un pas vers lui. London entendit le cliquetis des menottes lorsqu'il les ouvrit. L'homme regarda par-dessus son épaule en direction de Borsos et dit d'une voix qui se voulait obligeante :

« Vous feriez mieux de les serrer au maximum. »

L'as du cambriolage s'écarta alors de l'Alezredes en ajoutant, « Il paraît que je suis plutôt du genre... eh bien, fuyant, si l'on peut dire. »

Borsos baissa les yeux vers ses propres mains avec une expression horrifiée. Car c'était *lui* qui se retrouvait brusquement avec les menottes aux poignets. London fut époustouflée, se demandant comment l'homme qui se faisait appeler Sandor avait pu réussir un aussi rapide et habile tour de passe-passe.

Borsos rugit comme un animal pris au piège et se rua vers le voleur. L'homme esquiva l'Alezredes menotté avec une agilité incroyable, sautant sur les tables à la grande stupéfaction de ceux encore assis. Il fila par-dessus puis bondit vers la porte d'entrée du salon.

Les deux autres policiers coururent vers lui pour tenter de le rattraper. Mais l'homme réussit une nouvelle acrobatie et leur échappa, les deux officiers se cognant la tête l'un contre l'autre à la place.

Tandis que l'homme se volatilisait du salon, Sir Reginald s'échappa des bras d'Elsie et se précipita après lui.

« Oh non » s'écria London en courant après le chien qui pourchassait le fuyard.

Ils traversèrent tous le hall de réception jusqu'en haut de la passerelle.

Sir Reginald sur ses talons, le voleur fonça tout droit vers deux policiers qui gardaient l'autre extrémité. London ne douta à aucun moment qu'il parviendrait également à leur passer devant.

C'est alors que le petit chien réussit à planter ses crocs dans la jambe de pantalon du voleur, lui faisant perdre l'équilibre. L'homme donna un brusque coup de pied tout en tombant, envoyant le pauvre Sir Reginald valdinguer dans l'eau.

Entre temps, les deux policiers profitèrent de ce bref moment de faiblesse pour se précipiter vers l'homme avant qu'il ne puisse se relever. London entendit Borsos crier en hongrois à ses hommes du haut de la passerelle.

« Arrêtez cet homme ! »

Tandis que les policiers s'appuyaient contre leur prisonnier afin de le maintenir au sol, London les dépassa à toute vitesse pour descendre la passerelle.

Elle scruta le fleuve sans apercevoir le chien.

Elle atteignit la rive et appela au-dessus de l'onde, « Sir Reginald, où es-tu ? »

Le petit animal était invisible.

CHAPITRE TRENTE-QUATRE

London plongea dans l'eau, glissant et dérapant tandis qu'elle cherchait à retrouver Sir Reginald Taft.

S'était-il déjà noyé ?

Elle lutta pour réprimer sa panique. Elle ne pouvait pas laisser le courageux petit chien mourir ainsi.

En barbotant pour s'éloigner de la rive, elle perdit brusquement pied et se retrouva la tête sous l'eau. Elle parvint à se redresser et aspira une goulée d'air.

London avait de l'eau jusqu'au cou, la boue sous ses pieds était visqueuse et collante. Elle se débarrassa de ses chaussures et nagea à perdre haleine, dans une direction puis l'autre. Ses doigts finirent par effleurer quelque chose de poilu et mouillé. Elle regarda, cela ressemblait à une perruque en train de flotter, presque complètement immergée dans l'eau.

La chose ne semblait apparemment pas bouger.

Elle parvint à agripper une partie des longs poils mais c'est alors qu'elle trébucha, se retrouvant submergée de nouveau. Elle avala alors de l'eau, toussa, avant de s'étrangler violemment en remontant à la surface.

Elle serrait désormais à deux mains la petite boule de poils mais sans parvenir à reprendre pied.

Tout à coup, London sentit un bras puissant derrière elle la saisir par les épaules et la soulever afin que sa tête reste au-dessus de l'eau. Continuant d'agripper l'animal à présent tout flasque, elle toussa pour recracher l'eau qu'elle avait avalée et laissa son sauveteur invisible la tirer jusque sur la rive.

Soulagée de se retrouver sur la terre ferme, London s'effondra sur le sol sec et resta là quelques instants pour reprendre son souffle.

Elle releva la tête et reconnut un regard bleu visiblement soucieux.

Elle entendit une voix familière à l'accent australien.

« Vous allez bien ? » demanda Bryce Yeaton.

« Oui, je crois » haleta London. « Mais est-ce que… ? »

« Je ne sais pas » dit Bryce. « Allons voir. »

London se releva et Bryce et elle se penchèrent vers le chien qui ne bougeait toujours pas. London fut horrifiée de le voir inerte, étendu sur le dos, ses minuscules pattes en l'air.

Bryce pressa la petite poitrine de l'animal et celui-ci recracha un peu d'eau.

Alors Sir Reginald se retourna puis se redressa brusquement sur ses pattes en toussant et en aboyant.

« Oh Dieu merci ! » s'exclama London avec un soulagement presque inimaginable. « Je ne pouvais tout simplement *pas* le laisser se noyer ! »

« Et moi je ne pouvais laisser aucun de vous deux se noyer » dit Bryce en passant son bras à la fois vigoureux et réconfortant autour de ses épaules.

Sir Reginald semblait à présent mortifié de se retrouver dans un état aussi dégradant. Il s'ébroua abondamment, aspergeant Bryce et London de boue et d'eau.

« Oh, tant pis » dit London. « De toute façon, nous n'étions déjà pas sous notre meilleur jour. »

Bryce et elle se regardèrent et éclatèrent de rire. London trouva tout à coup parfaitement normal d'être assise là avec ses deux compagnons, toute mouillée et couverte de boue.

*

London ramena Sir Reginald dans sa cabine pour le rincer dans le lavabo de la salle de bain, mais l'animal ressemblait toujours à une boule de poils humides et emmêlés. Trop fatiguée pour s'occuper du problème, elle l'essuya un peu pour le sécher puis alla elle-même se doucher. Elle ne tarda ensuite pas à s'endormir un bref instant.

Lorsqu'elle se réveilla, elle vit un message sur son téléphone. Il provenait du Capitaine Hays, qui lui demandait de venir immédiatement dans son bureau. Elle enfila un uniforme propre et s'y rendit tout droit.

Elle frappa et le capitaine, qui semblait profondément soulagé, vint lui-même lui ouvrir la porte.

« Je suis très heureux de vous voir saine et sauve » dit-il. « Vous avez semble-t-il vécu un épisode mouvementé. »

London pénétra dans la pièce et vit l'Alezredes Borsos se lever de sa chaise.

« Mouvementés, c'est le cas de le dire » lui dit ce dernier sur un ton aimable qu'elle ne lui avait jamais entendu auparavant. « Mes hommes et moi vous devons une fière chandelle. »

Avec une galanterie peu habituelle, Borsos lui offrit un siège.

« Et l'homme que vous avez arrêté ? » demanda London. « Avez-vous découvert son identité ? »

« Certainement » répondit Borsos. « J'ai vérifié auprès d'INTERPOL et nous avons découvert qu'il n'est autre que Swain Warrington. »

« Ce nom ne me dit rien » dit London.

« Non ? Il est par contre bien connu des services de police en Europe. C'est un génie du crime, un infâme et brillant voleur de bijoux, recherché partout sur le continent depuis des années mais qui était toujours parvenu à nous échapper jusqu'à maintenant. En grande partie grâce à vous, il a enfin pu être appréhendé par la Györ Rendörség, notre excellente police locale. »

London sourit en voyant Borsos bomber le torse de fierté. Malgré sa présente amabilité à son égard, London ne doutait pas qu'il allait s'attribuer une grande partie du mérite dans la capture de Swain Warrington. Et à vrai dire, elle ne lui en voulait absolument pas.

Tout est bien qui finit bien.

Après tout, elle ne cherchait nullement à être célèbre et reconnue pour ses qualités de détective.

« A-t-il avoué ? » demanda-t-elle.

« Oh, il s'est montré plutôt disert – et même relativement charmant, je dois dire. C'est assez compliqué de ne pas trouver ce type-là sympathique. C'est un vrai gentleman-cambrioleur, voyez-vous. Il est vraiment désolé d'avoir causé la mort de Mme Klimowski en lui administrant cette drogue à tort. Il affirme ne pas pratiquer son 'métier', comme il dit, par malveillance ou avidité, mais pour le défi que ça représente, pour son côté sportif. »

Il rit et ajouta. « Il nous a raconté le secret de la tabatière. Quelle histoire incroyable ! »

Borsos s'adossa à sa chaise en souriant à London.

« Il m'a aussi suggéré que je pourrais en savoir plus à son sujet en demandant – et ce sont là ces mots exacts – 'à cette jeune détective si charmante et intelligente.' »

London ne réalisa pas immédiatement que Warrington parlait d'elle.

« Je ne suis pas certaine de comprendre » dit-elle.

« Eh bien, peut-être pourriez-vous me donner votre version de ses derniers faits et gestes, ainsi que de sa méthode. »

London s'aperçut alors qu'elle avait au final découvert énormément de choses au sujet de Warrington.

« C'est indéniablement un as du déguisement » dit-elle. « Je veux dire par là qu'il sait parfaitement comment se déguiser de manière extrêmement rapide. Je parie qu'on peut l'apercevoir à un coin de rue grimé en un certain personnage puis le retrouver ailleurs en ayant l'impression d'être face à quelqu'un d'autre. Peut-être n'a-t-il parfois même pas besoin de maquillage. Voyez comment il s'est métamorphosé juste devant nos yeux, passant du pharmacien timide au génie du crime plein d'onctuosité. Il possède également une intelligence encyclopédique et de nombreux talents, y compris celui de jouer du violon. »

« Il a en effet cette réputation » dit Borsos.

London poursuivit. « Lorsque le groupe que je guidais et moi-même avons dîné au Duna Étterem à Budapest, nous avons fait connaissance avec un charmant professeur d'économie du nom de Vilmos Kallay. En réalité, il s'agissait évidemment de Warrington déguisé. »

« Effectivement » fit Borsos.

« A mon avis, Warrington devait parcourir l'Europe et repérer des touristes ou personnes fortunées, recherchant en particulier des objets rares et précieux à voler. Peu de gens auraient été capables d'estimer la vraie valeur de la tabatière de Mme Klimowski. Mais grâce à ses connaissances, il a immédiatement compris de quoi il retournait en la voyant dans les mains de Klimowski au Duna Étterem. »

« Poursuivez » dit Borsos en hochant la tête.

« Alors il a mijoté son plan sur le long terme. Lorsqu'il a appris que la prochaine étape du *Nachtmusik* serait Györ, il s'est empressé de nous recommander d'aller manger au Magyar Öröm. Puis il s'est lui-même rendu ici, variant ses déguisements au fur et à mesure qu'il se rapprochait de son butin. Il a gagné le cœur d'Amy en se faisant passer pour un pharmacien, puis il a débarqué au restaurant grimé en violoniste tsigane. »

London s'interrompit pour réfléchir

« Quand il a vu Mme Klimowski quitter le restaurant, il s'est précipité à sa suite tout en changeant de déguisement. Il s'est mêlé à un groupe de touristes pour entrer dans la basilique et s'est assis à côté d'elle sur un banc, feignant d'éprouver de l'inquiétude en la voyant si bouleversée. Elle lui en a été reconnaissante et lui a fait confiance. Alors… eh bien, c'est à ce moment qu'il a dû la droguer. »

« Comment ? » demanda Borsos.

« En lui proposant quelque chose à boire, je suppose, pour qu'elle se sente mieux » dit London. « Il avait peut-être une flasque sur lui. »

« Excellent ! » répliqua Borsos. « Notre médecin légiste a découvert du brandy dans son estomac, ainsi que des traces de prednisone et de benzodiazépine dans son sang. »

London essaya d'imaginer la suite.

« Elle s'est assoupie sur place » dit-elle. « Il s'est emparé de sa tabatière puis lui a subrepticement retiré son collier pour le glisser dans son sac – afin de montrer tout son mépris pour ce 'faste ridicule et ostentatoire', pour reprendre ses termes. Il a également sorti ses médicaments de la tabatière et les a placés dans une boîte bon marché en plastique, qu'il a mise dans son sac. C'est sans doute à ce moment-là que le chien de Mme Klimowski s'est échappé et qu'il est revenu chercher de l'aide au restaurant. »

London frotta son menton avant de continuer. « Warrington ne se doutait absolument pas qu'il mettait ainsi sa vie en danger. Il ne l'a découvert que le lendemain matin, alors qu'il s'apprêtait probablement à quitter Györ. Il s'est senti coupable et inquiet, c'est alors qu'il a profité de l'attirance d'Amy pour lui en tant que 'pharmacien' pour tenter de se faire une meilleure idée de la situation. Ensuite, comme il l'a dit, il lui a confié la tabatière, de crainte que la police ne le soupçonne d'un peu trop près et … »

London haussa les épaules. « Eh bien, je suppose que voilà toute l'histoire. »

« Exceptée une chose » dit Borsos. « Comment l'avez-vous démasqué ? »

« A son visage » répondit London. « Mais cet élément isolé n'aurait pas suffi à le confondre. C'est vraiment un as du déguisement. Je suis sûre qu'il est pratiquement impossible de le reconnaître. C'est pour ça qu'il adopte cette attitude si audacieuse et pleine de panache. »

« De quoi s'agissait-il alors ? »

« Lorsqu'il s'est présenté en se faisant appeler Sandor, il m'a dit qu'il aimait se considérer comme peintre mais qu'il devait travailler en tant que pharmacien 'durant la journée'. Cela ressemblait de façon frappante à ce que nous avait dit le Professeur Kallay : qu'il était poète mais que son 'vrai travail' était professeur d'économie. »

Borsos plissa les yeux, n'ayant pas l'air de comprendre tout à fait.

« Vous ne voyez pas ? » dit London. « Les personnages incarnés par Warrington ont quelque chose en commun – une sorte de 'thématique', si vous voulez. Ou comme les joueurs de poker pourraient le dire, un 'indice'. Ils ont des passions à eux en dehors de leur travail quotidien. Si nous nous étions adressés à lui lorsqu'il était déguisé en violoniste, il aurait pu nous expliquer que lui aussi avait, en quelque sorte, un 'vrai métier'. En fait, ces personnages reflètent un aspect de la personnalité de Warrington : sa passion pour le côté chevaleresque du cambriolage. Bien entendu, le chien l'a reconnu à son odeur, ce qui pour moi a conclu l'affaire. »

Borsos se mit à applaudir.

« Bravo Miss Rose. C'est brillamment déduit, avec un sens aigu de la psychologie. Je doute que Swain Warrington lui-même pourrait nous fournir un rapport plus précis et détaillé de ses propres activités. Et je dois vous dire qu'il n'a pas tari d'éloges à votre sujet en tant qu'adversaire. 'J'attends avec impatience le jour où London Rose et moi-même pourrons de nouveau nous affronter l'un l'autre', voilà ses propres paroles. »

Borsos se frappa le genou en riant.

« Une pensée parfaitement ridicule bien entendu, maintenant que nous avons mis la main sur lui. Il va passer de nombreuses années en prison, j'en suis sûr. Je doute qu'il pratique de nouveau son 'métier', comme il dit. »

London ne put s'empêcher de sourire.

D'une certaine façon, elle se demandait si Swain Warrington n'avait pas ses propres projets en ce qui concernait son proche avenir.

Et si c'est le cas, rester en prison ne doit pas y figurer.

Borsos se releva puis s'inclina devant London et le capitaine.

« A présent, si vous voulez bien m'excuser, je dois m'en aller. Je vous souhaite à tous un bon voyage à Vienne et ailleurs. »

*

La nuit était tombée au moment où le *Nachtmusik* commença à naviguer sur l'étroit cours d'eau du Petit Danube pour regagner le fleuve principal. London et Bryce se tenaient au bastingage sur le pont Rondo et regardaient Györ tout illuminée derrière eux. Elsie ne tarda pas à les rejoindre.

« Je suis contente de vous retrouver, vous deux ! » dit-elle. « Et je dois avouer que ça fait du bien de vous voir chacun sain et sauf. Pas d'autres péripéties depuis cet après-midi, n'est-ce pas ? »

London sourit en croisant les doigts.

« Non, et on va faire en sorte que ça continue comme ça, pas vrai, Bryce ? »

« Tout à fait » répondit-il.

Elsie caressa le petit chien propre et au pelage bien brossé que London tenait dans ses bras.

« Dites, il me semble n'avoir jamais vu ce toutou adorable auparavant » dit-elle.

London et Bryce se mirent à rire.

« Si, tu l'as vu » dit London. « C'est le chien de Mme Klimowski. Mais ça ne me surprend pas que tu ne le reconnaisses pas. Il était dans un tel état quand on l'a sorti de l'eau que sitôt que j'en ai eu l'occasion, je l'ai emmené chez l'esthéticienne du *Nachtmusik*. Elle lui a fait un shampooing puis on a cherché la meilleure manière de prendre soin du pelage d'un Yorkshire Terrier. La plupart des gens qui en possèdent un comme animal de compagnie plutôt que comme animal de concours gardent leur pelage coupé court, exactement comme il est maintenant. »

« Ha, il a l'air d'un petit ourson à présent » dit Elsie en grattant le chien sous le menton.

« Il a l'air d'un vrai chien, si vous voulez mon avis » dit Bryce. « Un authentique petit terrier bagarreur, tout prêt à en découdre avec les voleurs de bijoux internationaux. Il était grand temps que ça change »

Une expression inquiète traversa le visage d'Elsie.

« Mais qui va le garder maintenant que Mme Klimowski n'est plus là ? » dit-elle.

« Eh bien, j'en ai parlé tout à l'heure au Capitaine Hays » dit London. « Je suppose que tu appris que Mme Klimowski n'avait pas d'héritiers. De plus, elle laisse apparemment toute sa fortune à une sorte de société à moitié secrète appelée Les Sœurs de Mnémosyne. Elle n'a laissé aucune instruction quant au sort de ce petit chien, et pas d'argent non plus. Alors… »

Le cœur de London se réchauffa tandis qu'elle achevait sa phrase.

« … on dirait que c'est moi qui vais le garder. »

Sa gorge se serra en même temps. Il ne lui était jamais venu à l'esprit auparavant qu'elle aimerait avoir un chien rien qu'à elle. En particulier ce petit chien-là.

Elle ajouta, « Je ne pense pas qu'il était très heureux avec Mme Klimowski alors qu'elle le traînait tout le temps dans ce sac. Je veux lui offrir une toute nouvelle vie. Et on ne va plus l'appeler Sir Reginald Taft. A partir de maintenant, ce sera simplement Sir Reggie, d'accord mon vieux ? »

Le chien nouvellement rebaptisé émit un léger aboiement pour marquer son approbation. Tandis que London et ses deux amis riaient de nouveau, son téléphone sonna.

« Oh Seigneur » dit-elle en voyant de qui provenait l'appel. « Il faut vraiment que je réponde. »

« Ne me dis rien » dit Elsie. « C'est Jeremy Lapham. »

« Effectivement » dit London. « Quand j'aurai fini de lui parler, j'irai probablement me coucher. Je vous revois tous les deux à Vienne une fois qu'on sera arrivé ! »

London se dirigea vers l'ascenseur tout en décrochant son téléphone.

« Bien joué, London Rose ! » s'exclama Monsieur Lapham. « Le capitaine m'a tout dit au sujet de votre exceptionnel travail de détective ! Je vous fais tout mes compliments et vous adresse toutes mes félicitations. Non seulement vous avez résolu le mystère concernant le décès regrettable de notre passagère, mais vous avez également permis au *Nachtmusik* de voguer de nouveau vers sa prochaine destination. Avec un peu de chance, Epoch World Cruise Lines va pouvoir survivre après tout ! Et tout ça grâce à vous ! Bravo ma chère ! »

« Je vous remercie, monsieur » dit London tandis que l'ascenseur la ramenait au pont Allegro.

« Vous devez être contente de pouvoir reprendre vos tâches habituelles à présent. »

« Il me semble que oui, monsieur. »

Mais London ressentit un drôle de pincement au cœur. Elle avait au départ été réticente, n'ayant pas très envie d'essayer de résoudre cette énigme puis quelque chose s'était modifié en elle. Allait-elle se mettre à regretter le défi mental et la montée d'adrénaline procurés par ce travail de détective amateur ? Sans le vouloir, elle avait commencé à y prendre goût.

Eh bien, j'aurais peut-être l'occasion de recommencer un jour, songea-t-elle. *Qui sait ?*

Elle se rappela également ce que, d'après Borsos, Swain Warrington avait dit à son propos.

« J'attends avec impatience le jour où London Rose et moi-même pourrons de nouveau nous affronter l'un l'autre »

Leurs chemins respectifs étaient-ils destinés à se recroiser un jour ?

London ne savait pas du tout ce qu'elle ressentait face à cette éventualité.

« Où êtes-vous en ce moment ? » demanda Monsieur Lapham.

« Je m'apprête à retourner dans ma cabine » dit London

« Parfait ! Vous verrez qu'une petite surprise vous attend là-bas ! »

Qu'est-ce que... ? se demanda London

Elle entra dans sa cabine, posa Sir Reggie par terre et alluma la lumière. Tandis que le petit chien fatigué grimpait sur le lit, London aperçut quelque chose qu'elle reconnut immédiatement. Le couvercle d'un compotier en argent se trouvait au centre de la petite table. Elle souleva le couvercle étincelant. Sans surprise, une part de baklava blond doré se trouvait en-dessous. Devant lui, il y avait une carte où l'on pouvait lire :

Avec les compliments et toute la reconnaissance de Jeremy Lapham

—

C'est l'un de vos desserts préférés, je crois !

Ravie, London poussa un petit cri de surprise.

Comment a-t-il su ? s'interrogea-t-elle.

Elle s'assit et prit une bouchée du gâteau, d'une saveur incroyablement exquise avec ses multiples couches de pâte fine.

Voilà un nouveau mystère, je suppose, se dit-elle en souriant.

Qui au moins n'impliquait cette fois aucun meurtre. Elle avait désormais hâte de goûter aux délicieuses pâtisseries viennoises – ainsi que de profiter d'un séjour agréable et sans complication.

Voilà ce qu'elle espérait.

Mais qui sait ce que l'avenir me réserve ? se demanda-t-elle.

MAINTENANT DISPONIBLE !

MORT (ET STRUDEL)
Un voyage européen – Livre 2

"Blake Pierce au summum de son art grâce à son nouveau chef-d'œuvre, un thriller des plus mystérieux ! Un ouvrage foisonnant et riche en rebondissements, à la fin surprenante. Un must-have dans la bibliothèque des fans de thrillers savamment construits."
--Books and Movie Reviews (*Presque Disparue*)

MORT (ET STRUDEL) est le deuxième tome de la toute nouvelle série policière de Blake Pierce, dont le bestseller, Portée Disparue, compte déjà plus de 1 500 commentaires cinq étoiles. Le premier tome s'intitule MEURTRE (ET BAKLAVA).

London Rose, 33 ans, réalise, lorsque son petit ami de longue date la demande en mariage, qu'un avenir des plus prévisible, qu'une vie dénuée de passion et digne d'un long fleuve tranquille l'attend. Elle perd les pédales et s'enfuit - accepte un emploi outre Atlantique, guide touristique sur un bateau de croisière européen haut de gamme, avec escales quotidiennes dans un pays différent. London rêve d'une vie plus romantique, authentique et passionnante, ailleurs, quelque part.

London est aux anges : en Europe, les villes fluviales sont à taille humaine, chargées d'histoire et charmantes. Elle découvre un nouveau port chaque soir, une gastronomie riche en saveurs, rencontre des gens ô combien intéressants. Le rêve de tout voyageur, adieu la routine.

Tome 2 - MORT (ET STRUDEL)
La croisière les conduit à Vienne et Salzbourg, ville de Mozart et berceau de la musique, sans aucune fausse note. Jusqu'à ce que leur guide soit retrouvée morte, après avoir fait visiter le théâtre de Mozart aux passagers. Le doute plane. Qui l'a tuée ? Et pourquoi ?

Hilarant, romantique, attachant, nouveaux horizons, nouvelles cultures et gastronomie, MORT (ET STRUDEL) vous entraîne dans un voyage amusant et à suspense au cœur de l'Europe, un mystère palpitant qui tient en haleine jusqu'à la dernière page.

Le tome 3, CRIME (ET BIÈRE) déjà disponible.

Blake Pierce

Blake Pierce est l'auteur de la série à succès mystère RILEY PAIGE, qui comprend dix-sept volumes (pour l'instant). Black Pierce est également l'auteur de la série mystère MACKENZIE WHITE, comprenant quatorze volumes (pour l'instant) ; de la série mystère AVERY BLACK, comprenant six volumes ; et de la série mystère KERI LOCKE, comprenant cinq volumes ; de la série mystère LES ORIGINES DE RILEY PAIGE, comprenant six volumes (pour l'instant), de la série mystère KATE WISE comprenant sept volumes (pour l'instant) et de la série de mystère et suspense psychologique CHLOE FINE, comprenant six volumes (pour l'instant) ; de la série de suspense psychologique JESSIE HUNT, comprenant sept volumes (pour l'instant), ; de la série de mystère et suspense psychologique LA FILLE AU PAIR, comprenant deux volumes (pour l'instant) ; et de la série de mystère ZOÉ PRIME, comprenant trois volumes (pour l'instant) ; de la nouvelle série de mystère ADÈLE SHARP et de la nouvelle série mystère VOYAGE EUROPÉEN.

Lecteur avide et admirateur de longue date des genres mystère et thriller, Blake aimerait connaître votre avis. N'hésitez pas à consulter son site www.blakepierceauthor.com afin d'en apprendre davantage et de rester en contact.

DE RETOUR À LA MAISON (Volume 5)
VITRES TEINTÉES (Volume 6)

SÉRIE MYSTÈRE KATE WISE
SI ELLE SAVAIT (Volume 1)
SI ELLE VOYAIT (Volume 2)
SI ELLE COURAIT (Volume 3)
SI ELLE SE CACHAIT (Volume 4)
SI ELLE S'ENFUYAIT (Volume 5)
SI ELLE CRAIGNAIT (Volume 6)
SI ELLE ENTENDAIT (Volume 7)

LES ORIGINES DE RILEY PAIGE
SOUS SURVEILLANCE (Tome 1)
ATTENDRE (Tome 2)
PIEGE MORTEL (Tome 3)
ESCAPADE MEURTRIERE (Tome 4)
LA TRAQUE (Tome 5)
SOUS HAUTE TENSION (Tome 6)

LES ENQUÊTES DE RILEY PAIGE
SANS LAISSER DE TRACES (Tome 1)
RÉACTION EN CHAÎNE (Tome 2)
LA QUEUE ENTRE LES JAMBES (Tome 3)
LES PENDULES À L'HEURE (Tome 4)
QUI VA À LA CHASSE (Tome 5)
À VOTRE SANTÉ (Tome 6)
DE SAC ET DE CORDE (Tome 7)
UN PLAT QUI SE MANGE FROID (Tome 8)
SANS COUP FÉRIR (Tome 9)
À TOUT JAMAIS (Tome 10)
LE GRAIN DE SABLE (Tome 11)
LE TRAIN EN MARCHE (Tome 12)
PIÉGÉE (Tome 13)
LE RÉVEIL (Tome 14)
BANNI (Tome 15)
MANQUE (Tome 16)
CHOISI (Tome 17)

UNE NOUVELLE DE LA SÉRIE RILEY PAIGE

RÉSOLU

SÉRIE MYSTÈRE MACKENZIE WHITE
AVANT QU'IL NE TUE (Volume 1)
AVANT QU'IL NE VOIE (Volume 2)
AVANT QU'IL NE CONVOITE (Volume 3)
AVANT QU'IL NE PRENNE (Volume 4)
AVANT QU'IL N'AIT BESOIN (Volume 5)
AVANT QU'IL NE RESSENTE (Volume 6)
AVANT QU'IL NE PÈCHE (Volume 7)
AVANT QU'IL NE CHASSE (Volume 8)
AVANT QU'IL NE TRAQUE (Volume 9)
AVANT QU'IL NE LANGUISSE (Volume 10)
AVANT QU'IL NE FAILLISSE (Volume 11)
AVANT QU'IL NE JALOUSE (Volume 12)
AVANT QU'IL NE HARCÈLE (Volume 13)
AVANT QU'IL NE BLESSE (Volume 14)

LES ENQUÊTES D'AVERY BLACK
RAISON DE TUER (Tome 1)
RAISON DE COURIR (Tome2)
RAISON DE SE CACHER (Tome 3)
RAISON DE CRAINDRE (Tome 4)
RAISON DE SAUVER (Tome 5)
RAISON DE REDOUTER (Tome 6)

LES ENQUETES DE KERI LOCKE
UN MAUVAIS PRESSENTIMENT (Tome 1)
DE MAUVAIS AUGURE (Tome 2)
L'OMBRE DU MAL (Tome 3)
JEUX MACABRES (Tome 4)
LUEUR D'ESPOIR (Tome 5)